（宋）范仲淹 撰

宋本范文正公文集

第四册

國家圖書館出版社

第四册目録

范文正公文集卷第十五

墓誌

墓表

鄆郊友人王君墓表

龍圖閣直學士段君墓表

墓誌

東染院使种君墓誌銘

君諱世衡字仲平國之勞臣也不幸云亡其子泣血請銘於予予嘗經略陜西知君最爲詳懼遺其善不可不從而書之初康定元年春夏戎犯延安我師不利朝廷以堡障衆多有分兵之患其間遠不足守者即命罷之寇驕而貪益侵

吾疆百姓被其毒君時爲大理丞任鄜州從事建言延安東北二百里有故寬州請因其廢壘而興之以當寇衝左可致河東之粟右可固延安之勢北可圖銀夏之舊有是三利朝廷從之以君董役事君膽勇過人雖俯逼戎落曾不畏憚與兵民暴露數月且戰且城然處險無泉議不可守鑿地百有五十尺始至于石工徒拱手曰是不可井矣君曰過石而下將無泉耶爾攻其石屑而出之凡一畚償爾百金工復致其力

過石數重泉果沛發飲甘而不耗萬人歡呼曰
神乎雖虜兵重圍吾無困渴之患矣用是復作
數井兵民馬牛皆大足自茲西陲保障患無泉
者悉倣此大蒙利焉既而朝廷署故寬州爲青
澗城授君内殿承制知城事復就遷供備庫副
使旌其勞也塞下多屬羌向時漢官不能恩信
羌皆持兩端君乃親入部落中勞問如家人意
多所周給常自解佩帶與其酋豪可語者有得
虜中事來告於我君方與客飲即取坐中金器

以獎之屬羌愛服皆願効死青澗東北一舍而
遠距無定河河之北有虜寨虜常濟河爲患君
屢使屬羌擊之往必破走前後取首級數百牛
羊萬計未嘗勞士卒也故功多而費寡建營田
二千頃歲取其利募商賈使通其貨或先貸之
本速其流轉歲時間其息十倍乃建白凡城中
芻糧錢幣曁軍須城守之具不煩外計一請自
給使一子專視士卒之疾調其湯餌常戒以督
責期于必瘳士卒無不感泣今翰林承旨王公

堯臣安撫陝西言君治狀上悅降詔褒之曰邊
臣著此朕復何憂二年就兼鄜延路駐泊兵馬
都監制置本路糧草遷洛苑副使慶曆二年春
予按巡環州患屬羌之多而素不爲用與夏戎
潛連助爲邊患乃召蕃官慕恩與諸族酋長僅
八百人犒于麾下與之衣物繒綵以悅其意又
采忠順者增銀帶馬紱以旌之然後諭以好惡
立約束四俾之遵向然悍猾之性久失其馭非
智者處之慮復爲變時青澗既完人可循守乃

請于朝願易君理環朝廷方以青澗倚君又延
帥上言人重其去命予更擇之予謂夏戎日夜
誘吾屬羌羌愛其類易以外向非斯人親之不
能革其心朝廷始如其請君既至環按邊之利
害大要在屬羌難制懼合夏戎爲暴發之患又
地瘠穀貴屯師爲難聚糧則力屈損兵則勢危
斯急病也君乃周行境内入屬羌聚落撫以恩
意如青澗焉有牛家族首奴訛者倔強自處未
嘗出見官長聞君之聲始來郊迎君戒曰吾詰

朝行勞爾族奴訛曰諾是夕大雪三尺左右曰
此羌兇詐嘗與高使君繼嵩挑戰又所處險惡
冰雪非可前君曰吾方與諸羌樹信其可失諸
遂與士衆緣險而進奴訛初不之信復會大雪
謂君必不來方坦卧帳中君已至蹵而起之奴
訛大驚曰我世居此山漢官無敢至者公了不
疑我耶乃與族衆拜伏讙呼曰今而後惟父所
使自是屬羌咸信於君有兀二族受夏戎僞署
君遣人招之不聽即使慕恩出兵誅之死者半

歸者半盡以其地曁牛羊賞諸有功其僭受僞署如乙二族者百餘帳咸股慄請命納其所得文券袍帶由是屬羌無復敢貳君戒諸族各置烽火夏戎時來抄掠則舉烽相告衆必介馬而待之破賊者數四涇原帥葛懷敏定川之敗戎馬入縱于渭子領慶州蕃漢兵往扼郊城又召君分援涇原君即時而赴羌兵從者數千人屬羌爲吾用自此始君曰羌兵既可用矣乃復教土人習弧矢以佐官軍吏民有請某事辭某事

者君咸使之射從其中否而與奪之坐過失者亦用此得贖吏農工商無不樂射焉緣邊諸城獨環不求增兵不煩益糧而武力自振夏戎聞屬羌不可誘土人皆善射烽火相望無日不備乃不復以環爲意前後經略使交薦君之才能朝廷益知可倚明年遷東染院使充環慶路兵馬鈐轄仍領環州惟環西南占原州之疆有明珠滅臧康奴三種居屬羌之大素號彊梗在原爲孽寖及于環撫之很不我信伐之險不

可入北有二川交通于夏戎朝廷患焉其二川之間有古細腰城復之可斷其交路又明年子爲宣撫使乃諭君與原守蔣偕共幹其事君久悉利病即日起兵會偕于細腰使甲士晝夜築之夏戎固忌此城君遣人入虜中以計款之兵遂不至又召明珠等三族酋長犒撫之俾以禦寇彼既出其不意又亡外援因而服從君之謀也君處細腰月餘逼以苦寒城成而疾作以慶曆五年正月七日甲子啓手足神志不亂享年

六十一葬于京兆萬年縣之神和原君之先河
南洛陽人也曾祖存啓河南壽安令祖仁詡京
兆長安令贈太常博士父昭衍登進士第累贈
職方員外郎季父放字明逸初隱于終南山君
少孤依之服勤左右以力學稱明逸道高德純
太宗朝再詔以事親不起眞宗復加聘禮起拜
左司諫直昭文館累遷尚書工部侍郎大中祥
符五年君用工部廕得將作監主簿五遷至太
子中舍初監秦州太平監以母老求養又監京

兆府渭橋倉邛州惠民監知涇之保定京兆之
武功涇陽三邑在武功毀淫祠崇夫子廟以來
學者在涇陽有里胥王知謙者姦利事露逃之
遍郊禮乃出君曰逃府則會恩益以長惡從所
坐杖脊于縣庭而請待罪府君李公諮奏釋之
自是豪黠莫不斂手其嫉惡如此又邑有三白
渠比年浚疏用數邑力主者非其才而勞逸弗
等功利日削君使勤墮齊其力故功倍貧富均
其流故利廣至今民能言之歷通判鎮戎軍環

鳳二州鳳之守王蒙正託章憲外姻以私干君
復欲以賄汚君君正色不納蒙正大怨之乃使
人諭王知謙訟君蒙正内爲之助獄成流竇州
上親政量移汝州君之弟世材以一官讓君乃
除孟州司馬龍圖閣直學士李公紘雪于朝授
衛尉丞主隨州榷酤又禮部尚書宋公綬工部
侍郎狄公棐皆言君非辜改知虔州贛縣君辭
得監京兆軍資庫以同鄜交辟改簽署同州判
官事又移鄜州因從軍延安乃有故寬州之請

君少尚氣節昆弟有欲析其家者君推貲產與之惟取季父圖書而已莅官能擿惡庇民青澗與環人皆畫君之像而享事之及終吏民曁屬羌酋長朝夕臨柩前者數日朝廷深惜之賜三子恩君娶劉氏封萬年縣君男八人長曰古文雅純篤養志不仕有叔祖明逸之風次曰詮試將作監主簿曰詠同州澄城尉曰諮郊社齋郎曰諤三班奉職皆有立人也訢記誼三子尚幼一女適西頭供奉官田守政君在邊數年聚貨食

敎弧矢撫養士伍牢籠羌夷無賢不肖皆稱之
又出奇以濟幾事嘗遣諜者入虜中凡半歲間
而虜誅握兵用事者二三人諜者還言其謀得
行會君已歿又天子方懷來故其績不顯銘曰
嗚呼种君出于賢門吾志必立吾力是陳寧以
剛折果由直伸還自瘴海試于塞垣權以從事
意其出人捍虜之患乂邊之民夙夜乃職星霜
厥身生則有涯死宜不泯邊俗祀之子子孫孫

天章閣待制滕君墓誌銘

君諱宗諒字子京大中祥符八年春與予同登
進士第始從之游然未篤知其爲人及君歷濰
連泰三州從事在泰日予爲鹽官於郡下見君
職事外孜孜聚書作文章愛賓客又與予同護
海堰之役遇大風至即夕潮上兵民驚逸吏皆
蒼惶不能止君獨神色不變緩談其利害衆意
乃定予始知君必非常之才而心愛焉君去海
陵得召試學士院改大理寺丞知太平州當塗
縣移知邵武軍邵武縣遷殿中丞還臺會禁中

災下御史府窮究君與秘書丞劉越並上疏論
災異明非人之所能爲朝廷貸其獄時明肅太
后晚年未還政閒君又與越嘗有鯁議曁明肅
猒代朝廷擢當時敢言者越旣卒贈右司諫君
拜左正言遷左司諫俄以言得罪換祠部員外
郎知信州又監鄱陽郡榷酤就九華山以葬先
君旣而起通判江寧府丁太夫人憂服除知湖
州賜五品服西戎犯塞邊牧難其人朝廷進君
刑部員外郎直集賢院知涇州就賜金紫及蔔

懷敏敗績于定川寇兵大入諸郡震駭君以城
中乏兵呼農民數千皆戎服登城州人始安又
以金繒募敢捷之士晝夜探伺知寇遠近及其
形勢君手操簡檄關白諸郡日二三次諸郡莫
不感服予時爲環慶路經略部署聞懷敏之敗
引蕃漢兵爲三道以助涇原之虛時定川事後陰
翳僅十日士皆沮怯君咸用牛酒迎勞霈然霑
足士衆莫不增氣又涇州士兵多没于定川君
悉籍其姓名列于佛寺哭而祭之復撫其妻孥

各從其欲無一失所者予目此數事乃知君果非常之才始請君自代朝廷命韓公琦與予充陝西四路馬步軍都部署經略安撫招討使復命君守本官充天章閣待制環慶路經略安撫招討使兼知慶州君奏言今既置四路經略安撫招討使而諸路經略亦帶招討之號稱呼無別非統制所宜請去招討二字朝廷以其知體詔從之君去涇之日其戰卒妻孥數百口環其亭館而號送之觀者爲之流涕君至慶處置戎

事甚得機要邊人咸稱之會御史梁堅奏劾君
用度不節至本路費庫錢十六萬緡及遣中使
檢察乃君受畀之始諸部屬羌之長千餘人皆
來謁見悉遣勞之其費僅三千緡蓋故事也堅
以諸軍月給并而言之誣其數爾予時待罪政
府嘗力辯之堅既死臺諫官執堅之說猶以爲
言朝廷不得已坐君前守回中日饋遺往來踰
制降一官仍充天章閣待制知虢州又移知岳
州君知命樂職庶務畢葺遷知蘇州未踰月人

歌其能政俄感疾以某年月日薨于郡之黃堂
享年五十七天子加賵賻禮進一子官嗚呼予
實知君之才而嘗薦之於朝及聞其終泣而誄
之惜其才有餘而命不足不得盡其術于生民
諸子奉君之喪以某年月日葬于池州青陽縣
九華山金龜原而乞銘於予忍復讓哉君河南
人也曾祖裔贈將作少監祖嶼不仕父感雅州
軍事推官累贈尚書屯田郎中母刁氏渤海縣
太君追封仙遊縣太君君娶李氏封同安縣君

子四人希仲以方略進前渭州軍事推官希魯登進士第希德舉進士希雅尚幼並守將作監主簿女二人長適池州軍事推官王栩次適進士劉君軻君少孤性至孝居母喪以哀毀屢病廬墓側踰年手植松栢數萬株生平好學爲文長於奏議尤工古律詩積書數千卷以遺子孫中外宗族無不盡其歡心其育人之孤急人之難多矣君政尚寬易孜孜風化在玉山雲上回中岳陽四郡並建學校紫微王舍人琪翰林張

諫議方平太常尹博士源第起居舍人洙次爲
之記重興岳陽樓刻唐賢今人歌詩于其上予
又爲之記君樂於爲善士大夫亦樂其善而願
書之也可不謂之君子乎銘曰　嗟嗟子京天
植其才精爽高出誠意一開抗職諫曹辯論弗
摧主略邊方智謀橫來嗟嗟子京爲臣不易名
以召毀才以速累江海不還鬼神何意君昔有
言愛彼九華書契以降干戈弗加樹之松楸薇
于雲霞君今已矣復藏于此魂其依歟神其樂

只壽夭窮通一歸乎至理

試秘書省校書郎知耀州華原縣事

張君墓誌銘

孔子門人七十子之徒天下皆知其賢焉或爲邑宰或爲家臣或不願仕蓋顯於諸侯者寡矣然則七十子之徒與孔子語而未嘗及怨何哉君子之道充乎已加乎人窮與達外也彼戰國豪士不由孔子之門者則有脫賤貧逐貴高弗奪弗猒滅身覆宗而不悔何哉不循聖人之道

挾數以進求行其欲得與失重也吾乃知夫由
孔子之道者雖困窮以死不害其爲賢矣君諱
問字道卿陳留人也天聖七年秋廣文館開封
府所薦士有與主試官親嫌者别試太常寺予
始在秘閣命往尸之得君策論有漢儒風采乃
薦以高等明年不利于春官退居景陵郡研經
講道弦歌終日遠近學者多歸之既而獻文論
百首應茂才異等科第一人召會丁家難不赴
寶元初西羌犯延安君慨然有憂邊之意述平

戎策以進慶曆初故禮部尚書范公雍言君著萬機濟理書十篇皆國之大議朝廷召試學士院初命試將作監主簿未調而歸搢紳惜其不稱時予經略陝西因表薦之除試秘書省校書郎知耀州華原縣決滯訟數十吏民服其明屬西陲積兵民苦於遠輸俗吏急之以奉上官民率多流亡君獨與民緩期使得措其手足復流亡者千餘戶陝西都轉運使吴公遵路孫公沔皆以善狀上聞宣撫副使田公況復稱薦之又

本道經略使鄭公戩顧京兆屬邑有不治者必遣君治之以慰其民鄜延路經略使龐公籍思廣議論之助權署君幕中仍主州庠以教育人材累表請改官未報會樞密直學士梁公適來代龐奏君以本官監延州軍資庫詔從之未幾寢疾以慶曆六年十一月三日終于延安之官舍享年五十二以某年某月某日葬于某鄉里曾祖洪隱德不仕祖令劍開封府太康縣主簿父允河中府觀察推官母夫人宋氏君娶歐陽

氏生一子曰徽登進士第鎮安軍節度推官知
延州甘泉縣二女長適安州安陸縣主簿朱師
德次適進士方琪君力于學志于道直言直躬
自信而不惑有孔子門人之業而不挾戰國豪
士之數雖命與道違又何愧哉其子遠來乞銘
故書之曰君子之道恥於弗立立而無所施命
也君子之命患於弗知知而無可柰何天也張
君其斯人之徒歟吾思孔子之門則當旌其人
而不暇哀其人故昭以銘云

太子中舍致仕上官君墓誌銘

君諱融字仲川其先蜀人也曾祖諱琛不仕祖諱遜贈禮部侍郎父諱傪兵部員外郎京東轉運使贈光禄少卿妣袁氏彭城縣太君君幼專詞學秀出流輩天聖二年秋廣文館舉進士公卿大夫之子咸在焉君中第一人明年春禮部較天下之才君别試于太常寺又首薦之由是名動京師士大夫願識其面未第間丁光禄憂朝廷録光禄之後賜君同學究出身服除授信

州貴溪縣主簿君不辭小官而恪其職令樞密
直學士蔣希魯故龍圖閣直學士吴安道時並
任江南東路轉運使聯章薦君就遷蔡州平輿
縣令吴移使淮南奏掌真州鹽倉又故龍圖閣
直學士段希逸與時賢七人舉君于朝旋以疾
聞除太子中舍致仕居于曹南郡以慶曆三年
三月五日不起年四十有九君始娶任氏再娶
辛氏封金城縣君子二人長曰延賞郊社齋郎
次曰延德君之弟太子中舍隆與其孤以皇祐

三年四月六日葬君于濟陰縣沛郡鄉崇儒里請銘於余余天禧初爲譙之從事光禄公方典是郡君時侍行而余始識君見君文雅有議論不敢以子弟器之後數年與君會于京師與之遊皆當世異才以文學風義相許余益愛焉君旣禄仕而大夫之賢者多薦之斯可謂之聞人矣惜乎命之不修弗克樹勲於時可永歎焉或者曰儒生多薄命天豈不與善也余謂不然君子之爲善也必享其吉有窮且夭者世皆重而

傷之雖一二人猶以爲多焉小人之爲不善也必罹其凶其禍且死者世皆忽而忘之雖千百人若無焉如仲川之亡可爲重而傷之者矣故作銘云

惟人之才而無命兮猶物之秀而不實品彙紛其自然兮非化工之能一仲川之亡兮可柰何如川之去兮無還波彭殤至此兮孰少孰多君子之思兮徒爲乎悲歌

太子中舍致仕范府君墓誌銘

府君諱仲温字伯玉四代祖諱某幽州人也唐

末爲處州麗水縣丞中原亂離遂家于蘇臺曾
祖諱某事錢氏爲中吳軍節度判官贈太保祖
諱某以神童補官終于秘書監贈太傅考諱某
歸皇朝歷眞定府武信軍掌書記贈太師兼中
書令府君即太師仲子也生于京師幼孤還蘇
臺與諸從兄弟居服勤素業孝悌于門中景祐
二年以某遇乾元節恩例補試將作監主簿赴
調除越州新昌尉以誠接物民用知勸在邑三
年盜不及境外計舉監杭州餘杭縣市征能寬

其利商旅便之三載以績聞按察使洎牧守咸
有表薦除寧海軍節度推官知台州黃巖縣慶
曆七年海潮大至壞州城人皆逃散没溺者甚
衆府君教民爲桴晝夜救之全活數千人既而
上官知其所存請董衆以治城府君雅喜利人
長於慮事衆議築土爲城用甓以傅之府君獨
不然謂人築且勞又捍水之衝甓何能久乃集
民累土以牛數百蹂之堅而後增至于成城復
表以長石互相銜枕勢莫得動其城八門皆設

之閘遇水暴至則障之衆伏其善台人遂安時又歲饑州命邑官率富人出穀俾輕其價以助窮民而窮民乏貲無以得穀府君諭之曰汝糴之十不若與之二三則富人易辦而貧人易及衆皆悅從饑者獲濟焉永嘉郡禁盜十四人獄具皆當極法外臺請府君慮問府君原盜之情而重其行法固請覆奏朝廷悉恕其死黄巖大邑民數萬戶訟爭盈庭府君專尚仁愛多以理遣至有犯徒刑而情非巨蠹者府君必爲解其

仇訟而決平之民自愛服制置按察等使交章
薦之府君秩滿還家與鄉舊游曰吾樂矣何用
官爲遂請老朝廷嘉之遷太子中舍致仕皇祐
初某來守錢塘與府君議置上田十頃於里中
以歲給宗族雖至貧者不復有寒餧之憂府君
退居四年賔親盈門以東皐所入日爲鷄黍之
具故貧而常樂顧鄰里鄉黨有急難則竭力以
濟之皇祐二年九月十三日以疾不起享年六
十有六中外宗親莫不過哀里人無老少皆涕

下其遺愛感人如是之深娶丁氏夫人男五人長曰純義守將作監主簿四子尚幼女四人長適進士李沿次適進士沈充二女在室以其年十一月十三日葬于吴縣天平山三讓原嗟夫某從事四方與府君別動踰千里及餘杭得請一獲其願相會未幾而有死生之訣泣血灑毫不能成文銘曰　嗚呼先公五子其三早亡惟兄與我爲家棟梁兄又逝焉我獨徨徨諸穉在前未知否臧我其教之俾從義方積善不誣厥

後其昌

墓表

太府少卿知處州事孫公墓表

論者曰春秋無賢臣罪其不尊王室也噫春秋二百四十年天地五行之秀生生不息何嘗無賢乎當東周之微不能用賢以復張文武之功故四方英才皆見屈於諸侯與霸者之爲而王道不興與無賢同故論者傷之甚矣公諱鸎字齊賢富春人也按舊誌公以奇文遠策見吳武

肅王畧越州大都督府文學歷郡縣幕府改臺
憲爲郎官判鹽鐵院持禮入貢授少監終于太
府少監領縉雲郡享年八十葬于會稽之南山
今山陽守沔即公之曾孫也在御史府無所回
避有聲朝廷近過閭里埽墳墓求故老索遺文
得太府之清芬訪余郡齋以道之旣而歎曰唐
季海内支裂鄉村國士不爲時王之用者民鮮
得而稱焉皇朝以來士君子工一詞明一經無
遠近直趨天王之庭爲邦家光吾搢紳先生宜

樂斯時寶斯時則深於春秋者無所識焉因追
惜太府公奇文遠策而終於霸臣丁彼時也豈
徒一人而已乎故弔而表之

鄞郊友人王君墓表

五行之秀見乎人有清而賢有蔽而愚五行之
數著乎命或脩而壽或速而妖顏子其猶病諸
吾友人王君賢而妖之其不幸矣夫君諱鎬字
周翰其先澶淵人也曾祖鼎刑臺之督郵祖楷
尚書兵部員外郎考袞太子右贊善大夫妣秦

氏封太原縣君贊善公慷慨有英氣善爲唐律
詩歷著作佐郎通判彭州會太守不法公憤而
辱之失官居長安中與豪士遊縱飲浩歌有嵇
阮之風人特駭之公不安其高復起家就禄得
請監終南山上清太平宫從吏隱也時祥符紀
號之初載某薄遊至止及公之門因與君交執
復得二道士汝南周德寶臨海屈元應者蚤暮
過從周精於篆屈深於易且皆善琴君常戴小
冠衣白紵跨白驢相與嘯傲於鄠杜之間開樽鳴

絃或醉或歌未嘗有榮利之語一日會君之别墅當圭峯之下山姿秀整雲意閑暇紫翠萬疊横絶天表及月高露下羣動一息有笛聲自西南依山而起上拂寥漢下滿林壑清風自發長煙不生時也天地人物洒然在冰壺之中客大異之君曰此一書生既老且貧每風月之夕則操長笛奏數曲而罷凡四十年矣嗟乎隱君子之樂也豈待乎外哉曁予東歸長白山以親之故就禄養者僅十五秋君猶隱而未出今殿中

丞致仕母君隨居鄠郊善談名理見君之賢而
語之曰子美田百頃枕琴藉書釀醇酒養靈藥
優游雲泉踰二十年人生此世中安得獨善自
樂如此之久耶不若俯就鄉老書少勞于人間
又長安秀造皆推引之君不得已天聖四年秋
起冠京兆之薦明年春官氏較天下之士第君
于甲等忽焉構疾以三月九日不起于京師之
建隆觀時周道士在焉親視藥食而至于終乃
齎其柩行哭道中歸于鄠郊又數年予倅河中

府因王事至長安傳舍中會周道士夜話平昔及君之始末道士涕泗交下終夕不止君善與人交也如此又十年予經略西事遇君之長子以葬期來告嗚呼君幼而奇敏能歌詩筆札有聲于關中長安人惟呼小秀才長而有文著書樂道不願榮禄有肥遁之節後感母君之言僶俛一進遽以不壽妻譙氏生子五人長曰規謹厚克家奉父母之喪藏于鄠縣某山某原禮也次曰漑景祐元年登明經第除臨晉主簿而亡

次曰覽曰覲曰觀尚幼俱嗣其業一女適孫周道早卒噫予與君别三十七載風波南北區區百狀今茲方面賓客滿坐鍾鼓在廷白髮憂邊對酒鮮樂豈如圭峯月下倚高松聽長笛忘天下萬物之際乎追念故人乃揭石而表之書曰有君子焉生兮雲山葬兮雲山始終不垢兮其清而賢

龍圖閣直學士工部郎中段君墓表

皇祐二年春某月日葬故龍圖閣直學士段君

于陳州某縣某鄉之某原君諱少連字希逸開
封人也曾祖諱知遇祖諱驤隱于五代父諱子
昂端拱中登進士第終于陳州録事參軍累贈
吏部郎中母夫人樂氏追封福昌縣太君君幼
孤好學大中祥符七年秋登服勤詞學科釋褐
試秘書省校書郎知鄂州崇陽縣有治狀改權
杭州觀察判官時樞密直學士李公及領餘杭
郡當世清德於人少許可大愛君之才與本道
轉運使薦之改著作佐郎知亳州蒙城縣移雅

州名山縣還改秘書丞知婺州金華縣未行除
審刑院詳議官執法至平搢紳多之張文懿罷
相知江寧府辟君通判府事還授御史臺推直
官改太常博士時章獻太后聽朝君與知雜御
史曹修古等上言外戚劉從德家恩幸太過臺
隸輦皆得祿仕責授秘書丞監漣水軍酒稅務
復太常博士通判天雄軍上臨軒親政擢拜殿
中侍御史尋除開封府判官改刑部員外郎直
集賢院充三司度支判官使契丹國還爲兩浙

轉運使君以二浙財賦爲天下之最孜孜利病無弊不革朝廷奬之進兵部員外郎充職改淮南轉運使兼發運司事移陝西轉運使奏劾判陝府駙馬都尉同平章事柴宗慶不法朝議直之俄命以本官兼御史知雜踰月除三司度支副使定襄地震壞閭舍壓人盈萬數天子怵然命君爲河東安撫使君恤殘民無一不至還工部郎中充天章閣待制知廣州康定初西戎叛兵交塞下近塞藩牧實難其任朝廷以君爲龍

圖閣直學士知涇州未行感疾以寶元二年十八
月初四日終于廣州之黄堂年四十六娶樂氏
封京兆郡君生三男俱幼亡五女長適張氏次
適孫氏次適譚氏次適明氏次適張氏君風神
秀特人皆望而欽之臨事無大小無難易泱發
如流明而不苛和而不隨在御史府無所回避
謫去踰年及還又與孔中丞道輔等伏閤論事
見端人之風焉三爲轉運使特有風采善人君
子皆得信用而推擢之小人則畏而少過君在

南海予方經略陝西嘗薦君可任邊要朝廷纔有涇州之命而君不起搢紳先生咸嗟惜焉予知君之深者故表其墓云

希逸之生神粹而明朝端正色天下公聲顔子非壽清德自久伯道何嗣令名爲後表墓以文希逸不朽

范文正公文集卷第十五

范文正公文集卷第十六

蘇州謝就除禮部員外郎充天章閣待制表
饒州謝上表
潤州謝上表
延州謝上表
謝降官知耀州表
耀州謝上表
乞小郡表
墓表

贈太理寺丞蔡君墓表

經曰君子之道闇然而日章嘗試觀之士果有文與行不必據高亨大而後顯雖林壑之幽逝而不泯者蓋有稱焉君諱元卿字某其先洛陽人祖諱某爲萊之膠水令有惠愛君官九載不得去既終邑人留葬之子孫遂家焉父諱某克己好學以疾不仕君幼不爲戲長而好學一日歎曰男子生而有四方之志吾從事於文豈跼身環堵而能通天下之志乎乃軒然遠游至江

西胡氏之義學與羣士居非禮不由非道不談
君子願交焉五年業成復歸于齊鄉老請薦之
時方尚雕蟲技君以好古不合于有司退居淄
川郡之北郊有田數十頃而衣食之以貧爲樂
未嘗屈于人有豪士至門願輸錢五十萬請爲
陶朱之事以肥其家君謝之曰吾伏臘之餘尚
可爲酒醴詠歌之音足以悅情性吾之仁義不
得施于生民忍以貨殖而取之乎豪士慙而引
去君退於斯終於斯享年四十七君體貌魁梧

偉其衣冠人皆望而畏之而性本慈孝故叅知政事文忠公視君諸父也君親愛之過于己子每得文忠所著則喜盈顏面示于識者曰起吾家者耶君娶故駕部員外郎王允己之女贈某縣君以孝和聞生四子曰弈曰稟曰亶曰交皆由文忠廕補報君之德也弈早終于乾寧主簿稟既仕而學再舉進士出身夙夜刻志富于學問嘗應賢良方正科雖失于有司以是著聞於時至監察御史而終君與夫人因稟叙郊祀恩

俱被贈告亶與交今並爲大理寺丞克孝于親奉君與夫人之喪以某年月日合葬于青州某縣某原禮也子孫游宦誠南北之人也故表而識之云君屈其身不屈其道愛及文忠文忠以報子孫廼昌相與爲孝墓而表之如立廟貌

權三司鹽鐵判官尚書兵部員外郎

王君墓表

君諱絲字敦素會稽人也晋右將軍逸少之後世居蕭山曾祖諱慶祖諱安皆不仕父諱庡有

鄉曲之行好施與而里人喜之曰厥後其昌娶沈氏夫人而生君及君登朝累贈尚書屯田員外郎夫人追封德清縣太君後夫人謝氏追封會稽縣太君君幼稟親訓未嘗釋卷復游學京師大中祥符八年春擢進士第釋褐除興國軍司理參軍精意獄事無不得其情前後劾重辟而昭雪者凡十一人郡中稱之神明秩滿除台州軍事判官州城據山病其少井君白州長一舍之外有泉焉請陶土爲筒導入于城復五里

一穴以濟行路之渴于今人頼之移潮州軍事判官秩滿權杭州觀察推官丁父母憂服除赴集吏部選充開封府兵曹叅軍歲餘大理寺舉爲詳斷官改本寺丞凡奏獄之疑者必持寬典全活甚衆改殿中丞故龍圖段學士少連時爲兩浙轉運使舉君撥發本路漕船廼革其弊本大增上供之數以考績聞改太常博士通判衢州州人子弟多習詩書而未有學校士望鈌然而君募郡中高貲始建學舍其堂室僅百楹朝

廷賜州學額又營資粮之具最於諸郡時金華
郡守闕外臺假君領之衢之父老遮道于境上
謂婺民曰我州一鑑何奪之爲有詣外臺乞還
者婺人薛惟簡先有寃狀父徒子黥君雪除之
其家德君以紫檀肖其象而祠之故翰林聶學
士冠卿應詔舉知深州不就改屯田員外郎通
判袁州故翰林葉學士清臣舉拜殿中侍御史
慶曆中湖南蠻人亂攻劫郡縣言事者或請夷
滅或議招納歲時未決生民甚苦之朝廷選御

史往究其事以君爲湖南安撫至則察訪利病而前之主者立重賞以誅蠻人一級萬錢士卒貪之往往害樵餉之人以爲功君下令曰得賊之首者必指其鬪地以爲質其可擒者當生致之自是無枉戮者君居軍中凡十月戎服葛屨與士卒同惟石硋鈐景二洞聚黨數千君促官軍力破之斬首數百級招安三千人餘皆竄匿英連韶閒自是裒息朝廷獎君之勞遷侍御史賜金紫充廣南東路轉運按察使兼本路安撫

提舉市舶司凡蕃貨之來十稅其一必擇諸精
者夷人苦之公令精麤兼取夷人大悅謂之曰
金珠御史意貴之也時交趾有變朝廷命君經
度而廣州當交趾之衝無城守備君議陶塼爲
城造大艦十數日習水戰以待其來彼不復動
歲餘君以瘴疾求領小郡遷兵部員外郎知通
州通人歲苦海潮流亡者衆君作長堤以捍之
復民田業量其肥瘠奏免五年至十年之租朝
廷召權三司鹽鐵判官以皇祐元年四月疾終

于京師享年六十一二年三月十日歸葬于蕭
山之先域禮也君娶裴氏生一女再娶杜氏生
四男一女其子霽登進士第震試秘書省校書
郎露三班借職霈修進士業女文慧適泉州永
春主簿陸琪文琡適皇祐元年進士第一人馮
京予於君同年之交也見君苦志清節不渝於
素稱薦者皆當世名臣朝廷一用之而克樹風
績惜哉位未大道未顯而終焉其命矣夫故表
其墓云　稽山之陰右軍之後生此淑人終身

無咎既及于民復歸於神葬之家山雲氣氤氳
宜昌乎子孫

書碑陰

書環州馬嶺鎮夫子廟碑陰

慶曆二年春正月予領環慶之師出按邊部過馬嶺鎮四望族落皆鎮之屬羌而戎城之中有夫子廟貌覲其記石乃故兵馬監押殿直贈某官張公藴之所建也已而思之昔咸平二年冬契丹以舉國之衆入高陽關縱横大掠南至于

河乘冰之堅侵于淄齊時河南州郡未嘗治城且無戰卒四郊之民驅戮向盡城中大懼公方爲淄州兵馬監押與刺史議其事刺史暨官屬州人咸欲弃城奔于南山公按劒作色曰柰何去城隍委府庫大衆一潰更相勦奪彼狄未至吾民巳殘矣刺史果出我當殺之以徇繇是衆無敢動公乃呼民登城夙夜以守數日狄退而州人相賀曰向非張公英識獨斷則我輩父母妻子魚肉於人矣朝廷賞不及公人咸嗟咨公

生二子長曰撰今爲度支員外郎直史館判王
府記室參軍次曰撥今爲秘書丞通判京兆府
事並以文學節行自樹風采搢紳先生稱之議
者謂公有陰德於人宜其有後焉予幼居淄川
郡又與記室爲同年生稔聞公之事及覩馬嶺
之跡雖極塞窮壘猶復立聖人之祠以尚風教
乃知張公信道有素固能訓子義方昌厥世而
大其門蓋未可量也豈止陰德之助哉故書之
表

代胡侍郎乞朝見表

臣則言今月日奉勑就差臣知杭州仍放朝辭取便路發赴本任者祗膺寵命伏積震兢臣則中謝竊以寧海鉅邦生聚十萬牧守之重豈臣克堪矧爲晝繡之行再領宵衣之寄始終極幸進退甚榮臣方理輕裝即趨便道敢有再三之瀆庶傾萬一之誠竊念臣才不逮人遭逢有素東帶從事四十餘年荷三朝之奬知歷二省之清要職參仙殿位亞秋卿禄賞被于子孫名級

顯於中外報國無狀殺身何成今復還父母之鄉邦逼桑榆之晷刻解冠告老決在此行久事朝廷乍越江海無復瞻望咫尺對敭清光雖小人之心固多懷土而疲馬之志寧莫戀軒臣欲於京城就兩浙舟船載家赴任伏望聖慈暫許臣入謝雲天少敘平生之感退歸鄉里永爲萬足之心賴君父之推恩庶人臣之畢願臣無任

睦州謝上表

臣某言臣昨奉勑差知睦州軍州事已到任交

割句當者獻言罪大輒効命於鴻毛宥過恩寬迴回光於白日事君無遠爲郡甚榮臣某中謝恭惟皇帝陛下天德清明海度淵默撫羣龍以宅吉念六馬而懷驚臨軒以來仄席不暇思啓心沃心之道奬危言危行之臣萬寓咸歡九門無壅臣腐儒多昧立誠本孤謂古人之道可行謂明主之恩必報而況首膺聖選擢預諫司時招折足之憂介立犯顏之地當念補過豈堪循默昨聞中宮摇動外議喧騰以禁庭德教之尊

非小故可廢以宗廟祭祀之主非大過不移初傳入道之言則臣遽上封章乞寢誕告次聞降妃之說則臣相率伏閤與回上心議方變更言亦翻覆臣非不知逆龍鱗者掇齏粉之患忤天威者負雷霆之誅理或當言死無所避蓋以前古廢后之朝未嘗致福漢武帝以巫蠱事起遽廢陳后宮中殺戮三百餘人後及巫蠱之災延及儲貳至宣帝時有霍光妻者殺許后而立其女霍氏之釁遽爲赤族又成帝廢許后呪詛之

罪乃立飛鸞飛燕姊妹妬甚於前六宮嗣息盡
爲屠害至哀帝時理之即皆自殺西漢之祚由
此傾微魏文帝寵立郭妃譖殺甄后被髮塞口
而葬終有反報之怏後周以虜庭不典累后爲
尼危辱之朝不復可法唐高宗以王皇后無子
而廢武昭儀有子而立旣而摧毀宗室成竊號
之妖是皆寵衰則易揺寵深則易立後來之禍
一一不差臣慮及幾微詞乃切直乞存皇后位
號安於別宮暫絕朝請選有年德夫人數員朝

夕勸導左右輔翼俟其遷悔復于宮闈杜中外
覬望之心全聖明終始之德且黔首億萬戴陛
下如天皇族千百倚陛下如山莫不雖休勿休
日愼一日外采納於五諫内彌縫於萬機而況
有犯無隱人臣之常面折庭諍國朝之盛有闕
即補何用不臧然後上下同心致君親如堯舜
中外有道躋民俗於羲黃將安可久之基必杜
未然之釁上方虛受下敢曲從殫竭一心豈逃
三黜伏蒙陛下皇明委照洪覆兼包贖以嚴誅

授以優寄郡部雖小風土未殊靜臨水木之華
甘處江湖之上但以肺疾緜舊藥術鮮功喘息
奔衝精意牢落惟賴高明之鑑不投遐遠之方
抱疾于兹爲醫尚可苟天命之勿損實聖造之
無窮樂道忘憂雅對江山之助含忠履潔敢移
金石之心臣無任

蘇州謝就除禮部員外郎充天章閣

待制表

臣某言伏蒙聖恩特授臣前件官充職者渙渥

自天震惶無地改中臺之華序進內閣之淸班
盡出高明殊登秘近臣中謝竊念臣發自顏巷賓
于舜門一第爲榮四方無效爰自書林預選閨
籍升華聯汨沒以懷安或感激而論事唯慕古
人之節詎希英主之知伏惟　皇帝陛下稟帝
堯之聰明加漢高之豁達坦聖懷而虛受期鴻
化以咸孚念三聖之艱難而成丕業求七人之
蹇諤以補大猷臣獨愧非才首當淸問危言多
犯孤立自持斧鉞居前雷霆在上敢避樞機之

禍終乖藥石之良陛下日月垂光江海敦量恕其萬死假之一麾望已絶於青雲咎未更於鴻霈俄易藩宣之寄寧分旰昃之憂忽降綸章荐加寵數而況闢圖書之府切觑於深嚴踐雲龍之庭當備于顧問非名儒而不稱豈曲士之能堪矧造清曹仍居舊治輝燦大集志願何求敢不內守朴忠外修景行進退惟道遵聖賢視履之方始終一心副君父育材之造臣無任

饒州謝上表

臣某言昨奉勑命落天章閣待制守本官差知
饒州已到任禮上訖狂愚之誠進多冒死仁聖
之造退亦推恩守土非輕報天無所臣中謝竊念
臣出自畎畝階于搢紳驟升天閣之游親委王
畿之政臣至孤難立屢請弗諧眷寵既隆補報
宜異必將危墜猶或建明覼事未精發言多率
智者千慮而有失愚臣一心而豈周情雖匪他
罪實由已然而有犯無隱惟上則知許國忘家
亦臣自信伏蒙　皇帝陛下惟天為量無大不

容與日垂光何微弗照上剬內朝之職仍分外
補之符當死而生自勞以逸君恩彌重臣命愈
輕敢不動靜三思始終一志此而爲郡練優優
布政之方必也入朝增蹇蹇匪躬之節庶從師
訓無負天心臣無任

潤州謝上表

臣某言奉勑移知潤州已赴禮上者幽遠之誠
未嘗聞達高明之鑑俄復照臨臣中謝伏念臣
起家孤平蒙上奬拔置於清近之列授以浩穰

之權聖惟知人臣則辱命徒竭誠而報國弗鉗口以安身言涉大臣議當深典可無退省抑有所聞汲黯漢之直臣嘗疏公孫之短裴度唐之名相亦陳元稹之非斯實忠良豈爲讒毀臣聞孔子曰天下有道政不在大夫前代國家或進退羣臣聽決大事若出於君上則中外自無朋黨左右皆爲腹心若委於臣下則威福集於私門禍釁積於王室故三桓興而魯弊六卿作而晉分往古興亡鮮莫由此孔子之論昭昭不誣

是以君道宜彊臣道宜弱四瀆雖大不可受百川之歸五星雖明不可代太陽之照臣按太易之義坤者柔順之卦臣之象也而有履霜堅冰之防以其陰不可長也豐者光大之卦君之象也而有日中見斗之戒以其明不可微也臣考茲前訓慮於未萌當危言危行之秋有瀼昌瀼微之說謂大臣久次在進退而得宜謂王者萬機必躬親而無倦揔攬綱柄博延俊髦議治亂之本根求祖宗之故事政懆舒而自我物榮悴

而如天人心不在於權門時論盡歸於公道朝
廷惟一宗廟乃長臣之所言殊未盡意重煩上
聽再貶遠方削天閣之班資奪神州之寄任重
江險惡盡室顛危人皆爲之寒心臣獨安於苦
節蕭望之口陳災異蓋無負於本朝公子牟身
處江湖徒不忘於魏闕未知死所敢望生還伏
蒙陛下九日垂光八風回力察臣有犬馬之志
恕臣無塵露之勞特出聖衷稍遷便郡茁如行
輦保於勿踐之仁鏗若鳴桐脫彼在焚之患敢

不長懷霜潔至効葵傾進則持堅正之方冒雷霆而不變退則守恬虛之趣淪草澤以忘憂上副聖知下逃羣責臣無任

延州謝上表

臣某言伏奉勑命就差臣兼知延州軍州事巳到任交割管勾訖討伐之秋委寄方重豈繄懦品可副聖憂臣中謝竊以延水極邊東夏雄屏控黠虜之衝要歷大臣之鎮臨范廷召出師於塞門向敏中移節於京兆斯爲劇任曷在匪人況

經侵軼之虞彌藉緝綏之政宿兵既盛爲地可知臣職貳統戎志存殄寇所宜盡瘁敢昧請行自薦老臣固懃於漢將誓平此賊詎擬於唐賢伏蒙　皇帝陛下曲徇微忠亟頒成命寬其無狀用之弗疑臣夙夜敢寧奔馳罔暇刻時莅事翌日興師庶牽制於戎心仍掩襲於邊落大軍已出中使聿臨不謂孱謀偶符睿筭所期克勝少慰焦勞重念百姓屢驚體當招撫五兵久戢務在訓齊如治亂繩必期於耐事先除害馬亦

假於行權仰賴聖威即紓邊患臣無任

謝降官知耀州表

臣某言蒙恩降授臣尚書戶部員外郎依前充
龍圖閣直學士知耀州者實負大尤尚從寬宥
雲天之覆頂踵何酬竊念臣才本迂疎識非機
敏屢由狂率自取貶放朝廷以邊有擾動是使
愚使過之秋徵臣以國有急難當忘家忘身之
報自膺寄委罔敢遜避而力少任重智小謀大
勞心已竭處事逾乖苟利國家不恤典憲宜及

於禍以貽厥毒伏蒙　皇帝陛下日月照微天地包廣謂千慮之智猶有一失萬物之材固無全用軫茲孤弱播于生造削其官足使明大戒存其職足使思後圖臣敢不更勵疲駑愈加修省庶陳纖芥之効上荅高明之私臣無任

耀州謝上表

臣某言伏奉勅命降授户部員外郎依前充職知耀州已到任禮上訖雷霆之威足加死責天地之造曲致生全臣中謝竊念臣運偶文明世專

儒素靡學孫吴之法恥道桓文之事國家以西
陲搔動之際起臣縣所特加奬用臣自知甚明
豈堪其任但國家之急不敢不行自兼守延安
莫遑寢食城寨未謹兵馬未精日有事宜處置
不暇而復慮内應之患發於邊城或反間之言
行於中國百憂具在數月于兹而方修完諸柵
訓齊六將相山川利器械爲將來之大備不幸
昨者高延德來自賊庭求通中國之好其僭僞
之稱即未削去臣以朝廷方命入討豈以未順

之款送于闕下此不可一也或送于闕下請朝
廷處置又恐答以詔旨則降禮太甚若屏而不
荅則阻絶來意此不可二也兼慮詐爲款好以
殆諸路之兵苟輕信而納之賊爲得計此不可
三也又寶元三年正月八日曾有宣旨今後賊
界差人齎到文字如依前僭僞立便發遣出界
不得收接臣所以却令高延德回去仍諭與本
人湏候禮意遜順方可聞于朝廷亦已一面密
奏臣又別奉朝旨依臣所奏留鄜延一路未加

討伐容臣示以恩意歲時之間或可招納臣方
令韓周等在邊上探伺彼或有進奉之意即遣
深入曉諭適會高延德到來堅請使介同行況
奉朝旨許臣示以恩意乃遣韓周等送高延德
過界以系其意或未稟承則於臣爲恥於朝廷
無損及韓周等回且言初入界時見迎接之人
叩頭爲賀無何前行兩程便聞任福等有山外
之敗去人沮氣無以爲辭賊乃益驕勢使然矣
其回來文字臣始不敢開封便欲進上都鈐轄

張亢懇言曾有朝旨若得外界章表須先開視
及僭僞文字應有辭涉悖慢者並須隨處焚毀
勿使騰布臣相度事機誠合如此章表尚令先
開況是與臣文字遂同張亢開封視之見其挾
山外事後辭頗驕易亦有怨尤與賀九言齎來
文字意度頗同非戎狄之能言皆漢家叛人所
爲枝葉之辭也恐上黷聖聰或傳聞于外爲輕
薄輩增飾而談有損無益臣尋便焚毀只存書
後所求通好之言及韓周等別有劉到邀求數

事並已納赴樞密院令於涇原路取得寶元二
年七月十四日聖旨劄子一道並如張亢之言
其所來文字果合焚毀則臣前之措置皆應得
朝廷處分唐相李德裕與將帥王宰書爲游弈
將收得劉稹章表悖慢無禮不便毀除令向後
得賊中文字所在焚之亦與今來意合其劄到
數事内一事如臣所諭取單于可汗故事欲稱
兀卒以避中朝之號此大事稍順餘皆可與損
益儻朝廷欲雪邊將之恥當振皇威大加討伐

亦繫朝廷熟議必持重緩而圖之或朝廷欲息
生民之弊屈一介之使重諭利害苟能聽服亦
天下之幸也臣前所措置於此二道並未有妨
然以臣之愚處茲寄任豈得無咎何敢自欺伏
蒙
皇帝陛下至仁廣度不欲彰臣子之惡特
因此量行薄責斯天之造也臣之幸也臣敢不
夙夜思省進退惕厲犬馬有志曾未施爲日月
無私尚茲臨照臣無任
乞小郡表

臣某言臣聞先民有言曰陳力就列不能者止臣下之通規也進人以禮君親之盛德也臣仰逢明聖俯念拙艱撫此病軀敢期生造臣中謝竊念臣前在饒州日因學行氣而有差失遂得眩轉之疾對賓客忽倒不知人事尋醫救得退自後久坐則頭運多務則心煩昨在延安數曾發動戎事方急雖死難言及降罷之後猶乞專領邊城蓋欲竭心豈敢避事無何赴任耀州以炎熱之期歷涉山險舊疾遂作近日頗加頭目昏

沈食物減少舉動無力勉彊稍難見於永興軍
請醫官看治次其本州公事權交割通判發遣
臣賦性本蒙處心至狹國家擢於清要有遇事
輒發之尤寄以重難無思患預防之智言必取
悔舉則敗官未踰數年實經三黜頻招物議屢
黷宸聰費天力之主張由臣命之奇蹇矧今抱
病何可貪榮處於善藩已多僥幸帶兹近職深
未遑寧伏望 皇帝陛下推至仁之恩施曲成
之化念其理歷出自遭逢特發聖衷不循朝例

以臣學士之職改一庶官或且在當郡或於隨
郢均汝之間守一小州庶獲安静尚圖痊瘉雖
貪冒微禄詎逃識者之譏而遜避清班少緩有
司之責儻形骸未頓藥餌有功則當再就驅馳
上酬亭育臣無任

范文正公文集卷第十六

范文正公文集卷第十七

表

表

讓觀察使第一表

臣某言馬遞降到誥勑各一道特授臣邠州管内觀察使仍依前邠寧環慶路馬步軍都部署

兼經略招討安撫等使非常之命既出於絲綸未盡之誠敢逃於斧鉞臣中謝臣聞先王爵以尚德禄以報功諸侯之失德者降其爵諸侯之有功者增其禄此百代不易之典也臣又聞貴貴者爲其近於君也漢遣御史繡衣持斧出按二千石唐御史之出節度使以軍禮見所以表朝廷之重也學士丞郎出則居廉察刺史之任入則復其位自五代之亂措置乖失廉察刺史之位遂爲武官學士丞郎一出爲之謂之換過

入朝則不復其位故士大夫寧甘薄禄而不樂換之者久矣況今用兵之際事繫安危今日之命理有利害臣儻默默而受一則失朝廷之重勢二則減議論之風采三則發將佐之怒四則鼓軍旅之怨五則取夷狄之輕六則貽國家之患何以言之臣與韓琦並命陝西初爲經略安撫副使次則分領秦慶二州兼本路都部署司兵馬公事次則進秩爲本路都部署兼領經略安撫招討等使皆以學士之職行都統之權是

用内朝近臣出臨戎閫以節制諸將孰不以朝
廷之勢而望風稟律臣輩亦以内朝之職每覩
詔令之下或有非便必極力議論覆奏不已期
於必正自以近臣當彌縫其闕而無嫌矣今一
旦落内朝之職而補外帥前在左右丞諸行待
郎鄧度留後之上令降於知制誥待制之下使
居方滎劉興之下列以外官而行都統之權此
則失朝廷之重勢一也又既爲外帥則令而後
朝廷詔令之出或不便於軍中或有害於邊事

豈敢區別是非與朝廷抗論自非近臣無彌縫其闕之理縱降詔丁寧湏令奏覆而臣輩豈不鑑前代將帥驕亢之禍存國家內外指蹤之體此則減議論之風采二也臣又自至邊上常責將佐當圖實効上報國家勿樹虛聲妄求恩奬故得歲年以來所奏邊効稍稍得實不至矯誣臣方經制補葺以救邊防之闕而西賊猖熾枝葉愈大臣則一年之中三換寵數將何面目責諸將之實効此則發將佐之怒三也又臣聞自

古將帥與士旅同其安樂則可共其憂患而爲國家之用故士未飲而不敢言渴士未食而不敢言飢今邊兵請給粗供樵爨醋鹽之費食必麤糲經逾歲年不霑肉味至有軍行之時羸不勝甲弃而埋之負罪以逋未能遠去皆捕而斬之臣雖痛而不忍豈敢慢法或有危逼欲使此等之心同其憂患爲國家之用不亦難哉昔祿山之亂河北三十餘城俱歸於賊者非皆攻而下之由衆心無恩當未危之時勉以從事及既危

之後翻然改圖劫長吏以應賊皆此類也臣每
思之則常寒心古之方矦獲其厚禄養敢死之
士以備寇患今之戰士養有常廩賞有常格臣
得千鍾之禄千金之賜豈敢私與死士哉徒聚
之於家使彼目而銜之以待其釁爾臣恐此輩
一日倉卒乘怒而發劫長吏以應賊不能爲國
家之用而能爲國家之患矣此則鼓軍旅之怨
四也又臣聞内列三公九卿外分五矦九伯所
以安天下威四夷也臣自到邊上其熟戶蕃部

皆呼臣爲龍圖老子至於賊界亦傳而呼之且
不測其品位之高下也今賊界沿邊小可首領
並僞署觀察團練使之名臣若受兹新命使蕃
部聞之適足取夷狄之輕五也臣謂國家此舉
使四路首帥失朝廷之重勢減議論之風采發
將佐之怒鼓軍旅之怨取夷狄之輕由斯以往
必敗乃事寧不貽國家之後患哉此六者臣上
爲國體而辭之也再念臣世專儒素遭逢盛時
以文藝登科陛下擢於秘館處之諫司歷天章

龍圖之職可謂凊切矣寒士至此大逾本望儒者報國以言爲先如臣曩者不能練事効賈生慟哭長太息之説黷于聖聽以中外共弃屢經貶放亦已塞朝廷之薄責矣然今之狂士效唐人肆言朝市往往甚於臣者而朝廷容之直以臣於無事之秋先爲之言故天下指之爲狂矣而臣自追其咎未嘗怏怏此搢紳之所諒也前春延安之戰主將不利大挫國威朝廷有使愚使過之議遂及於臣逮臣至于延安竭心悉力

而覷置之間不合朝廷之意既廢復用無所逃遁臣顛沛十載灰而又燃者數四矣臣自知子子惴惴非將相之才豈了大事但國家急難之際邊鄙乏人臣以事君之心雖知憂困日勉一日倏將帥得人臣即引退丘園詠歌太平雖多難之夫有全歸之樂此臣之所期也臣粗守廉隅朝廷豈以貪夫畜臣落近職而增厚禄將令長居邊鄙永謝丘園非臣之所期也臣本有風眩之疾閒命以來心墮氣索不知其涯緣臣夙

夜乃事精爽已乏之量臣之力豈堪武帥長爲荷
戈之事乎此臣下爲私心而辭之也伏望皇帝
陛下垂日月之明發於獨斷追還新恩許存舊
職則是以内朝近臣經略邊事節制諸將其體
重矣而況儒臣武士所習不同所志亦異臣輩
不願去清列而就廉察之厚禄者如方榮劉興
輩必不願減厚禄以就學士之清列矣如使四
路之帥上失其勢下撓其志沮喪不樂意衰神
瘁則事有隳墮豈復能振謀發策爲國家長城

之倚哉恐非陛下推委使人人盡心之意也一昨宰臣堅讓三公雖巳行之命蒙陛下特俞其請臣今冒犯天威爲國體而辭之者六爲私心而辭之者一苟不獲命臣當繫身慶州之獄自劾無功冒賞之咎又劾違制不受之罪以聽于朝廷假使朝廷極怒臣得死於君父之命猶勝貪此厚禄敗名速禍死於寇亂之手此臣之所以知其退而不知進也惟天鑑亹之臣無任

第二表

臣某言馬遞降到詔書一道伏蒙聖慈諭臣所
除觀察使且從稾秩之優益慰戎行之望者祗
膺寵異載被孱愚心戴雲天足臨淵谷臣中謝竊
念臣器業無取誤荷聖知國有急難固宜自効
臣奔走塞下首尾三年曾無寸功以稱上意伏
蒙體天法道欽文聰武聖神孝德皇帝陛下曲
敦寛宥未即嚴誅今又擢居廉察享千鍾之厚
禄加千金之重賜於臣何少哉臣固上表陳讓者
蓋爲於國家未便何則落内朝之職改爲外官

使節制諸將頓失體勢又無功進祿發將佐之怨積貨于家鼓軍旅之怨況慶州與賊界相接其逐族首領管三五百人者便僞署觀察團練之名本司常時行移邊上文字及招安牓示若署臣新銜彼則相輕此皆未便之端也又四路文帥自來帶内朝之職而行節制凡百將佐無不稟服方且力修邊備堅禦賊鋒賴其協心將圖成效一旦遷改人情大惑知者謂去此近職改爲外官非美也其不知者謂有何奇功加此

厚禄非宜也經略使旣無功遷改則經略副使
豈得無望兼鈐轄都監等出入暴露衝冒矢石
比臣處任尤更重難見此遷改必有不平之意
若朝廷不待有功例皆進秩則諸將驕墮誰復
自奮國家邊事爲之柰何此又未便之大也伏
望陛下發於獨斷追還此恩臣得帶內朝職名
節制邊事其體且重副使鈐轄都監等即無不
平之意各思自奮以求功名又得經略招討衙
位與僞署蕃部之名不相交錯免生輕易此事

體大乞垂聖鑑特降中旨如不獲命臣當踐言繫獄上請不敢逃罪臣亦知本朝李維陳堯咨俱自學士换觀察使當時四方無事非領節制但享厚禄爲優賢之命與今事體不同臣昨罷陝西經略安撫副使日便乞落職守貟外郎知一小郡而朝廷不從今却堅辭廉察之位請存學士之職者蓋居節制之任籍朝廷之勢以重其體也且儒生後進换入武帥或居於上則多憎憒必有怨言或處於下則多見抑亦無成功

惟異其品流隆其委注彼則望風懷畏靡敢不從此爲得其體也況臣孤立明時無結託之跡遠居極塞非進用之地如朝廷疑臣不就右職別懷過望即乞聖慈依揚偕張存例特許解去邊任仍乞落學士之職換一刺史或守郎官於隨郢間知一小郡臣死生幸甚死生幸甚非領重寄固不敢借內朝之職矣如受命之日卻有翻言甘俟鼎鑊惟聖鑑裁之臣無任

第三表

臣某言馬遞降到御前劄子伏奉聖旨以臣上
表陳讓就除邠州觀察使事當體深衷勿循小
節前來成命即宜祇受者天語重臨莫非敦獎
臣心再剖合盡懇私臣中謝臣聞虞舜以舍己從
人而稱至德此聖人感人之要也又聞陳力就
列不能者止此人臣事君之分也竊念臣世爲
文吏拳拳素風國家以西事之急用臣過次俾
預經略三年于茲進不能行討伐之威非勇也
退不能宣懷柔之化非智也非智非勇豈主帥

之材固當自劾聽于有司豈期睿恩驟進寵禄
臣退省無狀深所未安况臣前表所陳謂落内
朝之職則失朝廷之重勢既爲外帥則減議論
之風采獨受寵名發將佐之怨積貲于私鼓軍
旅之怨與僞署蕃部同其官號取夷狄之輕述
斯以往必有敗事以貽國家之患此物情可見
朝廷必巳照之非臣之敢誣也况臣懦尫之質
宿患風眩近加疾毒復多皐衂膚髮衰變精力
減竭豈堪專爲武帥以圖矢石之功此臣量力

之所不能也明矣且如劉平本是文臣衆推忠
勇尚不能當將帥之任朝廷察臣之材能如劉
平之武力乎昔唐用房琯虚名將兵拒賊一戰
而潰危困社稷此前人之明驗微臣之深戒也
重念臣出處窮困憂思深遠民之疾苦物之情
僞臣粗知之而天賦褊心遇事輒發故居其外
則寡悔處於内則多咎臣自知非朝廷進用之
器如未獲退則願久守一藩奉行條詔庶幾爲
聖朝之循吏亦足託青史之末光垂於來代今

以邊鄙方艱承乏於此禦寇之力賴諸將佐臣
則日夜思省救其闕漏而已衆知儒臣固不責
其勇力及改武帥則取笑於三軍其諸路有不
辭者或當壯歲或負雄才非臣之所及也如裴
德輿張可久並命閤門使一受一免朝廷各從
其志斯有以見虞舜舍己從人足以感羣下之
心矣臣久荷聖知叨居近列何獨未獲其請臣
竊自疑今邊上新有事宜已發走馬承受張翔
赴闕敷奏本州全闕部署鈐轄臣未敢下獄待

罪再瀝肝膽上冒斧鉞伏望皇帝陛下垂至明
之察推廣生之造許臣依舊帶內朝之職經畫
邊方節制諸將小事行之大事言之爲朝廷之
耳目其體甚重臣尚可力疾爲國盡心其武帥
之難寵祿之過臣敢不揆度固以死請干冒天
憲臣無任

謝許讓觀察使守舊官表

臣某言准樞密院劄子奉聖旨令臣却守舊官
者寵祿固辭涉邀君之大咎聖言惟允推舍已

之至仁臣中謝臣聞進人以禮退人以禮哲王之體也大讓如慢小讓如僞儒臣之行也上得其體足以寧家邦下興其行可以導風俗臣親逢盛美得不手之舞之足之蹈之與天下稱慶哉竊念臣少游庠序長登科級周旋孤宦了無聞達伏遇皇帝陛下金鑑臨御多士駿奔於千官百辟之中擢臣諫諍之列置臣圖書之府揚歷中外恩常異等自西陲用兵朝廷旰食遣臣經略邊事歲月無狀亦嘗得請示以招納之意期

于平定而物議喧然禍在不測上賴日月垂照保全微生曁再委方面專此一路又無出奇之策惟知守禦而已日常自訟以待來者陛下濬發宸謀思欲崇諸路之寄例改廉車且從廩禄之優兼貴稱呼之重霈然渥澤被于弱質臣以令之觀察使列爲武帥書生何力可堪此任幸以内朝之職爲國家心腹耳目權節制之任其體甚重不煩改作願回寵異少寬憂慄三黷天聽義不容誅伏蒙陛下念進人退人之禮察如

慢如儁之情特降俞旨許存舊秩臣且懼且喜
不知所爲懼者有不即從制之罪而尚屈彝典
喜者以不奪稽古之志而復被儒紳臣敢不竭
力悉心夙宵乃職謹疆場之細事佇干羽之大
猷退作頌聲仰荅聖造臣無任

謝傳宣表

臣某言入内内侍省高班陳舜封至伏蒙聖慈
傳宣爲日近差除兩地臣僚未差除間已指揮
中書劄記候將來邊事稍寧詔鄉用在兩地非

出擬議亦非臣僚奏舉特出朕意宣諭卿知兼
令臣密舉臣僚代臣邊任奏聞聖言天意非臣
敢當仰戴光靈伏增戰汗臣中謝竊念臣素乏之才
策誤膺奬寄經制西事三年于兹曾微毫髮之
功方俟雷霆之罰伏蒙皇帝陛下特降密旨許
以重用豈兹無狀之跡可承不次之命況羌戎素
詐邊鄙多虞若以社稷之靈自然嚮化則臣當
自揆以請便安抱病之軀假一近郡静臨民政
退保天年如朝廷未議解兵臣願奔走塞下再

竭心膂少贖過尤何敢輒舉他人代已邊任惟
期自効上荅聖知臣無任

范文正公文集卷第十七

范文正公文集卷第十八

表

杭州謝上表

謝賜鳳茶表

謝轉禮部侍郎表

乞召杜衍等備明堂老更表

青州謝上表

表

讓樞密直學士右諫議大夫表

臣某言三班借職劉仲顔齎降官誥一通勑牒一道伏蒙聖恩特授臣右諫議大夫充樞密直

學士差遣依舊者在物之情向榮必喜自天之
命過寵則驚臣中謝竊念臣齊魯諸生本無榮
望素乏佐王之術豈期遇主之知伏蒙皇帝陛
下采自孤平擢于侍從無似之跡每玷聖造前
年以羌戎負德官軍失利朝廷特命韓琦與臣
同貳經略歲時之間琦以節制不行而免臣以
招納非宜而罷尋分四路復領中權二年于茲
一功未立屢叨進改深負愧羞雖朝廷憂勞且
務姑息而其下將佐覩臣忝冒必思僥倖豈復

有實効之心臣亦何面目以責率其下今邊略未固兵力未彊威令不揚戰鬬多覆因循以甚平定無期一昨寇逼三川其勢可困而葛懷敏等入賊伏中一戰大潰殺傷滿野驅掠無筭臣以本路多虞救援不早臣方痛心疾首日夜悲憂鬚變成絲血化爲淚殞殁無地榮耀何心今日之恩非臣所望臣昨蒙朝廷特除邠州觀察使累章獲讓已煩聖聰三黷之誅豈當再冒然臣有愚心不敢不盡有謬策不敢不陳雖屬

邊臣實叨近職敢不議論少裨聖明傳曰事君如事親又曰君臣同體當此安危之際豈敢事形迹避嫌疑而不盡心於君親乎魏元成曰隋以事形迹而亡唐太宗深然之令願陛下恕臣萬死采臣一言天下幸甚天下幸甚臣觀易震卦曰震亨謂聖人因震恐而致亨大也禹湯罪己其興也勃焉是皆得易之旨畏天之威而致其亨矣陛下其捨諸昨者鎮戎兵敗之後天色陰晦十日不解木冰地震君心憂傷上將帥失

人生靈致陷天地震怒之意也冬至後一日申
時慶州又地震此陰陽戰而致動占書曰四夷
爲中國之陰是夷夏交爭未寧之象也自西事
以來延安東路北路官軍傷折萬餘人并金明
承平諸寨殺虜過蕃部萬餘戶約四五萬口及
麟府喪陷鎮戎三敗殺者傷者前後僅二十萬
人矣死者爲魚肉生者爲犬羊臣仰測陛下之
心必大震動而天下莫知但見爵賞頒行疑朝
廷高枕負兹生靈顧陛下因其震動過崇謙讓

以柔遠失至選將有差之辭告謝于皇天后土五岳四瀆以哀痛之旨誕告多方下感人心上荅天戒陛下既已罪己兩府大臣必有遜謝之請小損勳爵而復其位臣等則宿兵困民討伐未効罪之大者請落近職左降一官帶責授二字仍削除經略招討等使名秪管勾部署司公事以謝邊陲以警將佐以勵軍旅如此則天下聞朝廷罪已知陛下之心不負生靈將佐軍旅等見主帥負責知天子必欲破賊即皆震懼甘

爲艱辛更無僥倖之望臣等得以嚴率其下日夜聚謀上賴威靈可期平定仍請詔下部署以下非大功不録銓轄都監非奇功不賞其班行將校軍士等所得功勞依舊量大小酬奬此救弊之端也今西賊漸熾恐謀深入陛下誠能與大臣密議行臣之策天下幸甚如失此機會行恐後時儻朝廷不取臣言則邊上終無大功浸有入患其勢然矣願陛下以大易之旨取古聖人之用心則震而後亨受景福於無窮庇蒼生

於大賚臣之愚心謬策盡於此矣所降到誥勑
等臣有此一策未敢拜受臣無任

謝授知邠州表

臣某言伏蒙聖慈特授臣依前行右諫議大夫
充資政殿學士知邠州軍州事及管内勸農使
兼陝西四路沿邊安撫使改賜推誠保德功臣
者陟降秘殿為寵甚隆撫按邊庭所寄至重臣
中謝竊念臣涉道尚淺立身本孤偶緣英主之知
獲厠邇臣之列進登二府叅預萬幾議刑賞則

不避上疑革僥倖則多招衆怨心雖無愧跡已難安而況親奉德音遠憂邊患既此聞命誠合請行始塵宣慰之名來撫凋瘵之俗纔周晉地將適秦關屬府庫之已虛積兵旅之尚衆動費萬計理當三思願假一麾就兼四路亦可處其疆事庶不傷於國財詔旨弗從留居丞弼之位表章再路請陳戎狄之機伏蒙 皇帝陛下俯照臣心特回天聽罷政府之重責加仙殿之寵名往守要藩遥按諸部存兹國體簡于聖心臣

敢不即日首途奉詔行事生民疾苦可得詢求邊塞機宜更當籌慮用罄臣節以酬聖知臣無任

邠州謝上表

臣某言伏奉制命授臣資政殿學士守本官知邠州兼陝西四路沿邊安撫使已到任訖祕殿清華舊藩要劇祗膺渙渥伏切震驚臣中謝竊念臣生遘文明幼蹈聲教登于造秀之級涉彼州縣之勞寖遷榮途過被宸眷擢居近府參對

大猷詎有興邦之言曾無經國之効自惟三省必匪久安願解貳於黃樞請分憂於紫塞庶供麤使聊謝輿言伏蒙 皇帝陛下舜聰弗違堯言斯布假禁庭之要職居郡國之長人兼領使名復重邊寄進退以禮足爲儒者之榮本末可言盡出大人之造敢不砥礪風節佩服訓謀不以毀譽累其心不以寵辱更其守副委遇之本意酬保全之大恩臣無任

謝轉給事中移知鄧州表

臣某言伏蒙聖恩特授臣給事中依前資政殿學士知鄧州者洊進榮階往臨善壤允爲光渥彌集震驚臣中謝竊念臣立跡本孤逢辰甚盛以芻言罔避擢登侍從之班以睿奬素隆選預弼諧之列乏增君之善道寡措國之令謀無補當時自安何地遽上借麾之懇實畏在梁之譏俄奉明恩曲加異數假職名於秘殿領使範於邊藩由朝廷之威靈屬羌戎之款順方露便安之請忽頒霑霈之私青瑣是登朱轓載啓臣績未

著合陳三讓之封君命已行懼致再言之黷進退惶惑不知所裁此蓋伏蒙　皇帝陛下天造曲成皇暉久照敦川澤并包之量法山雷善養之經憫其勤勞致諸安逸示中外之一體保君臣之至懽臣敢不寅奉朝經躬修民政孜孜共理少望於前賢蹇蹇一心無忘於大節臣無任

謝在中書日行遣公事不當放罪表

臣某言近准中書劄子伏蒙聖慈以臣等在中書日行遣李晏男公事不當特放罪者具位之

材早虧於國論大明之照終示於天慈爰霽震
霆允爲渙汗臣中謝向以昧陋叅于幾微心則首
公智非周物日視四方之奏類多庶獄之疑而
有告許以言情僞未究妖兇既斃證左弗完上
開三面之仁在刑惟恤僉重一成之議至失不
經多歷歲時尚騰牒訴伏蒙 皇帝陛下川澤
廣納日月委臨察其無他恕茲不及天地之私
至大丘山之戴何勝敢不再省前尤一心後效
少贖失中之咎用敷報上之誠臣無任

鄧州謝上表

臣某言伏奉勑命授臣給事中依前資政殿學士知鄧州軍州事已禮上訖瑣闈清品穰都善地處之甚重憮然若驚臣中謝竊念臣志意本微才力素寡始干及親之禄俄有得君之遇啓沃無隱出處惟命持一節以自信歷三黜而無悔頃以[illegible][illegible]犯塞朝廷旰食起臣思過之地授臣禦戎之策往罄死力敢圖生還夙夜一心首尾四載僅免輿尸之禍終無克敵之勳一旦召還

五章陳讓惟求守塞不敢入朝再煩詔音促登樞右改叅大政俾竭微才革姑息之風則謀身者切齒尚循默之體則憂國者寒心退孤上恩進斂羣怨誠難處於要路復請行於邊鄙方陳豫備之策俄覩綏懷之事延宣霈澤以安黎元臣以患肺久深每秋必發求去沍寒之地以就便安之所庶近醫藥存養晚年伏蒙 皇帝陛下天覆地生雲濡雨濯進以清近之秩付以優息之藩風俗舊淳政事絶簡心方少泰病宜有

廖實緊寬大之朝將幸康寧之福敢不孜孜于
善戰戰厥心求民疾於一方分國憂於千里上
酬聖造少罄臣誠臣無任

謝依所乞依舊知鄧州表

臣某言奉勑就差知荆南府續准中書劄子奉
聖旨允所乞依舊知鄧州者明命已行輙希改
易危誠既露俄遂便安臣志獲宣天慈何報臣
中謝臣涉道素淺立身最孤早由睿哲之知薦更
繁劇之任頃升近弼思副上心以道直前雖危

不避竭肝膂以論事犯雷霆而進忠未酬天地
之恩已掇風波之議尚蒙聖渥俾守善藩忽此
就遷實隆倚任臣以本朝盛德優禮近臣多處
京輔之間以存國體之重而又子有疾恙日常
憂虞復困道途仍遠醫藥遂至再三之瀆庶通
萬一之情伏蒙 皇帝陛下曲軫洪私特回中
旨許留舊治免涉長川蓋推體貌之恩曷副照
臨之意敢不拳拳民政戰戰官箴誓堅介石之
心仰荅高穹之造臣無任

杭州謝上表

臣某言昨奉勑就差知杭州軍州事已到任禮上訖江海上游東南巨屏所寄至重爲榮極深臣中謝竊念臣生稟迂疎親逢明盛居常苦節動必危言踐揚諫諍之曹傾盡諮詢之地至於往司戎事屬當元帥之權入奉聖謨爰廁大臣之列有致君之素志乏代天之懿功䫉相之數陳便宜頗蒙納用汲黯之多犯顏色敢憚見疎雖遼隔於明天亦荐分於善壤共理吳會之域奉

揚唐虞之風跡雖遠而獲安年已高而就逸此
蓋　皇帝陛下天施廣育海務兼包寵優舊臣
恩全晚歲臣敢不抱公忠之節始終弗回體旰
昊之憂遠邇咸一乂兹方面副于宸心臣無任

謝賜鳳茶表

臣某言入内西頭供奉官麥知微至傳宣旨撫
問臣并賜臣鳳茶一合者久離帝右曷測天衷
異恩一臨羣疑盡决臣中謝竊念臣至誠許國孤
立事君屢觸雷霆之威數蹈風波之險一心自

信三黜寧逃方安江海之情敢覬雲天之問伏蒙
皇帝陛下仁存舊物澤被遠臣聖訓丁寧
皇慈委曲念犬馬之微志錫龍鳳之上珍馨掩
靈芝之味滋甘醴濯五神之精爽祛百疾之冥煩允彰仁壽之恩特出聖神之眷謹當餌爲良藥飲代凝冰思苦口以進言勵清心而守道上酬
君父旁質神明臣無任

謝轉禮部侍郎表

臣某言伏蒙聖慈特授臣尚書禮部侍郎依前充

職者渙渥自天震惶無地循墻弗獲致寇是虞
臣中謝伏念臣布素寒姿斗筲微器初縻下士之
禄忽塵上聖之知歷升近班嘗預大政深自感
激詎爲因循仰祖宗之謀請行故事懷社稷之
計動發危言雖欲必盡其心奚能久安於位遽
彰無狀誠合有誅而聖意始終天慈曠蕩尚寘
名於秘殿復蒙幸於善藩天拙云藏人言用息
莫聞課最敢覬龍光伏蒙　皇帝陛下雷霆霽
威日月還照未忘圖舊不次推恩擢登宗伯之

曹上應文昌之緯職命如故爵數甚隆徒執讓
以弗諧止服榮而爲懼臣敢不夕惕三省寅恭
一心進則盡憂國憂民之誠退則處樂天樂道
之分上酬聖遇用竭愚衷臣無任

乞召杜衍等備明堂老更表

臣某言伏覩朝廷行明堂宗祀之禮誕告天下
臣守在遠方不獲榮觀大慶思有補益輙茲狂
易臣中謝臣聞易曰大觀在上言天下所觀在國
家之爲也自古國家興行風教使天下觀之必

先平廟周人祀文王於明堂以配上帝所以示天下尊親之道漢顯宗永平二年春正月祀光武於明堂其年冬十月養三老五更於辟雍三老五更以二千石禄養終厥身前史紀之爲令王之盛節伏惟　皇帝陛下稽古奉先行明堂大禮尊奉三聖配帝而饗普天率土咸知舞抃至於三老五更之典最爲盛德宜可兼而行之如前兩府老臣惟太子太保杜衍太子少傅任布在焉衍直清忠藎勤勞弼亮布廉潔不渝止

足知退皆可備三老五更之選儻朝廷以禮大數煩難於並舉亦可召至俾陪覲大禮及覃慶之際特加恩獎是亦兼行養老之典也臣又覩工部侍郎致仕郎簡執節清素處心雅尚優游泉石樂於吟詠今八十三歲精明不衰月俸之餘不治生業此則臣所目見之也而歸老十餘年不曾遷改亦無錫賜況天下似此近上老臣甚少不難旌奬如郎簡則去京遥遠難行召命可遥均三老五更之慶伏望聖慈稽考舊章特

加恩禮自餘致仕官亦乞朝廷別賜推恩寔當
尊親之朝兼行養老之典足以表大禮之盛彰
上聖之仁興天下之孝悌光搢紳之耆舊史官
書之爲陛下之至德曄曄于千古干冒天威臣
無任

青州謝上表

臣某言奉勅就差臣知青州充青淄等州軍安
撫使已到任交割句當者海岱之區地望攸重
岳牧之任邦選甚隆拜命以還遄戴榮而懼臣某

中謝竊念臣賦才寡薄抱節孤危會遇不倫進擢無狀發言多忤非輕去明主之恩觸事爲憂所重在太平之業消塵未補覆載何酬尚玷鴻私屢加優寄漸茲衰朽期以退藏伏蒙皇帝陛下天量庇全聖衷收采改比劇藩之守僅諸連帥之權臣敢不逾勵夙宵虔分肝昊體九重之深造安千里之含生上副聖求少圖忠効臣無任

范文正公文集卷第十九

狀

狀

代人奏乞王洙充南京講書狀

右臣聞三代盛王致治天下必先崇學校立師

資聚羣材陳正道使其服禮樂之風樂名敎之
地精治人之術蘊致君之方然後命之以爵授
之以政濟濟多士咸有一德列于朝則有制禮
作樂之盛布於外則有移風易俗之善故聲詩
之作美上之長育人材正在此矣國家崇儒敦
古右文致化三京五府多建庠序當州近輔之
郡宜崇治本兼至聖文宣王廟已有學舍三十
餘間有修學進士二十餘人非有講貫何以發
明臣竊見賀州富川縣主簿充應天府書院說

書王洙於天聖二年御前進士及第素負文藻
深明經義在彼講説已滿三年伏望聖慈特與
除授當州職事官兼州學講説所貴國家教育
之道風布於邦畿進脩之人日聞於典籍士務
稽古人知嚮方干冒聖威臣無任

求追贈考妣狀

右臣竊露微衷仰干睿聽霆威匪遠淵懼斯深
伏覩編勑節文一應京朝官在任未滿不因公
事朝廷非時移替在任不曾磨勘轉官者後來

同計及三周年不以到闕在任並與磨勘者伏
念臣自蒙恩改授京官到今七年除持服月日
外亦以四年餘兩箇月不敢僥求磨勘今爲遷
奉在近未曾封贈父母竊念臣襁褓之中已丁
何怙鞠養在母慈愛過人恤臣幼孤憫臣多病
夜扣星象食斷葷茹逾二十載至于其終又臣
游學之初違離者久率常嚬泣幾至喪明而臣
仕未及榮親已不待既育之仁則重罔極之報
曾無夙夜永懷死生何及今又俯臨葬禮尚闕

褒封祭奠之間誌述之際爰茲恩數逼於哀誠身厠登瀛之華親無漏泉之澤矧遇孝理若爲子心今欲將磨勘改轉官恩澤乞先移贈考妣所冀遷曆之日得及追榮況臣尚在壯年序進未晚伏望 皇太后陛下 皇帝陛下深軫至仁俯從危素特降曲成之造更覃廣愛之風則人子至榮獲顯親於不次君父大賜必捐軀而是圖臣無任

奏致仕分司官乞與折支全俸狀

右臣伏覩先降勑命指揮乞致仕官三丞以上與一子身事後來甚有朝官因此陳乞自贊善大夫以下文武官即未有殊恩鮮聞致政臣切見外處句當文武臣僚幕職州縣每有疾患昏耄之人百姓無告本路轉運使長吏欲行體量或聞貧虛不忍廢罷臣聞先王養老莫不推仁在於公朝宜行懋典伏望聖慈應致仕分司官今後每遇郊禋各與進秩耆耄蓋寡優渥何傷內致仕官并乞與折支全俸況國家折支物色

朽腐無筭又所估太高久宜制置庶能周濟以
養衰殘其文資未有朝散階者仍乞就加庶明
尚齒之恩異於班列其三班使臣判司簿尉以
其非大夫之等未有致仕條例亦乞與南班上
佐等第别降指揮所貴休官之人不甚失所勸
臣下廉退之節彰君親存䘲之仁遂其優閑免
於窮困如允臣所奏即乞特出聖恩指揮
舉歐陽脩充經略掌書記狀
右臣叨膺聖寄充前件職任即日沿邊巡按其

有將帥之能否軍旅之勇怯人民之憂樂財利之通塞戎狄之情僞皆須廣接人以訪問復盡心以思度其於翰墨無暇可爲而或奏議上聞軍書叢委情須可達辭貴得宜當藉俊僚以濟機事臣訪於士大夫皆言非歐陽脩不可文學才識爲衆所伏往者緣臣之罪有黷朝聽蓋本人素好議論聞于搢紳只如臣爲諫官之初杜衍任中丞之日脩皆曾移書責臣等緘默無執非獨有高若訥之讓也以此明之實非朋黨若

訥知其無他亦常追悔臣切於集事不敢避嫌其人見權滑州節度判官伏望聖慈特差充經略安撫司掌書記隨逐巡按所典書奏並國家之事非臣下之私若不如舉狀臣甘欺罔之罪

舉張方平充經略掌書記狀

右臣今分經略安撫都部署司職任在延州又發遣延州兵民公事其應荅諸路文字動涉機宜日不暇給凡有奏報朝廷事須精密臣獨力當之必有謬誤經略司雖有判官三員多在本

司及別路句當臣昨舉歐陽脩充本路掌書記尋以召歸館閣更不赴任臣竊見著作佐郎通判天雄軍張方平富於文學復有才用乞朝廷改除充本司掌書記

舉彭乘自代狀

右臣奉勑就轉尚書戶部郎中依前充職臣伏見京西提點刑獄尚書祠部員外郎充集賢校理彭乘博學不倦孤立無徒館殿之中獨爲淹久臣今舉自代

舉許渤簽署陝府判官事狀

右臣竊見權潤州觀察推官許渤在鄉曲時衆推孝行登仕官後自守靜節天禧三年進士及第授初等職官數任別無過犯至今猶是初等清心至行不求聞達復通經術長於論議苟非叩擊似不能言伏望聖慈特與改轉京官簽署陝府判官廳公事庶旌廉退之士以抑僥競之風

舉滕宗諒狀

右臣竊見知涇州刑部員外郎直集賢院滕宗諒詞才公器周於致用曾出聖選擢在諫司當時同列之人並已清顯今涇原已有帥臣本州不屯軍馬別無劇務欲乞朝廷改除於繁重處任使

舉丘良孫應制科狀

右臣竊以國家下賢良之詔求補益之言非止掄材將以致治先王坐以待旦旁求俊乂必以得士爲昌不以限年爲重臣竊見權耀州觀察

推官丘良孫學術稽古文辭貫道求之多士宜
奉大對伏乞朝廷特賜召試

舉張昪自代狀

右臣伏蒙聖慈特授尚書禮部侍郎臣伏見工
部郎中集賢殿脩撰知潤州張昪筮仕以來清
介自立精思劇論有憂天下之心純誠直道無
讓古人之節朝野推重臣所不如乞回臣所授
以允公議

舉張伯玉應制科狀

右臣竊見秘書丞知并州太谷縣事張伯玉天賦才敏學窮閫奥善言皇王之治博達今古之宜素蘊甚充清節自處嘗應科舉未親册對如令仰被清問罄陳大略必能竭前人之正論副大君之虚懷擇而行之有補聖政臣今保舉其人堪充應賢良方正能直言極諫科

舉張問孫復狀

右臣伏覩赦書節文應天下懷材抱器或淹下位或滯草萊委逐處具事由聞奏臣覩國家居

安思危搜羅賢俊以充庶位使民受賜此安邦
之正體也臣竊見試將作監主簿張問文學履
行有名於時前應茂材異等科再考中式以父
喪不得就試近上封事始霑國恩職不稱才衆
知沈俊臣又見兖州仙源縣寄居孫復元是開
封府進士曾到御前素負詞業深明經術今退
隱泰山著書不仕心通聖奧跡在窮谷伏望朝
廷依赦文採擢張問乞除一陝西藩鎮職事官
孫復乞賜召試特加甄奬庶幾聖朝渙汗被于

幽滯

除樞密副使召赴闕陳讓第一狀韓公同上

右臣等各准中書劄子奉聖旨令臣等交割本職公事與鄭戩管句訖乗遞馬疾速發來赴闕者臣等未立邊功忽承召命必慮别有進擢實不遑寧伏緣臣等自領經略之任竭心戎事其於邊上利害軍中情偽年歲之後方能諳悉至若倉卒之際賊謀百端熟於見聞始可料度且朝廷舉天下之力應副西事于今累年賊氣尚

驕屢爲邊患是朝廷責臣等立効之秋臣等盡
節報國之日况賊界雖來請和或恐盟約未合
近復却有點集事宜將來倍須禦備今去防秋
只是百餘日間夙夜經營猶恐闕漏臣等若更
離去或致踈虞不惟上悮朝廷愈長寇孽顯是
臣等自貪寵異移過後人雖當萬死何以塞責
兼近蒙差降中使宣諭臣等候邊事稍寧用在
兩地臣等尋具奏聞且乞依舊陳力此由衷之
請天鑑可明即非今來虚有陳讓伏望聖慈念

邊事至大不可差失特降中旨允兹至誠許臣
等且在本任庶竭疲駑得裨萬一臣等無任

第二狀

右臣等奉聖旨令疾速赴闕臣等爲邊事未寧
防秋在近已具奏聞乞且在本任去訖竊念臣
等自臨邊鄙久阻闕廷入對清光人臣所願忽
承召命豈合稽留然事有可憂須當陳列伏自
西事以來邊上帥臣數有改易天下知其不便
朝廷每以曠官承乏不得已而行之臣等四年

之中三換邊任不聞成効固當坐責昨以涇原
師敗之後朝廷命臣等兼領四路以禦劇寇臣
等夙夜議論思有報効奏選將佐促治城寨閱
習軍馬完補器械爲向秋之備但西人詣闕方
議納和臣等不敢出入塞下恐涉生事然常防
慮詐計未嘗懈心且西賊前來誓書甚明以四
十年之恩信一旦翻覆況今情僞未知復有點
集之說此大可憂防之日也臣等於此處置纔
似諳練上下之情方且稟信節制進退庶無大

衂若貪冒寵榮輒便舍去則是復有帥臣數易之弊如寇患再作臣等躬親邊事猶懼不濟或遠料賊情則多失機會且臣等自膺寄任蒙朝廷推信日重一日凡百陳請如在帷幄無不施行是臣等遭遇盛明盡節立事之時也所以感激剖述願留歲年或寇患必息則修固邊備爲他時之防如其未寧則與將佐合心持重禦捍宜無深入之憂如賊志倔強終難調伏則臣等選練兵將於三二年間仗朝廷威靈討服橫山

近蕃以過外患臣等志在分憂非敢飾讓近名
頻煩天聽乞聖慈深照臣等不任

第三狀

右臣等近以邊事未寧忽承召命兩陳奏牘且
乞在任誠懇斯至利害甚明尚慮朝廷未垂照
悉謂臣等以禮爲讓務取虛名俟及再三即當
上道是以重煩天聽終期得請竊以勩勞而思
逸重内而輕外人之常情也今臣等勤勤懇懇
且願竭力塞下豈置身艱苦違人情之所樂以

矯時干譽者哉誠以經畫西陲于今累歲雖無
毫髮之效上副委遇其如軍中之事粗已諳詳
况西賊父祖以來蓄養姦謀一旦叛命乗累勝
之氣而遣人納和此固苞藏禍心別營兇計今
防秋急備都無數月之期臣等若貪冒寵榮便
離職任向去或有侵軼害及生靈使朝廷重憂
後人當患則有識之人孰不責咎何施面目以
對威顔雖伏顯誅亦無所救故臣等披瀝肝膈
屢有奏述且乞在任以盡疲駑持重保邊庶少

敗事或且許其盟約未解防虞則願更留歲月之間補完闕漏縱其翻覆不失支梧萬一寸功有立寇患稍平則朝廷進用有名臣等歸朝未晚愚衷感切天地可明唯君知臣必當鑑諒伏望聖慈開納早賜允俞臣等無任

第四狀

右臣等自承召命累上封章乞且留本任聖明之照必察愚衷然慮朝廷謂成命已行不許改易或謂三讓爲禮未賜允可臣等莫遑啓處重

煩天聽竊念臣等本以書生昧於兵術朝廷委玆邊事不獲固辭三數年間勉心強力徒懷憂患罔敢暇逸至於勳績絶無稱道雖天心至仁尚賜全宥臣等當自循省更思報効豈復含邊陲之患冒朝廷之寵以取重悔哉所乞且在本任者非敢自謂必能銷殄兇寇以安西鄙蓋臣等受國重委久於戎政或才力不足終坐重責是臣等之分也若不能畢事移患後人而得謂之忠乎況自來帥臣初至則衆多之言爭陳利

害於軍民蕃部之中號令處置頻有更改是以
邊塞衆情皆安於習舊而憚於新規又將佐勇
怯未能盡知倉卒之時指蹤或誤則其害不細
故未平定間恳在數易此朝廷之所明知況今
國家急務在於西陲臣等於此用之不爲不重
乞聖慈特回天鑑使得盡臣子之心臣等無任

第五狀

右臣等近者忽承詔旨俾赴闕廷繼上奏封且
乞在任未量聖慈果悉愚誠夙夜震惶若無所

措伏念臣等自西寇猖蹶久當戎事雖才不逮
志未有成績若其裁處軍政審料敵情旣踰歲
年粗亦詳練故邊防憂患之急臣等去就之分
前奏備列不敢煩陳今所切者昊賊累次盜邊
必先僞達誠款伺我少懈隨即奔衝今又遣人
請和往復遷延即過夏月其或盟約未合必是
又圖侵軼而朝廷當經營防秋之際動易帥臣
迭故迎新衆情自擾則於禦扞之事不無廢闕
賊如乘我不備適足遂其姦謀則是朝廷以西

事爲輕而以進擢微臣爲重或因此有誤大計更滋寇孽則臣等貪冒寵異情何以安臣等所以知遠在朝廷不若親臨疆埸蓋耳目所接指蹤爲便庶於倉卒不失事機況今干戈未寧民力漸屈忠義思奮聖宸重憂宜拔非常之才待以不次之位使其愜宣賢業講求廟筭臣等自當奔走塞下奉行勝略如此則内貧帷幄之議外期節制之行用以相須冀乎必濟伏望聖慈察臣等忠蓋之懇素有本末實不以内外之職

輕重於心早賜允俞使盡臣子之節臣等無任

范文正公文集卷第十九

范文正公文集卷第二十

狀

陳乞頴亳一郡狀

劄子

論西京事宜劄子

論復併縣劄子

乞修京城劄子二道

乞召還王洙及就遷職任事劄子

狀

陳乞邠州狀

右臣聞臣之事君也貴先勞而後禄朝之命官

也患重內而輕外重內輕外何以收藩翰之功
先勞後禄所以勵搢紳之志臣雖無似輙慕前
修臣昨在朝日曾與韓琦同進陝西攻守策又
覩手詔云今用何人鎮彼西方又去年秋曾有
聖旨令韓琦與臣手換往邊上照管臣遂面奏
乞罷參知政事知陝西一郡兼沿邊安撫使乞
不轉官及不帶招討部署之名尋蒙聖恩差充
陝西宣撫使又以契丹舉兵西征元昊在河東
接近復差臣兼河東宣撫使臣自至河東體量

得邊上利害各已奏陳今余靖自北既回必見
契丹無南牧之意臣久住州軍亦慮煩擾欲過
陝西即又宣撫使所行諸軍須望特支恩澤緣
南郊均賜之後陝西府庫已虛或更行特支又
須費十數萬貫如不往陝西則前所上攻守之
策復成空言伏望聖慈依臣前來面奏罷參知
政事并宣撫使只差臣於邠涇閒知一州帶沿
邊安撫使乞不轉官仍不帶招討部署之名如
此則不銷更散特支自可就近處置邊事臣此

直誠並守前奏俟三二年間邊事寧息攻守有
備儻聖恩未移用臣不晚庶朝廷無内重外輕
之失臣亦有先勞後禄之効進退始終良得其
宜臣無任

陳乞鄧州狀

右臣聞理之安危固當殊體官之廢置孰可冒
居竊念臣昨廁台司日瞻宸扆親承睿詔俯念
邊防思得邇臣往分重寄臣既獲聞命因敢請
行邊將宣慰之恩來安屯戍之旅臣以戎情未

測備預當嚴願領一藩兼按四路欲將臣與韓琦所上邊策躬親施行尚蒙朝廷付茲職任臣自到幽土已逾半年復以前策奏陳庶逃尸素朝廷以彼戎款順方用柔懷不欲修威恐成生事臣之所上必可寢停今又覩朝旨據鄜延路奏所定疆界並已了當仰保安軍鎮戎軍權務通行博易者事或寧靜理當改更其陝西邊事自有逐路經略使處置唯此四路安撫司今後別無事務欲乞朝廷指揮廢罷臣則宿患肺疾

每至秋冬發動若當國有急難之時臣不敢自求便安且當戮力今朝廷宣示西事已定況邠州元係武臣知州伏望聖慈恕臣之無功察臣之多病許從善地就訪良醫於河中府同州或京西襄鄧之間就移一知州取便路赴任示君親之至仁從臣子之所望實繫聖造得養天年臣無任

舉李宗易向約堪任清要狀

臣伏見知絳州職方員外郎向約生相輔之家而

能專儒學謹官業廉貧苦節慎靜寡過臣前知
潤州日約爲通判備見操守後來累次爲郡皆
有理績推舉甚衆未蒙獎擢知光化軍屯田員
外郎李宗易天禧三年進士第九人及第素負
詞雅居常清慎有靜理之才無躁進之跡今在
隣屬稔聞治狀人憂其去吏不敢苛此二人者
久於揚歷各有行實並堪充清要任使候勑旨

舉張諷李厚充青州職官狀

伏奉勑命就差知青州兼安撫使已到任訖今

具合奏辟官二員如後一前御史臺主簿張諷
文學懿贍履行純雅未升科進的有才稱欲乞
朝廷采於清議推以異恩特賜召試授一出身
差簽署青州觀察判官廳公事一鄧州南陽縣
主簿李厚進士出身素有文行涉道且深到任
已成一考見權鄧州職官欲乞朝廷特除權青
州兩使推官兼管句安撫司機宜文字候勅旨

薦李覯并録進禮論等狀

右臣聞古之明王坐以待旦旁求俊乂蓋將盡

天下之才成天下之務故爲臣者以舉善爲忠亦將竭知人之明副待旦之意也臣親逢聖旦嘗忝輔臣輒慕前修之爲少荅非常之遇臣伏見建昌軍草澤李覯前應制科首被召試有司失之遂退而隱竭力養親不復干禄鄉曲俊異從而師之善講論六經辯博明達釋然見聖人之旨著書立言有孟軻楊雄之風義實無愧於天下之士而朝廷未賜采收識者嗟惜可謂遺逸者矣臣竊見往年處州草澤周啓明工於詞

藻又江寧府草澤張元用及近年益州草澤龍
昌期並老於經術此三人者皆蒙朝廷特除京
官以示奬勸臣觀李覯於經術文章實能兼富
今草澤中未見其比非獨臣知此人朝廷士大
夫亦多知之臣今取到本人所業禮論七篇明
堂定制圖序一篇平土書三篇易論十三篇共
二十四篇編爲十卷謹繕寫上進伏望聖慈當
乙夜之勤一賜御覽則知斯人之才之學非常
儒也其人以母老不願仕官伏乞朝廷優賜就

除一官許令侍養亦可光其道業榮於閭里以

明聖人在上下無遺才候勑旨

進故朱寀所撰春秋文字及乞推恩

與弟寘狀

右臣伏見故秘書丞集賢校理朱寀幼有俊材服膺儒術研精道訓務究本源越自經庠擢升文館力學方起美志未伸不幸妖喪深可嗟悼寀春秋之學爲士林所稱有唐陸淳始傳此義學者以爲春秋之道久隱而近乃出焉寀苦心

探賾多所發揮其所著春秋指歸等若干卷謹繕寫上進乞下兩制詳定如實可收采則乞宣付崇文院又念其人家道貧窶妻息孤窮有親弟寘亦習儒業未登禄仕伏望聖慈特霑一命況寘曾任府界提點偶緣病罷別無過犯中前監察御史梁堅蔡稟等亡後亦蒙録用子孫體例頗同不爲僥倖以彰聖朝旌録儒學使其孤幼不墜丘壑亦天地之造也候勑旨

陳乞頒亳一郡狀

右臣輒陳危悃上黷高聰逖仰雷霆不任淵谷
切念臣涉道至淺賦材本下爰從孤宦首被聖
知自謂得君未嘗避事險易一志周旋四方、
守東齊方面亦重救災禦寇敢不盡心而年高
氣衰日增疾恙去冬已來頓成羸老精神減耗
形體尫弱事多遺忘力不支持其青州常程公
事已牒通判職官發遣其安撫一路九州軍[illegible]
馬公事繁多至於郡縣利害鄉川寇盗皆稟大
司指蹤自臣抱病句管不前上無以分宵旰之

憂下無以逃尸素之誚惟是奏報文字臣則竭
心勉率亦多稽緩揣己量力實不自安伏望聖
慈於潁亳二州就差臣一處所貴閑慢少事一
以養疾庶安朽質少保殘年仰祈洪造之私
誓丹衷之報臣無任

劄子

論西京事宜劄子

臣近親奉德音以孔道輔曾言遷都西洛臣謂
未可也國家太平豈可有遷都之議但西洛帝

王之宅負關河之固邊方不寧則可退守然彼
空虛已久絶無儲積急難之時將何以備宜以
將有朝陵之名漸營廪食陝西有餘可運而下
東路有餘可運而上數年之間庶幾有備太平
則居東京通濟之地以便天下急難則居西
險固之宅以守中原易曰天險不可升地險
川丘陵王公設險以守其國此之謂也先王必
德以服遠人然安不忘危故不敢去兵以恃德
也陛下内惟修德使天下不聞其過外亦設險

使四夷不敢生心此長世之策也伏望聖慈未
煩下議且留聖意可俟臣口對不備謹再具狀
奏聞

論復併縣劄子

臣伏覩赦書節文西京河陽管界諸縣近經併
廢頗聞人民不便並特令依舊臣去年秋纔入
中書蒙聖慈差中使催臣言事臣首陳七事内
一事爲天下民困由吏役煩重如西京在後漢
時三十七萬戸置二十縣唐會昌中十七萬戸

置十九縣令有五萬六千戶尚置十九縣是戶口十分去七而縣額如舊吏役不減安得百姓不困哉後漢光武詔天下併減四百餘縣此治世之規可舉為法臣請先於西京減併縣分以省吏役奉聖旨下范雍并本路轉運使密切相度聞奏尋據范雍夏安期等奏相度西京縣邑衆多人戶差役頻併今來減縣邑為鎮實亦利便除山險空迥地里闊遠及陵寢所安難為廢罷外乞併作十三縣委得允當別無妨礙尋蒙

朝廷依奏降勑施行訖約計減役人一千五六
百户已放歸農官員亦已省罷訖竊聞後來有
臣僚上言或稱縣尉檢覆地遠且逐縣界分俱
不及百里如南方縣分有三二百里者亦只一
員縣尉以此方之甚不遥遠或稱却費軍人守
把其守把軍人即非旋有招置並是本府宣毅
兵士在本府中亦須請受或稱酒稅虧額今體
問得逐鎮比舊日却有增盈其所上言皆非害
民之事況無實狀只是坊郭物力之人恐産業

閑慢或逐縣公人中有巢穴已成不願更改者因茲妄說不便扇搖人情致臣僚誤有採聞形于奏牘朝廷未深窮究便以爲然改已行之命特作霈恩而不知一千五六百戶免役之家重加勞擾殊非霈恩之意只是坊郭物力之人縣邑狡猾之吏遂其志願僥倖歡呼必有作感聖恩道場以惑朝聽者其鄉川之民弃農就役復爲愁苦是害其本而徇其末也且光武之朝詔下併四百縣何號令之行無敢沮者今朝廷止

併六縣而號令已出敢有沮言是國家命令不行於外恩澤不逮於民國矣政如此則天下無事可行皆欲守因循之弊弊不可救亂所由生且西京在漢時三十七萬戶置二十縣今五萬六千戶置十九縣其吏役勞擾亦甚明白非隱昧之事臣爲近輔請行此令者蓋欲蘇息窮民且非利已緣親奉德音并降中使促令論列時事非臣輒有改易況典故甚明非出自胷臆如上言不當乞朝廷直行黜罷不銷重擾生民而

沮此一議若轉運使等定奪不當亦乞朝廷駁下不當事件特行勘問明示責降自然利害分別中外無疑臣本上言之人如不黜罷其元定奪之官又不勘問却將重擾生民之事作恩宥施行於體不便不知令諸縣仍舊惠及何人臣爲朝廷惜此一舉使天下無復有省役息民之望伏望聖慈指揮西京未得追擾放役之人別候朝廷指揮更年歲間利害既明謗議自息所以懇懇上言者忝爲輔臣知利害不能執守則

國家之惠必不能行生民之弊亦不能去儻朝廷以臣僚上言爲是以臣所言爲非即乞依臣所奏早加勘劾速行降黜臣即方敢伏罪不復論列取進止

乞修京城劄子

臣危言孤立久荷聖知當此盱昃之憂豈可循默自守雖言而無取亦以盡臣子之心臣先於景祐三年五月初在開封府曾有劄子言西洛帝王之宅絕無儲蓄乞聖慈以將有朝陵爲名

使東道有餘則運而西上西道有餘則運而東下數年之間庶幾有備太平則居東京舟車輻湊之地以便天下急難則守西洛山河之宅以保中原當時臣言西洛可營者以備急難也今北事既動營洛已晚臣今別有愚見請一二以陳之臣竊聞修建北京以禦大敵以臣料之可張虛聲未可為倚何哉河朔地平去邊千里胡馬豪健晝夜兼馳不十數日可及澶淵陛下乘輿一動千乘萬騎非數日可辦倉卒之間胡馬

已近欲進北京其可及乎此未可一也又承平已久人不知戰鬬寇大至羣情憂恐陛下引憂恐之師進涉危地或有驚潰在爪牙之臣誰能制之此未可二也又北京四面盡平絶無險扼之地儻乘輿安然到彼而胡馬旁過直趨河南於瀍澗四向乘凍而渡京師無備將何以支宗廟社稷宮禁府庫皇宗戚里之屬千官百辟之家六軍萬民血屬盡在無金城湯池可倚無堅甲利兵可禦陛下行在河朔心存京師豈無迴

顧之大憂乎此未可三也假使大河未凍寇不得渡而直圍守澶淵聲言向闕以割地會盟爲請當此之時京師無備胡塵俯逼陛下能堅守不動而拒其請乎唐明皇時祿山爲亂舊將哥舒翰引四十萬兵屯守潼關請不出戰且以困賊楊國忠促令討賊戰大敗遂陷長安今京師無備寇或南牧朝廷必促河朔諸將出兵截戰萬一不勝則有天寶之患朝廷將安往乎昔煬帝盤遊淮甸違遠關中唐祖據之隋室遂傾明

皇出幸西蜀非肅宗立于朔方天下豈復爲唐矣德宗欲幸益部李晟累表乞且幸山南以係人心乃知朝廷萬邦之根本今陜西河北聚天下之重兵如京師搖動違遠重兵則姦雄奮飛禍患四起臣聞天有九關帝居九重是王者法天設險以安萬國也易曰天險不可升地險山川丘陵王公設險以守其國正在今日矣臣請陛下速修東京高城深池軍民百萬足以爲九重之備乘輿不出則聖人坐鎮四海而無順動

之勞鑾輿或出則大臣居守九重而無迴顧之憂矣彼或謀曰邊城堅牢不可卒攻京師坦平而可深犯我若修完京師使不可犯則是伐彼之謀而沮南牧之志矣寇入之淺則邊壘已堅寇入之深則都城已固彼請割地我可弗許也彼請決戰我可勿出也進不能爲患退不能急歸然後困而撓之返則追之縱有抄掠可邀可奪彼衰我振未必不大勝也此陛下保社稷安四海之全策矣或曰京師王者之居高城深池

恐失其體臣聞後唐末契丹以四十萬衆送石
高祖入朝而京城無備閔宗遂亡石晉時叛臣
張彥澤引契丹犯闕而京城無備少主乃陷此
皆無備而亡何言其體哉臣但憂國家之患而
不下顧其體也若以修完城隍爲失體不猶愈
於播遷之禍哉朝廷大臣百辟必曉此事但懼
議者謂其失體而不敢言臣任在西陲非當清
問而輙言北事誠罪人也然臣子之心豈敢忘
君親之憂況臣素來愚拙惟知報國而不知其

受謗矣昔奉春君負販之夫勸高祖都關中而張良賛之翌日命駕臣叨預近列而輒建言比之奉春之僭未甚爲過至於西洛帝王之宅太祖營修蓋有意在子孫表裏山河接應東京之事勢連屬關陝之形勝又河陽據大川之險當河朔河東會要爲西洛之北門又長安自古興王之都天下勝地皆顧朝廷留意常委才某重臣預爲大備天下幸甚干犯聖威臣無任云云

又

臣近覩邸報有北使到闕遠近稱慶及見逐處
關報事宜却言西北兩界各大點集比疑北使
之來未甚誠實以四十年之恩信無故動搖恐
非有限之貨能足無厭之心此可大爲防盟誓
不足倚也戎情翻覆自古非一臣竊覩朝廷未
修東京而先修北都臣謂東京根本也北都枝
葉也雖先朝曾有北都之行當時有宿將舊兵
嘗經大敵然猶上下憂疑盤桓而進今太平已
久人情易動又無宿將舊兵不可不過慮也臣

見邊上將佐軍旅恥言不武爭乞効命及其臨
敵十無一勇臣恐駕前諸班武士務誇膽勇有
悞陛下昔漢樊噲對上曰臣願得十萬衆橫行
匈奴中季布叱曰噲可斬也昔匈奴圍高帝於
平城漢兵三十二萬噲時爲上將軍不能解圍
今言以十萬橫行是面謾也今陛下自顧左右
將軍有如樊噲者乎臣昨上言請修京城宜
持重而不動者蓋爲此也若將巡幸北都臣
謂有可慮之事者五願陛下思之臣三四年來

聞人所傳契丹造舟安輪遇陸可載遇川可濟
如南牧而來於滄德之間先渡黄河取鄆濮而
襲我京城陛下虛往北京而冦入東路此可慮
之一也又宗廟社稷皇宫戚里千官百辟六軍
萬民之家盡在京師而城池無備冦或大至將
何保守此可慮之二也若廵幸北京六軍盡出
迴顧京師億萬之中或有姦兇竊發為亂陛下
之心能安於外乎此可慮之三也假使鑾輿未
出冦逼澶淵聲言向闕有割地之請既京師無

備朝廷能拒其請乎此可慮之四也又胡馬之來必數十萬其河朔之兵當須持重如京城無備畏彼深入必促重兵與之決戰萬一有哥舒之敗則社稷爲憂此可慮之五也願陛下必修京城可禦大患況天子之城古有九重之號未聞以不嚴不固而爲國體也能嚴且固則上自宗廟社稷下及百萬之衆可安堵矣陛下乘輿不頓順動矣雖寇入東路不得而襲矣彼扣澶淵有割地之請可拒而弗許矣彼求決戰可戒

諸將持重而勿出矣彼知京師有備大軍持重則南牧之志不得而縱足以伐其謀矣而復欲則避之困則擾之夜則驚之去則躡之因其勢而圖焉皆須京師大固然後能行其策近代狄爲京師之禍者數四矣不可不大爲之防曰王公設險以守其國此先聖之訓非臣之所能言也惟聖鑑裁之

乞召還王洙及就遷職任事劄子

臣聞國家求治莫先於擢才臣之納忠無重於

舉善臣竊見工部員外郎直龍圖閣新差知徐州王洙文詞精贍學術通博國朝典故無不練達搢紳之中未見其比以唐之虞世南先朝之杜鎬方之不甚過也臣在中書日洙曾求知州時章得象以下並言朝廷每有典禮之疑問此人必見本末豈當許就外任遂不行所尋以撰成國朝會要一百五十卷蒙恩進直圖閣依舊天章閣侍講仍賜金紫以旌稽古能也後以赴進奏院筵會乃在京諸司常例得

從一日之從徒以橫議中傷例譴居外三紀
宥未蒙召還恐非聖朝棄瑕采善之意臣近
此人來知襄州復能精勤政治庶務修舉清
和恕吏民樂康乃知其才內外可用自任下
負外郎已及六考不求磨勘直龍圖閣亦了
年未曾遷改伏望聖慈不以人之小累而廢
大善如朝廷采鴻儒碩學以備詢訪則斯人之
選爲中外所服矧有懿文可以發明議論潤色
訓謨欲乞特賜召還儀表臺閣儻朝廷意切生

民重其外補則乞就遷近職別領大藩使搢紳之列知稽古有勸爲善弗掩實聖政之端也臣嘗叨近輔知無不言況襄鄧鄰封稔聞善治不如舉狀臣受上書詐不實之罪

范文正公文集卷第二十

（宋）范仲淹　撰

宋本范文正公文集

第三册

國家圖書館出版社

第三册目録

范文正公文集卷第十一

書

上呂相公書

某啓仲秋漸涼伏惟相公台候萬福某奉命此

行至重至憂初欲道中上記以未到邊隅無可
述者或有屑屑之見奏牘具焉初至長安見九
江太尉首傳台旨頗言開釋尋來鄜延路巡按
北視金明之役止數日復還延安極邊之情指
掌可見金明一邑舊寨三十六人馬數萬一旦
蕩去後來招安到蕃部三百來戶不足爲用又
塞門寨圍逼十旬諸將逗留無敢救者軍民數
千一時覆没及廢承平南安長寧白草四寨弃
爲虜境延安之北東西僅四百里藩籬殆盡近

修金明聊支一路將修寬州以禦東北非多屯
軍馬亦不能守必須建軍其利害具於奏中所奏
劄子方永興軍繫署今有圖子先具呈上今延安兵馬二萬六千患
訓練未精將帥無謀問以數路賊來之勢何策
以待皆不知所爲但言出兵而已此不可不爲
憂也或得其人精練士卒山川險惡據以待寇
俟有斬獲乘勝深入賊勢一破鳥散窮沙復舊
漢疆宜有日矣如未克勝賊勢不衰縱入討除
豈肯逃散或天有風雨之變人在山川之險粮

盡路窮進退有患此宜慎重之秋也自延州至金明四十里一河屈曲涉者十三度此言山川之惡也或遇風雨不敵自困某今與延安當職議定約束急於訓練俟其精彊可禦可伐亦令録奏乞朝廷特賜威命則邊鄙可定廟堂無憂別路兵馬少勴臨時制置不必倣此又張龍圖吏道精彊但親年八十寓於他郡復言不練兵律延安重鎮數郡仰賴若不主戎政所失則大叚待制西人所望明鎬亦細知邊事惟相府裁

之某惶恐再拜

又

年月日具官范某謹東望再拜上書于昭文僕射相公閤下竊以文武之道一而文武之用異然則經天地定禍亂同歸于治者也傳曰天下安注意相天下危注意將斯則將相之設文武之殊久矣後世多故中外不恬二道相高二權相軋至有大將軍而居三司之上蓋時不得已也五代衰亂專上武力諸侯握兵外重內輕血肉

生靈王室如綴此武之弊也皇朝罷節度署文吏以大赦其弊立太平之基旣而四夷咸賓志戰日久內外武帥無復以方略爲言唯文法錢穀之吏馳騁于郡國以尅民進身爲事業不復有四方之志一旦戎狄叛常變及征討朝廷渴用將帥大患乏人此文之弊也前則劉平陷没范資政去官次則韓琦與某貳于元帥不能成績以罪失職復以夏陳分處二道期于平定近以師老罷去而更張之三委文帥一無武功得

不爲和門之笑且議耶今歸之四路復皆用儒彼謂相輔大臣朋奬文吏他日四路之中一不任事則豈止於笑當尤而怒之用儒無功勢必移于武帥彼或專而失謀又敗國事況急而用之必驕且怨重權厚賞不足猒其心外寇未平而萌内患此前代之可鑑故裴度淮西之行不落韓洪都統蓋爲此也某不避近名之嫌有表陳讓願相公與兩府大臣因而圖之如鄜延環慶二帥一路以文一路以武涇原秦鳳二帥亦

如之使諸將帥高者得色下者增氣如寡策略則擇俊乂爲之參佐仍使鄜延環慶二路如舊通其軍政涇原秦鳳亦如舊制則謀可相濟兵可相援矣今王仲寶是環慶部署兼管鄜延兵馬許懷德是鄜延部署兼管環慶兵馬涇原秦鳳副都部署於今亦然唯新命都部署則未有處分固不煩更改詔勅唯續降宣旨以兼之乃舊制也既文武參用二路兼資均其事任同其休戚足以息今日之謗議平他時之驕怨使文武之道協和爲一何憂乎邊患矣某復慮朝廷以逐路部署爲經略招討之貳謂之參用則

此使權雜伍于下不足爲重僅之虛設或以文換武謂之叅用則前日換者人皆以儒視之或以新帥難動則某願避此路以待武帥請主外計仍領安撫舊名亦足救生民之困弊復可按邊陲之利病咸得聞于朝廷不爲輕矣區區之意附記注梁學士達于台聽恐道途雨雪之阻故復拜此不任懇切憂惶之至不宣某再拜

又

六月日具位范某謹齋沐上書于昭文僕射相

公某近者伏奉制命就除邠州觀察使祗膺睿渥且榮且憂三上讓章未獲俞旨竊念某幼孤且賤始求五斗祿爲養親計怔忪進退懼不可得今朝廷以方面之重受茲寵異爲某之福可謂大矣豈敢忽千鍾之重哉蓋聞福者禍之所伏故循牆而走思以避之何則居諸將諸軍之上責人死效而自以無功受國重賞於己安乎其他利害具在封奏復有大懼不敢聞于天聽而敢陳之於相府今西北聳動在北爲大雖遣

使修好或可暫弭柰何積年之謀一朝而發以數十萬之賄便能充無猒之心息舉國之衆乎必先困我而終於用兵萬一某輩移帥朔方居大使節度之下見利而舉則加以擅興之誅持重而謀則誣以逗留之咎堅城深池之內自擁其精甲救危赴難之際而擾以羸兵利害不得言進退不得專大敵在前重典在後當此之時儒臣文吏何以措手足於其閒哉劉平之勇猶不克濟此相公之所覽也是則繫國家之安危

生民之性命某豈可不自量力而輒當之遠慮近憂先聖之明訓何敢苟寵禄之福忘喪敗之禍耶某謂朝廷用儒之要莫若異其品流隆其委注衆皆望風稟畏以濟邊事比夫畋爲武帥與之參用功相萬也某謂相公弼諧於內在天下安危之事不得而讓也某輩奔走於外經畫百事亦不得而讓也某今日避此命者豈偷安之人哉誠有所存爾爲國家先重其身而安其心賴相公坐籌於內某輩竭力於外內外協一

奉安宗廟社稷以報君親以庇生靈豈小節之謂乎恭惟相公與二府大臣同憂天下之時必能恕狂者之多言采愚者之一得某肖中甚白無愧於日月無隱於廊廟惟相公神明其照某豈得而昧之干冒台嚴卑情無任危切之至不宣某惶恐再拜

上樞密尚書書

某啓秋凉伏惟樞密尚書台候起居萬福某奔走道途疲困以甚加應荅文移中夕不寐無暇

撰修謝啓伏增惶懼某久在江外職業無可唯望廢退以遂麋鹿之趣而朝廷過聽越次寄任拳拳負荷不能無憂今至延安北入金明視城壘之役且欲深見邊事戎馬之後原野蕭條金明北百里之間元有塞門栲栳二寨并李士彬下蕃部寨三十六所悉已蕩去盡没番境人不敢詣又此間隨川取路夾以峻山暑雨之期湍走大石秋冬之流屈曲如繞一舍之程渡涉十數山川之惡諸處鮮並兵馬出入所宜慎重又

將帥無謀不務訓練坐困粮道唯請益兵兵聚
城中無舍可泊人馬暴露時苦寒廩庫緡空虛
不議營構守禦之術寂寥無聞張龍圖言累陳
乞只願領郡求免軍馬之務諸將何稟焉某已
有奏章乞別選人叚待制西人所望無出右者
明鎬亦知邊事頗見疚心如僉議未諧即某不
敢避儒生之筭豈能決成但一方之憂未有當
者此夙夜切切不得已也秋霖弗止禾穗未收
斯民之心在憂如劇近分擘延安兵馬作六將

教習由鄜州之始其於利害奏牘具焉某夘翼
門下雖竭心力常懼貽知己之羞此所以罄其
短拙而不知朝廷可否之意惟待罪而已不宣

某再拜

與省主葉内翰書

某頓首竊惟皇上念天下之計至大至重思得
良大夫主之故寤寐閤下之賢復有此拜而人
莫得間之憂國者可不相慶然天下之計其難
久矣自李唐中徽天下多事諸節度各聚州兵

據征賦以自支故有尾大不掉之釁起矣此非
唐之本謀但四方縱横撲滅不暇故因其有功
而分裂之蓋不得已也皇朝開造天下特革其
弊重兵聚于京師至于諸節度之兵亦皆贍于
度支誠長世之策也然祖宗之初約天下之入
以周其用則倍有餘矣而八九十年閒朝廷全
盛用度日滋增兵頗廣吏貟加究府庫之災土
木之蠹夷狄之貪水旱之患又先王食貨之政
霸王之略變通之術不得行於君子而常棿於

羣吏則天下之計宜其難矣某出於孤平感遇非淺亦甞面陳君天下之計而應和者寡故不得行及其居外固當不復爲言今閤下再領大計必欲盡心爲國家遠圖是君子可行之時非羣吏之可梔也某欲筆削于左右請公自行之則慮搢紳多言謂閤下力革前數君子之爲以結上意又欲言于朝廷俟當閤下主議之亦懼獲晚節躁言之謗以故遲遲而莫能發但媿致身有餘報國無狀爾願閤下熟念天下長久之

討考前賢至至之論則必變而通之非僕某之
云云也殘暑惟自重爲禱不宣某上

又

某啓近辱眞誨荅以報之自信之心弗改于舊
此金石其誠對明神而無愧天下識者所以重
道卿之高正爲此矣然國之安危存亡繫于其
人正人安則王室隆正人危則天下憂故君子
安其身而後動易其心而後語所以身安而國
家可保豈特厚于己耶漢李膺之徒黑白太明

而禁錮戮辱雖一身潔清千古不昧柰何邪正相激速天下之禍漢室亦從而亡之僕以爲與國同憂之人宜弗爲也如與國存亡則有視死於鴻毛者豈特輕其己耶今上睿聖至仁惟股肱協德則堯舜同功天下爲壽前者數君子感遇激發而高議直指不恤怨謗及羣毀交作一一斥去雖自信於心未足爲恥使太上用忠之意謂吾道無可信者此不爲重乎道鄉能不鑑此宜其與國同憂無專尚名節而忘邦家之大

則天下幸甚幸甚不宣某頓首

祭文

祭謝賔客文

維景祐二年八月日具位某謹致祭於故賔客謝公之靈嗚呼南有諸謝兮風流不衰金玉嗣音兮非公而誰大儒之文兮醇醇而弗醨君子之器兮安安而弗欹升百里之堂兮仗千里之麾載循良之吏兮形愷悌之詩踐瀛洲之華兮弗驅弗馳立憲臺之端兮有威有儀士患其薄

兮公持重以厚之士病其躁兮公恬退以靜之
歸去來兮賢哉遂偃仰以舒遲坐西臺而甚泰
叅東朝而非早嗚呼悵日月兮不留訴天地兮
胡爲仁者以壽兮我懷安悲老成以往兮我傺
何師賴堂構之隆兮天弗我欺藏孫之後兮蓋
相繼而丕丕想雲山之秀兮神實有知嚴子之
隣兮可相與而熙熙國人不得而見兮望秋光
而淚滋伏惟尚饗

祭胡侍郎文

維寶元二年六月日具官范某謹致祭于故侍郎安定公之靈惟公出處三朝始終一德或雍容於近侍或偃息于外邦動惟至誠言有名理卓茂以禮樂率下黃憲以度量過人靡尚威刑積有陰德安車以謝正寢而終老成云亡薦紳興慕某辱知深厚聞訃驚哀官守所縻不皇躬事嗚呼悲哉伏惟尚饗

祭蔡侍郎文

維寶元二年六月日具官范某謹致祭于故叅

知政事户部侍郎蔡公之靈天生鉅公泰山之東㭊矯首於王庭冠天下之英雄孤標孑孑美聲隆隆顧幽陋之何階亦早飛於牓中瞻公青雲日大月崇出處二府心醇道充進惟兢兢退無忡忡端人之徒莫不望公近年京師密仰清風立朝禮隣報國心通憂愚之直憫愚之忠愚賦未還公出而終嗚呼邦之善人胡福不蒙欲一問於蒼天天杳杳而誰窮尚饗

祭石學士文

維慶曆三年九月日具官范某謹致祭于故友
曼卿學士之靈嗚呼曼卿之才大而無媒不登
公卿善人爲哀曼卿之筆顔精柳骨散落人間
寶爲神物曼卿之詩氣雄而奇大愛杜甫獨能
嗣之曼卿之心浩然無機天地一醉萬物同歸
不見曼卿憶兮如生希闊之人必爲神明尚饗

祭吴龍圖文

維慶曆三年九月日具官范某謹致祭于故龍
圖學士兄之靈嗚呼與兄相知積有年矣行可

師法言皆名理日重一日人望公起憂國憂民早衰而死嗚呼天有五行播于羣靈惟純惟粹哲人廼生厥生不易厥道未行一朝往矣天地何情嗚呼我不得知泣而懷之又失此人寧莫我悲蒐兮有生來休盛時尚饗

祭吕相公文

維慶曆四年十一月日具官范某謹致祭于故相贈太師令公吕公之靈嗚呼富貴之位進退惟艱君臣之際始終尤難公覯昌辰宰于庶揆

保輔兩宫訏謨二紀雲龍協心股肱同體萬國乂寧雍容道行四鄙多故憂勞疾生辭去台衡命登公衮以養高年如處嘉遁嗚呼日月迭來數不可回兩楹告兆萬乘興哀某素游大鈞猥居近輔得公遺書適在邊土就哭不逮追想無窮心存目斷千里悲風尚饗

祭陳相公文

維慶曆四年十一月日具官范某謹致祭于故相太子太師贈司空侍中陳公之靈惟公挺生聖

時素懷偉志高文醇醇得聖賢之粹夫節落落鍾公輔之器出處三朝周旋五紀入調鼎鼐叶太平之治出仗旄鉞當夾輔之寄忠勞罄宣踐揚備至念始終兮覆簣謝崇高兮脫屣從冠東朝之極品訪南華之深旨百辟所瞻五福具美夫數奄終高風不墜搢紳仰其遺範子孫光其餘懿某行役邊隅阻趨哀次望音徽而斷絕想老成而感涕尚饗

祭韓少傅文

維慶曆五年正月日具官范某謹致祭于故太子少傅贈太保韓公之靈惟公寒苦而立平直以進賢材一伸淑聲大振天子乃知命鎮坤維兩川父老含哺而嬉入領中司進陟二府邦憲以清袞職斯補一德一心弗愧弗負優息近藩旨酒盈罇可以卧理不廢清言功成名遂揖讓而退爲國元老望高中外子孫詵詵禮樂簪紳積善之報集于仁人嗚呼厥生有涯終焉惟命柱石之喪邦國不幸尚饗

祭知環州种染院文

維慶曆五年閏五月日具官范某謹致祭于故環慶鈐轄知環州東染院使种君之靈惟君少負氣岸兮聲蓋關輔青春多難兮白髮始遇西戎入寇兮邊臣共沮君從邊事兮獨立不懼營故寬州兮一日百堵鑿山出泉兮兵民鼓舞叛我者攻兮服我者撫延安東北兮俗康財阜伊余知君兮屢以才舉改環之麾兮禦彼外侮萬餘族落兮貪豺狡鼠畏如明神兮愛如慈父朝

廷倚之兮一方柱礎忽焉長往兮葬于鄠杜君子憂邊兮尚有胡虜伊余追念兮心之酸苦焉得邊帥之盡如君兮守此西土尚饗

祭陝府王待制文

維慶曆五年八月日具官范某謹致祭于故天章待制子野親家王公之靈嗚呼自古皆有死公死特可悲生相門而不驕幼砣砣而從師纔十五而器成獻雄藻于丹墀天子愛而召試擒亹亹之英辭拜登瀛之妙選與先生而並馳起

風采於臺閣久優遊於歲時三借麾以出守民所至而熙熙性清方以自處政坦白而莫欺往按察於荆楚方澄清於一陲惟韓富之二公屢密啓於黼帷廼脩撰於史局尚未足以施爲遂侍從於天閣贊内朝之表儀俄西鎭於陜郊懷周召之風規惟孜孜於生民將富庶之可期每布政於畎畝不飾名於路歧君子愛之而心醉小人長之以神離凡有志於時者皆望公於雲達翙伊余之相知懷金石而弗移曩余謫於江

南靡貴賤而見嗤公慷慨而不顧日拳拳以追
隨何交道之斯篤曾不易於險夷仰萬石之家
聲結絲蘿以相維庶子子與孫孫保歲寒之不
衰嗚呼叔寶多病兮一朝已而顏子不壽兮厥
靈何之神茫茫兮安問天杳杳兮曷司不見子
野兮窮此生而長思尚饗

祭謝舍人文

維慶曆六年二月日具官范某謹致祭于故紫
微舍人希深謝公之靈惟公推識懿文發于誠

性著國之史掌邦之命臺閣徊翔搢紳輝映德
業素充聲猷日盛賢哉云亡顔淵不幸某同年
之中切瑳游泳令此于藩復仰前政不見故人
愸焉如病尚饗

祭同年滕待制文

維慶曆七年三月日具官范某謹致祭于故天
章待制滕侯同年子京之靈嗚呼子京吾人之
英文詞高妙志意坦明自登朝闥翕然風聲言
動兩宮上嘉其誠遷升諫曹心膂益傾謫去江

徼暄涼屢更曾不齎咨奉親爲榮西夏猖獗僉
曰當行乃藩于涇有城無兵渭帥敗覆戎馬縱
横征夫不復哭聲連營弔之緩之與治其生復
卒編民易服乘城完此生聚而不奔驚援兵四
來擾攘攙搶犒以牛酒萬夫豐盈衆稱其才達
於朝廷既允公論俄加寵靈經略一路環慶邠
寧愛民之力彊兵之形機謀若織邊陲如扃御
史風言用度非經投杼之際遷于巴陵巴陵政
修百廢具興雖小必治非賢孰能往臨姑蘇人

喜其升至未踰月美聲四騰遘疾不起福善何憑我固當悲同年之明忠孝相勗悔吝相懲聞其凋落痛極塡膺生平意義忽如弗曾獨有令嗣堂構可承我其撫之必教而稱子京勿恤魂兮高昇嗚呼哀哉尚饗

祭龍圖楊給事文

維慶曆七年三月日具官范某謹致祭于故龍圖給事楊公之靈嗚呼余歲三十兮從事于譙獨棲難安兮孤植易搖公方監郡兮風采翹翹

一顧而厚兮甚乎神交議必以直兮中無藏韜
法必在平兮下無寃號政事以和兮不理而調
志議以合兮不結而牢公徙宛丘兮彼豈無僚
獨不我忘兮且薦且褒羽翼有漸兮階于雲霄
二紀之餘兮恩榮屢叨公還自蜀兮勳望益高
余貳國政兮得其風謠相目於庭兮中心昭昭
曾未密啓兮余出豳郊謂公將享兮用于鈞陶
天不輔善兮公歿于朝大器未充兮非夕非朝
思欲報兮光塵寂寥子孫有善兮余撫而招公

之不見兮惟余心之忉忉嗚呼哀哉尚饗

祭尹師魯舍人文

維慶曆七年四月日具官范某謹致祭于故龍圖舍人師魯之靈嗚呼天生師魯有益當世爲學之初時文方麗子師何人獨有古意韓柳宗經班馬序事衆莫子知子特弗移是非迺定英俊迺隨聖朝之文與唐等夷繄子之功多士所推堂堂沂公延於幕中矯矯文康薦于四聰自兹登瀛坐揚清風舉止甚直議論必公人事多

故遷謫羈旅子行其志曾不爲苦才弗可掩起于縣所往貳經略屢典藩府自謂功名如芥可取黒白太明吏議横生斥於散地頹然不爭惟曰我咎匪由人傾天意已回吉宜大來于何感疾益重其災隱几澄神而已焉哉鳴呼人皆有死子死特異神不惑亂言皆名理能齊死生信有人矣鳴呼與子往還抑亦有年今見其終益知子賢故友門人對泣漣漣哀哉尚饗

祭故相太傅李侍中文

維慶曆七年十一月日具官范某謹致祭于故
太傅侍中之靈惟公生于東魯早游聖門育文
若豹就志如鯤巍巍章聖仄席臨軒天下英雄
雲翔駿奔公冠其首光華帝閣嘉猷日沃威顔
日溫十數年間秉持大鈞言必讜直道惟忠純
或出或處有屈有伸兩朝眞宰一德良臣白髮
仗鉞氣猶過人青宮作傅禮能退身優游養壽
靜默含眞人仰如仙上待如賓門館憧憧子孫
詵詵咸聞詩禮益列簪紳人間之盛公無不臻

嗚呼天地之數聖賢一均高明而終精爽必神
念昔登門遇厚情親曾莫之報是寧不仁東嚮
何爲歎惋悲辛嗚呼哀哉尚饗

祭葉翰林文

維皇祐元年十月日具官范某謹致祭于故內翰
侍讀學士諫議葉公之靈嗚呼賢哉道鄉鍾乎
粹靈秀格峩峩英采熒熒濬學偉文發於少齡
決策三篇萬儒竦聽闊視霄路直步雲庭天然
清流不雜渭涇西垣北門大筆未停爲藩爲翰

于澶于青廼牧京兆關輔以寧冉主大計寔營
寔經慷慨國論冒于雷霆出守河橋期歸闕庭
一夕奄去天地冥冥嗚呼遘時甚盛得主惟聖
謂道必行謂事必正高節莫屈直言屢諍朝廷
風采搢紳輝映天子知人期以輔政弗諧而去
能不曰命嗚呼僕與公知則相知心蓬瀛共舍
切瑳規箴蘇秀隣邦唱詶謳吟相許道大交薦
言深久要之意不爲浮沈今也云亡絶絃于琴
白髮相失淸淚難禁音問一斷憂愁百侵古之

遺直千載猶欽生平之交情何以任哀哉尚饗

祭杜待制文

維皇祐三年正月日具官范某謹致祭于故環慶經略待制杜君之靈嗚呼大儒之門生此令人學深如海文敏若神羣經衆史精微悉臻長疏大議慷慨屢陳藹然風采出乎搢紳寇發嶺南猖狂不臣通彼鬼夷毒我天民妻子以驅室廬以焚降之則變撫之不馴一方瘡痍嗷嗷呼寃朝廷軫憂擇使在人命君以往萬里其勤去

惡務本豈曰不仁數百就擒戮於邊巡賊怨我
當民狂我伸于今幾年一邊無塵君之剛果溫
造其倫聖獎休烈屏諸讒言擢為侍從寄以藩
垣邠寧一道制于中軍忽焉疾至不起以聞天
子震悼惜其忠純嗚呼既鍾其才弗以壽存一
舉之功亦已不泯我實知君嘗以表論今也云
亡痛楚悲辛尚饗

祭英烈王文

年月日具官范某謹昭告于英烈王之神惟王

孝於其親可以訓天下之爲人子者忠於其君可以訓天下之爲人臣者惟忠孝之至誠與天地而不泯宜乎廟食兹土仰之如在某嘗叨近輔來守是邦憂國愛民此其職也今春稼方立霪雨大至川源奔注田畝浸溢生民之命實繫於斯人將不堪神豈無意救兹億兆非王而誰尚饗

范文正公文集卷第十一

范文正公文集卷第十二

碑

碑

唐狄梁公碑

天地閉孰將闢焉日月蝕孰將廓焉大廈仆孰

將起焉神器墜孰將舉焉巖巖乎克當其任者
唯梁公之偉歟公諱仁傑字懷英太原人也祖
宗高烈本傳在矣公爲子極于孝爲臣極于忠
忠孝之外揭如日月者敢歌于廟中公嘗赴并
州掾過太行山反瞻河陽見白雲孤飛曰吾親
在其下久而不能去左右爲之感動詩有陟岵
陟屺傷君子于役弗忘其親此公之謂歟于嗟
乎孝之至也忠之所繇生乎公嘗以同府掾當
使絕域其母老疾公謂之曰柰何重太夫人萬

里之憂詣長史府請代行時長史司馬方眦睚不協感公之義歡如平生于嗟乎與人交而先其憂況君臣之際乎公爲大理寺丞決諸道滯獄萬七千人天下服其平武衞將軍權善才坐伐昭陵栢高宗命戮之公抗奏不却上怒曰彼致我不孝左右築公令出公前曰陛下以一樹而殺一將軍張釋之所謂假有盜長陵一抔土則將何法以加之臣豈敢奉詔陷陛下於不道帝意解善才得恕死于嗟乎執法之官患在少恩

公獨愛君以仁何所存之遠乎高宗幸汾陽宮道出妬女祠下彼俗謂盛服過者必有風雷之災并州發數萬人別開御道公爲知頓使曰天子之行風伯清塵雨師灑道彼何害哉遽命罷其役又公爲江南巡撫使奏毀淫祠千七百所所存唯夏禹太伯季子伍員四廟曰安使無功血食以亂明哲之祠乎于嗟乎神猶正之而況於人乎公爲寧州刺史能撫戎夏郡人紀之碑及遷豫州會越王亂後緣坐者七百人籍沒者

五千口有使促行刑公緩之密表以聞曰臣言似理逆人不言則辜陛下好生之意表成復毀意不能定彼咸非本心唯陛下矜焉勑貸之流于九原郡道出寧州舊治父老迎而勞之曰我狄史君活汝輩耶相攜哭于碑下齋三日而去于嗟乎古謂民之父母如公則過焉斯人也死而生之豈父母之能乎時宰相張光輔率師平越王之亂將士貪暴公拒之不應光輔怒曰州將忽元帥耶對曰公以三十萬衆除一亂臣彼

脅從輩聞王師來乘城而降者萬計公縱暴兵殺降以爲功使無辜之人肝腦塗地如得尚方斬馬劒加於君頸雖死無恨光輔不能屈奏公不遜左遷復州刺史于嗟乎孟軻有言威武不能屈是爲大丈夫其公之謂乎爲地官侍郎同鳳閣鸞臺平章事爲來俊臣誣搆下獄公曰大周革命萬物惟新唐朝舊臣甘從誅戮因家人告變得免死貶彭澤令獄吏甞柳公誣引楊執柔公曰天乎吾何能爲以首觸柱流血被面被

郭

懼而謝焉于嗟乎陷穽之中不義不爲況廟堂之上乎契丹陷冀州起公爲魏州刺史以禦焉時河朔震動咸驅民保郭郭公至下令曰百姓復爾業寇來吾自當之狄聞風而退魏人爲之立碑未幾入相請罷戍疏勒等四鎮以肥中國又請罷安東以息江南之饋輸識者韙之北狄再寇趙定間出公爲河北道元帥狄退就命公爲安撫大使前爲突厥所脅從者咸逃散山谷公請曲赦河北諸州以安反側朝廷從之于嗟

乎四方之事知無不爲豈虛尚淸談而已乎公
在相日中宗幽房陵則天欲立武三思爲儲嗣
一日問羣臣可否衆皆稱賀公退而不荅則天
曰無廼有異議乎對曰有之一昨陛下命三思
募武士歲時之間數百人及命廬陵王代之數
日之間應者十倍臣知人心未厭唐德則天怒
令策出又一日則天謂公曰我夢雙陸不勝者
何對曰雙陸不勝宮中無子也復命策出又一
日則天有疾公入問閤中則天曰我夢鸚鵡雙

翅折者何對曰武者陛下之姓相王廬陵王則陛下之羽翼也是可折乎時三思在側怒發赤色則天以公屢言不奪一旦感悟遣中使密召廬陵王矯衣而入人無知者乃召公坐于簾外而問曰我欲立三思羣臣無不可者惟侯公一言從之則與卿長保富貴不從則無復得與卿相見矣公從容對曰太子天下之本本一搖而天下動陛下豈以一心之欲輕天下之動哉太宗百戰取天下授之子孫三思何與焉昔高宗

寢疾令陛下權親軍國陛下奄有神器數十年又將以三思爲後如天下何且姑與母孰親子與姪孰近立廬陵王則陛下萬歲後享唐之血食立三思則宗廟無祔姑之禮臣不敢愛死以奉制陛下其圖焉則天感泣命褰簾使廬陵王拜公曰今日國老與汝天子哭于地則天命左右起之擿公背曰豈朕之臣社稷之臣耶已而奏曰還宮無儀孰爲太子於是復置廬陵王於龍門備禮以迎中外大悦于嗟乎定天下之業

斷天下之疑其至誠如神雷霆之威不得而變乎則天嘗命公擇人公曰欲何爲曰可將相者公曰如求文章則今宰相李嶠蘇味道足矣豈文士齷齪思得奇才以成天下之務乎荊州長史張柬之眞宰相才誠老矣一朝用之尚能竭其心乃召拜洛州司馬他日又問人於公對曰臣前言張柬之雖遷洛州猶未用焉改秋官侍郎及召爲相果能誅張易之輩返正中宗復則天爲皇太后于嗟乎薄文華重才實其知人之

深乎又嘗引拔桓彥範敬暉姚元崇等至公卿者數十人公之勲德不可殫言有論議數十萬言李邕載之別傳論者謂松栢不夭金石不柔受於天焉公爲大理丞抗天子而不屈在豫州日拒元帥而不下及居相位而能復廢主以正天下之本豈非剛正之氣出乎誠性見于事業當時優游薦紳之中顛而不扶危而不持者亦何以哉某貶守鄱陽移丹徒郡道過彭澤謁公之祠而述焉又系之云　商有三仁弗救其滅

漢有四皓正於未奪嗚呼武暴如火李寒如灰何心不隨何力可回我公哀傷拯天之亡逆長風而孤鶱翅大川以獨航金可革公不可革孰爲乎剛地可動公不可動孰爲乎方一朝感通羣陰披攘天子旣臣而皇天下旣周而唐七世發靈萬年垂光噫非天下之至誠其孰能當

宋故乾州刺史張公神道碑

舜天下知其德也惟歷試諸難禹天下知其功也惟盡力溝洫聖人率天下以勤故能成其務

逮夫王道缺漓坐飾詁言六代之風亡實而落
君子弗觀也我朝用舜禹之道平成萬邦風化
天下於諸使莫敢不勞而有清河張公爲之最
焉天貽厥心則明則粹拳拳四方老於王監爲
舜禹之臣至矣公諱綸字昌言其先因職命氏
源流蓋遠孝友之基自仲而大五世食韓益爲
正卿厥生帝師首造大漢唐失公謹文皇以慟
曁安史亂華衣冠喪緒降及五代不可以禄幽
芳密照需于遠郊今爲汝陰人也皇考諱震王

考諱元皆含仁蹀義映于一鄉考諱煦累贈尚
書都官郎中太夫人翟氏累封高平縣太君都官
端修有大識謂時否之傾家可起也與夫人諄
諄蚤暮篤子以文公刻景鍛志鏗然有就既而
慷慨與人語方略郡國異之以造秀再送于春
官所尚弗合退居于易時太祖既定大業太宗
乃輯羣瑞經營天下使旌交路復畧士三班以
走命于四方公曰抱關蹶張昔賢或爲之部以
名聞首充其選自茲周旋至于光大其進秩也

四命至東頭供奉官閤門祗候歷崇班承制于
内殿改禮賓六宅副使遷文思使昭州刺史尋
拜西上東上閤門使除乾州刺史其更任也淳
化中主権酤于大名之屬邑及王鈞亂蜀方行
天討公使于軍中賊平監慶州兵馬西戎方豪
我摧其鋒遷益簡路都巡檢使眞宗皇帝思清
天下之刑命公按荆湖諸州獄還乃刺舉纖赤
制權右振綱目也俄以邊略典辰溪郡又平凉
鎭戎二城西陲之機鍵公歷專之南夷再亂持

節安撫辰鼎澧三州溪洞事定朝廷以東南諸
路鹽鐵饋運之重命使孔艱及公而諧六年有
大績遷領天水郡實提重兵以壓庶羌蓋西諸
侯之長焉及朝廷有均勞之議徙横海軍又徙
瀛州充高陽關兵馬鈐轄重北門也歲餘請老
不獲命復蒞清池郡已而露章至于再三今上
念功不廢詔以本郡寵之爵命如故時景祐紀
號之二載也明年孟春庚寅啓手足于正寢享
年七十有五上聞而悼之舉延世之典命二子

進級即以仲月庚申葬于汝陰縣之懷音鄉從
先域也公初娶富春孫氏再娶彭城劉氏生子
曰孝竭與夫人皆亡今夫人江夏黃氏出大夫
之宗能循法度封本邑君生子曰孝標孝孫皆
早世曰紹宗今爲侍禁曰紹先爲殿直並幼公
位登二千石權嘗亞大揔管階至光祿爵爲郡
公考終于鄉邦國人榮之君子謂不充其器初
蜀師之役中軍雷侯有終辟公以行如左右手
平定坤維公有力焉時降寇八百人叛據嵒險

中軍督公追斬戒無遺類公往視之曰此窮寇也急之生患乃諭其向背寇莫不誠聽束手歸公以見中軍而全活焉詩云正直是與神之聽之而況於人乎公再至益簡屬寇戎之後民求息肩新軍復驕且敢肆暴公曰兵猶火也將不可嚮邇礫數輩麾下其衆乃戢蜀人賴之詩云民亦勞止汔可小休式遏寇虐無俾民憂公之典辰溪也彼夷人中彭姓一族稱其彊黠溪洞數州署兄弟以爲守國家因其請焉後乃驕叛

邊鄙既襲城邑朝廷患之公至築蓬山館理新
興柵以要其夷道且省戍兵條舉十事不及四
五而有平涼之行夷又侵我帝復召公曰僉謂
彼可殲焉朕惟弗忍汝往圖之公再拜稽首曰
惡草雖微天地不能絶其類先王毆之無猾夏
爾帝曰俞惟康厥民居公馳傳以臨謂彼夷者
不威不懲不見利不勸廼以諜夫駭其族曰天
家使且至方擻兵四道焚若山林毀若巢穴弗
滅弗已夷乃大懼請命公曰納爾爵秩歸我老

孺天子聖且仁吾爲君請夷如其教乃疾置以聞詔原之復其命數貢賜如平日生齒之還者對以刀布作石柱刻夷人之誓揭于疆首自茲威懷迄今將二十年蠧復爲患詩云式固爾猷淮夷卒獲翩彼飛鴞集于泮林食我桑黮懷我好音謂夷如惡禽亦感而化然公之使東南也鹺利方剥議者咸浚文重禁以籠其民公曰天與之我取之又可戕乎奏通泰楚三州亭民除其宿逋佑以敖波之具貸入于縣官而增與之

直民力遂振復創杭秀海三郡鹽亭自是鹽筭
大充于諸路信乎百姓足君孰與不足時江東大
水民胥艱食公請治五渠以洩于海議者謂澤
國下流江海與乎彼潮者通夜不息沙從而塞
欲導焉而何極公曰不然江海善下故能爲百
谷王彼日之潮有損與盈三分其時損居二焉
衆川乘其損而趨之曾莫禦哉彼沙者歲月而
積闢以農隙豈安于災而憚乎力僉從我謀而
蘇秀蒙其利又淮南漕河界湖之東偏歲時決

溢汩我農畝涸我糧道公請增長堤二百里旁錮巨石爲十閘以疏其橫流舍役伍于堤上不力一民而日廣月高復樹以美木今山陽郡東歷高郵抵廣陵塗無畏日南北人歌焉詩云蔽芾甘棠勿翦勿伐召伯所茇謂思其人愛其樹也又海陵郡有古堰亘百有五十里厥廢曠久秋濤爲患公請修復議者難之謂將有畜潦之憂公曰濤之患歲十而九潦之災歲十而一獲九而亡一不亦可乎且請自爲郡而圖焉詔以

本使兼領之壇成復逋戶二千有六百郡民建
生祠以報公于今祠之詩云樂只君子民之父
母樂只君子德音不已謂利及生民則樹無窮
之名焉公嘗使于夏臺時納款惟初見公之儀
知朝廷禮樂始盡其心焉復三使于北疆聽公
之言知天子神聖永懷其好焉詩云四國于蕃
四方于宣謂夷狄爲患則往蕃屏之恩澤弗曁
則往宣暢之其公之謂乎逮于貳膳之年聖倚
彌重歷雄武河間橫海三大鎮時天下無事公

謹其法制安以清淨如叔子之在襄陽仁信著于疆外公長七尺氣勇過人昔在西北歷戰十二大弓長甲操擐自若諸將伏其彊力公性剛不遠仁故無暴明不深物故無怨孝親之心皓首如孤時言必涕下感動左右復常好施與宗族同其有亡中外孤藐一養于家雖享祿不薄屢臍蕃庶之賞徹樂之日門中索然舊淮汴閒運卒凍殍歲常比比及公爲使每冬以俸泉市絮襦千數衣其不自存者且飼而休之使得卒

歲曰此有司之過那使僵仆道途以累上仁其愛君勤人如此而深也今文武班有考績之制率當自表公曰國家廉讓之風未衰則吾豈敢終身不爲言其階于通顯並天子疇其勳異其不得而謝焉公祗事三朝幾五十年無一銖之罰又景德而降權寄不絕保任官材僅三百人一無累者其明哲於人如此而慱也公發身如班定遠事邊如馬伏波修水利如邵南陽議食貨如耿大農有一于茲名聳後世公實兼之宜其

被金石而不朽矣將終召掾曹沛國朱寀草理命於牀下且謂某嘗從事于使部僅知所存在甲令五品而上立神道碑如不得已宜爲我請孝子致其詞某不敢讓惟公雄謀偉行布于四方非耳目可涯又多陰德於人無能名焉敢言其略以顯我國家君子之休其銘曰

天生張侯維頫之濱星萃于上炳爲哲人儀茲聖扆維侯之德柔文剛武弗無矜寡弗有彊禦猶仲山甫維侯之言廼宣聖謨于彼西北西北

有孚邦家之樞維侯之功克顯克大攘彼戎寇
禦彼災害吾民是賴我生旣勤我年斯臻廼懷
故園廼謀嘉賓鼓缶而嬉以休厥身帝錫我侯
歸牧于鄉錦裘煌煌鸞衡鏘鏘故老飲歌吾閭
之光我侯爲何四方是力誠加于物心竭于國
始終一德侯斯往焉帝用惻然遺烈在人史其
舍旃垂千萬年

宋故衛尉少卿分司西京胡公神道碑

公諱令儀字某開封陳留人也曾祖瑜祖紹屬

唐季五代之否嘉遁不顯父彌累贈尚書刑部
侍郎妣某氏贈滎陽縣太君初侍郎覲皇家之
興廼以儒行教子曰可仕矣公夙夜簡編絶而
復續雍熙中以明經中第解褐涇州良原尉丁
太夫人憂服除補潁川郡法掾又居侍郎之喪
皆哀毀過人鄉閭志之既練朝廷以前公在潁
川辯析寃獄嘗活人於死特令陛見拜大理評
事知泰州海陵縣時江淮內屬未久吏姦民嚚
凌弱暴寡視宰政如兒戲公至則先令後刑必

行無回人皆凜然憚之始服事于官上蓋有西
門豹之風焉遷光禄丞充刑部詳覆官閱天下
案牘駮議無隱一切以正　真宗嗣位改大理
丞會三門發運判官以不職聞朝廷銓其材以
公代之秩滿守巴漢郡賜五品服天子升岱宗
慶均內外遷太子贊善大夫歸朝進殿中丞領
高密郡徙治定襄遷國子博士拜虞部員外郎
典歷城郡郡數萬戶多用豪力二千石鮮不受
侮公正色直心視之無難會河決白馬爲朝廷

夏詔發數十州兵民塞之科賦暴急後期者官
吏有不測之咎諸道皆奔走民負敲扑公於部
中擇其挾貴人勢力州縣不敢動者一二家薄
責于庭衆皆大懼曰是家不可緩況吾屬耶咸
輦其薪晝夜以西比諸州率先以濟由是民不
被楚吏不坐責其幹力如此徙隴城郡歷比駕
二部外郎在郡未幾破姧發伏有神明之號朝
廷諒其公命提點河北諸州刑獄事諸州望風
以畏莫有寃者拜主客郎中充淮南轉運使賜

服三品改陜西轉運使且許入覲進金部郎中西陲宿兵食貨爲大公視民豐儉斂收以時邊廩始充焉除河北轉運使未踰月朝廷以河東方窘財用改河東轉運使公請借民飛輓以實邊郡人或媒孽以爲非便朝廷惑其說徙守回中郡既而代公者復行前議公得辯改知鳳翔府且有錫勞部中每歲造舟六百艘供大河饋運必借民操篙沿渭而下以達于河凡有覆溺破產而償吏私諸豪專擾下戶公重爲立法使

得均一于今民道之明道初旱蝗西飛關中被
其害獨不入岐下人咸異之寮屬請以上聞公
曰昔劉琨爲郡而虎渡河及帝問之琨曰偶然
爾此劉公所不敢當於吾何有聞者謂公質厚
有古人之心焉遷司勳郎中亟召還臺公歎曰
吾年七十有五精力猶彊恩獎未衰豈不自知
其止耶遂告老于朝有詔嘉之拜衛尉少卿分
司西京公既退即家于長安聚書數千卷教子
孫樂林泉每誦白傅歌詩以怡性情凡十二年

而終實某年某月也享年八十有七以某年某
月歸葬于開封之某鄉某里祔先侍郎之塋公
少尚嚴毅老益精明斥惡與善始終一節古所
謂老成人者歟夫人張氏封内鄉縣君先公而
亡有三子長曰遠大理寺丞次曰規耀州三原主
簿次曰拱辰成州團練推官女七人長適進士
蘇贄次早亡次適閤門祗候陳惟一次適臨濮
主簿劉淑次適太子中舍邢保雍次適大理評
事韓仁哲次適將作監主簿趙士安孫男七人

並登仕籍初天聖中余掌泰州西溪之鹽局目
秋潮之患浸淫于海陵興化二邑間五穀不能
生百姓餧而逋者三千餘戶舊有大防廢而不
治余乃白制置發運使張侯綸張侯表余知興
化縣以復厥防會雨雪大至潮洶洶驚人而兵
夫散走旋濘而死者百餘人道路飛語謂死者
數千而防不可復朝廷遣中使按視將有中罷
之議遽命公爲淮南轉運使以究其可否公急
馳而至觀厥民相厥地歎曰昔余爲海陵宰知

兹邑之田特爲膏腴春耕秋穫笑歌滿野民多富實往往重門擊柝擬於公府今葭葦蒼茫無復遺民良可哀耶乃抗章請必行前議張侯亦請兼領海陵郡朝廷從之公與張侯共董其役始成大防亘一百五十里潮不能害而二邑逋民悉復其業余始謀之以毋憂去職二公實成之今二十餘載防果不壞非公之同心豈及於民哉其子以余知公所存懇請爲銘而不讓辭曰胡公之生皇朝之始艱文斯興執經以起自

邇而遐斡于王家法以持姧政以塞邪七守列藩四當外計曰勤曰恭克威克惠告老于君以休吾身鼓缶而歌十有二春子子孫孫詵詵濟濟九十其幾手足云啓福歟壽歟有終有初豐碑巖巖我得而書

宋故太子賓客分司西京謝公神道碑

皇家起五代之季破大昏削羣雄廓視四表周被萬國乃建禮立法與天下畫一而億兆之心帖然承之弗暴弗悖無復鬬兵于中原者登九

十載蓋祖宗遠筭善樹於前累聖求賢多得循
良廉讓之士布于中外而致茲善俗歟如陳留
謝公可謂循良廉讓之君子矣公諱濤字濟之
纫而竒敏十四歲講左氏春秋先生咸器之及
冠居姑蘇郡時翰林王公禹偁拾遺羅君處約
並宰蘇之屬邑二人相謂曰與濟之揚搉天人
蓋吾曹敵也自茲名重於時淳化三年春擢進
士第除梓州榷鹽院判官會盜據成都發其徒
攻郡縣公白二千石曰梓大而近彼畏我梗必

先圖得我則小於梓者可傳呼而下願急爲之
防近郊多林木可先伐之以置樓櫓且備樵爨
爲久守之具二千石從之寇果圍我我備旣堅
十旬弗破賊沮而留勢未大克以及王師之來
遂用撲滅事平就遷梓州觀察推官賜器幣外
臺遣權知益之華陽縣時寇亂之餘民多散亡
未復㕔居上言者請募人占田可倍其租朝廷
從之於是有力者得并其田公曰奪民世產以
資富人復將召其怨辭豈朝廷之意耶乃盡取

其田以歸于民還拜著作佐郎太宗面詔通判
大藩得壽春郡後移高安郡改知興國軍就除
太常博士眞宗即位銳意任人一日中出朝士
姓名有治狀者凡二十四人付中書門下令驛
召至闕公在召中得對于長春殿上說賜五品
服即呼通事舍人送試學士院明日邊有急奏
上議北征又京東有彊寇驚郡縣而曹南闕守
朝廷慮之遂命公往改屯田員外郎至郡稱治
寇不敢犯有兇人趙諫者冒鄉薦名與諸弟出

入都下交權勢結豪俠務乘人之弊用以告訏
或任威詐而大致富彊人畏如豺虎公即圖之
患僚佐不一其力俄會故御史中丞李公及始
來倅曹李公時之端人也與公協心發其家盡
得兇狀奏之朝廷命御史府案覆諫之兄弟皆
斬于都市乃下詔曰凡民非干己事無得告言
遂著于令自是天下訟息而刑清矣朝廷以西
蜀僅寧細民猶或搖之俾公安撫兩川用天子
恩意諭其父老皆從而按堵復命之日舉兩川

能吏三十餘人執政疑其多公請連坐事遂行
後皆至臺省又别詔委公與益牧張公詠議造
大鐵錢乃窮其利害使盜鑄息而物估平蜀人
于今便之歷三司度支判官出守海陵新安二
郡就遷度支司封員外郎公在三司日嘗舉榷
茶官至是坐所舉不職免尋以度支員外郎起
倅河南府馮魏公薦公文行眞宗簡在既久即
命召試除兵部員外郎直史館判三司理欠憑
由司出爲兩浙轉運使公大雅之器恥尚文法

雖任在按察而誠意坦然且曰吾欲吏樂其職
民安其俗爾士人黒白豈不明乎安用伺於毫
髮使惴惴如廹蝪然取詩人之譏耶還臺進禮
部郎中判司農寺拜以本官兼侍御史知雜事
清淨端介百辟望其風采乾興初進戶部郎中
先帝大行有司治靈駕象物其制高大請自京
至陵凡郭門民舍有妨其往者毀之公上言曰
先帝封泰山祀汾脽儀衛至盛不聞有所毀去
今遺詔丁寧正如漢文帝專務儉薄豈以攸司

奪先帝意願陛下裁損搢紳違之俄求東歸除
吏部郎中直昭文館知會稽郡還拜太常少卿
判登聞檢院又得請權西京留守司御史臺就
拜秘書監遂分務洛下朝廷嘉其恬退遷太子
賓客嗣子迎侍于京師以景祐元年十月三十
日薨享年七十有五以明年八月二十一日歸
葬于富陽寶元元年贈禮部尚書謝氏之先出
黃帝後始爲十姓謝居一焉三代以還不顯其
大至晉宋廼爲盛族公之七世祖汾居河南之

緱氏五世祖希圖卒于衢州刺史時唐季喪亂
乃葬于江東嘉興郡子孫三世禄于吴越曾祖
諱廷徽處州麗水縣主簿祖諱懿文杭州鹽官
縣令葬于富陽遂爲富陽人父諱崇禮從錢氏
歸朝爲泰寧軍節度掌書記檢校左散騎常侍
累贈尚書戶部侍郎母崔氏贈博陵縣太君公
之第四人曰炎有文於時與盧稹齊名時人謂
之盧謝國史有傳終于公安令錯爲某官臬從
方外學号安隱師坦爲某官公娶夫人許氏先

公而終生男三人長曰絳至兵部員外郎知制誥後公幾年而亡次曰約將作監主簿以敏才稱次曰綺太廟齋郎俱早世女四人長適前進士周盤次適殿中丞梅堯臣次適太常博士傅瑩次適太理寺丞楊士彥孫四人景初太理評事宰越之餘姚縣景溫太常寺太祝宰越之會稽縣景平將作監主簿景回尚幼公姿格竦異不事修飾天然有雅遠之範未嘗阿於貴勢見賤士必溫禮接之知人之善稱道弗舍聞人之

過懼弗克掩故終身不聞怨言公始以文學中進士上第而長子長孫世踐其科又父子更直館殿出處僅二十年皆衣冠之盛事厥孫以公善狀請文于碑某於公有家世之舊又與舍人爲同年交愛公治有循良之狀退得廉讓之體足以佑風化而厚禮俗敢拳拳以銘云

巍巍我宋宅天而君恢遠以威革暴以文濟濟吾儒多良大夫中外共治休寧八區猗哉謝公周旋其中在梓禦寇至曹除兇天子念蜀猖狂

始復命公撫之鼓歌其俗偃仰藩屏雅和其政徊翔臺閣清修其行人尚刻明我質而平厥民以寧人必夸競我休而靜其道廼勝于嗟乎壽以仁至名緜德全有子與孫相繼而賢誠乎誠乎聖人積善之誨不吾欺焉

范文正公文集卷第十二

范文正公文集卷第十三

碑

宋故同州觀察使李公神道碑

墓誌

贈戶部郎中許公墓誌銘

滕公夫人刁氏墓誌銘

都官員外郎元公墓誌銘

贈兵部尚書田公墓誌銘

兵部侍郎致仕胡公墓誌銘

碑

宋故同州觀察使李公神道碑

聖王之教萬民也。資天地之生以爲食，藉山海之出以爲貨。食均于上下，貨通于遠邇，則可以供郊廟，廩卿士，聚兵以征伐，振民於災害。然非得絕代能臣持變通之數於天下，則孰與成當世之務哉。故夷吾作輕重之權以霸齊，桑羊行均輸之法以助漢。近則隋有高熲，唐有劉晏，皇朝有左丞陳公恕，是皆善天下之計者也。爾後朝廷雖重此任而常難其才天禧三年七月甲戌制曰樞密直學士刑部侍郎士衡可三司使告謝之日天子面褒其能屬以大計賜内帑錢二百萬緡以助經費復親製寬財利論以賜之公當職五年間天子有事于南郊又御端門旣今上即位並大賚天下至于眞宗山陵再塞大河之決其供億不可勝紀公皆優游以辦霈然有餘力蓋周知天下之利使流而不竭中外服其通焉公字天均隴西成紀人也曾祖渙贈尚

書屯田郎中祖徹贈左諫議大夫父益贈吏部尚書尚書娶惠氏贈扶風郡太君生子五人公居其仲幼負氣節從鄉先生學即有聲于西州太平興國八年春天子親策天下士公中第釋褐爲京兆鄠縣主簿府知其才俾權領獄掾咸陽縣有民殺人具辭以送府父子五人皆伏加功之坐公告于尹曰嘗試辨之蓋殺人者一餘四人掩其骸爾安可盡辟乎尹覆之卒從公議即謂公曰是四人者非子之明則寃于地下矣

子有陰施後當貴乎移知眉州彭山縣就除大
理評事以父憂去職服除由寇萊公薦領京兆
渭橋輦運改司農丞除著作佐郎通判邠州眞
宗即位遷秘書丞知劒州咸平三年春益州兵
亂推王均爲首既破漢州急來趨劒欲絶王師
之路公告于衆曰賊來方鋭孰可與鬭吾城無
守具而有芻糧之積使賊能得之非徒肉吾一
州必據險以阻大兵則兩川諸城無援以守盡
下於賊矣不如焚其儲蓄擁州民輦庫帛退守

劒門與劒門之兵合以拒戰賊可圖焉衆從之旣而賊至得吾空壘無資與糧險不可據遂大沮其謀公知其窮手畧牓以示寇曰爾等得無父母妻子之愛蓋脅從而來何不歸我復爲王人得降卒千有九百乃與劒門鈐轄裴臻併兵擊賊斬首數千級賊敗走保成都公即馳驛入奏自引棄城守關之咎且言平賊利害帝深加奬歎擢拜度支員外郎賜五品服俄而大兵得出劒門兩川諸城聞王師來無復揺動均賊遂

平如公始謀焉會帥臣言公不當棄城朝廷方任帥不得已謫監虔州關征尋召還判三司鹽鐵句院時度支使梁鼎上言陝西舊制許人入粟塞下率高其估以池鹽償之人得貿于邊市今請借民力轉粟以備塞復轉鹽于邊官自鬻之歲得緡錢三十萬以給西兵朝廷可其奏命鼎爲陝西制置使公上言非便復與執政諍於帝前曰邊路阻險舟車不能通每歲轉粟與鹽民力可支乎徒能奪農時沮商利異日農商失

業財力俱屈後復變法人將安信又官自鬻鹽則價重價重則邊人市虜中青鹽食之虜為利矣臣請通鹽商如前使人入粟塞下則農不奪時商不易業外不為虜利苟能寬民力沮虜計雖緡錢不足陛下以諸路之羨助之有何不可帝然之公謝以忠憤而言不覺切直帝曰為臣當如此宜無改焉鼎至陝西果無效而罷卒如公言領荆湖北路轉運使歲餘徙陝西進司封員外郎賜金紫即保任能吏數十分掌榷酤獲

遺利蓋億計乃奏罷朝廷助邊錢帛歲三十萬
天子朝陵幸西洛進兵糧五十萬石京西路之
粟又進三十萬石助之入拜祠部郎中度支副
使朝廷以兩河屯兵之計擇使爲難輟公以司
封郎中領河北轉運使建言民乏泉貨每春取
緡直於豪力其息必倍本道歲給諸軍帛七十
萬疋不足則市於民請使民預受其直則公私
交濟制從之令行于諸道天子東封詔公駐澶
州同幹供億事慶成擢拜右諫議大夫領使如

故及祀汾陰又以公提舉京西陝西轉運司事
車駕既行以長安爲關輔之要命公鎮安之祀
事畢召還進給事中朝廷謂坤維之奥宜得巨
人拜樞密直學士知益州朞月詔還有圖任意
會河朔闕須帝曰河朔未可無御除都轉運使
恩數廪禄加常制一等公再至兩河夙夜其職
積穀郡邑率如京坻議者謂所積太廣必將腐
敗朝廷遣使視之公奏曰豈不爲九年之意耶
帝悟遽命罷其使明年大蝗民多阻飢公悉發

倉廩以賑之仍輦濟京西路君子謂公知政矣大河決于無棣將圮其城時以數州丁力晝夜營護役死者相枕藉而水不降公奏曰是不可以州矣請亟遷以避患朝廷從之後數月大水出舊城丈餘民不爲魚公之力也就遷工部侍郎相州繫囚十四人盜瓜傷其主吏以極法論公曰饑夫何至此皆貸死以聞朝廷閱其奏即日下密詔民有歲凶爲盜長吏得屈法以全之公兩使河朔凡數年天子封泰山祀汾陰幸亳

社進緡錢繒纊糧芻鉅萬數又請罷內帑錢帛歲百萬屢詔褒之魏人飢命公知天雄軍又東齊大歉盜寇充斥進刑部侍郎知青州盜有聚山林出爲郡邑之患者先是係其妻子隸環于通衢公至遽出之戒曰虐爾何贖爾惟從賊所之俟其自新則復爾閭井賊聞之少懈又下教曰賊輩爲魁所制爾能伺而梟之吾將以功論旬浹閒盜有梟二魁之首獻者餘皆散亡或來請命公録之如教齊人遂安天子遣中使奬勞

之及爲三司使陝西舊科吏人采木送京師度三門之險破散者太半又每歲市羊亦遣吏送而羊多斃于道二者吏皆破産以償西人苦茲五十年矣公請募商旅送木于京師如入粟法售以池鹽又請許其吏私市羊以副之免關征筭得補其亡失自是西人鮮復破産視天下之弊如此比者日更月除不可殫書矣遷吏部侍郎以足疾求罷優詔不允而許五日一便殿奏事拜則以通事舍人掖之今上即位拜尚書左

丞復求解職朝廷優寵老成遂得請除同州觀
察使知陳州時大水侵城人有言水入城以誑
衆者公命立斬之人心始寧乃築大防以完其
州改潁州復莅陳州會曹襄悼公得罪公以親
累授左龍武軍大將軍分司西京未幾進左衛
大將軍還長安故居後二年遘疾以天聖十年
五月二十六日薨享年七十有四以其年八月
二十七日葬于京兆萬年縣白鹿鄉之原景祐
元年其子詣闕理公有勞於國非意左遷天子

憫然降制追復同州觀察使娶太原王氏封平
晉縣君早亡又娶馮翊雷氏封延安郡君後公
十六年而終男六人丕顯不仕丕績同學究出
身並早世丕諒太常博士集賢校理由方略改
崇儀使邠寧環慶路兵馬鈐轄後公十一年而
亡丕緒尚書水部郎中丕遠殿中丞丕旦國子
博士女三人長適益州郫縣主簿宋肩遠次適
曹襄悼公利用次適定國軍節度觀察留後曹
琮孫男若干人公性慷慨善辯論明於知人凡

保任才吏數百員嘗力薦呂文靖公陳文惠公
又嘗薦太傅張鄧公公服官五十二載專尚寬
恕政刑之下活人多矣自古能臣言邦國之利
鮮不斂怨於下而傷其手者公則疏通利源取
而不奪允所謂善天下之計者也銘曰
舜歌南風兮阜時之財何以聚人兮易不云哉
富國彊兵兮孰謂霸才弗富弗彊兮王基其摧
巍巍先帝兮法道法天大烹之盛兮包羅俊賢
拔公之才兮屬諸利權公之感遇兮惟力是宣

封乎泰山兮祀于汾脽千乘萬騎兮雲駕波馳
公常景從兮朝詢夕咨供億何算兮無一不宜
入司邦賦兮帝曰汝通屢行大賚兮如泉不窮
太上繼明兮遇之愈隆公則請老兮命以觀風
久於貨政兮人將無徒公常寬之兮民易以趨
曾不加賦兮抑有羨餘全歸故廬兮其樂只且
安安而壽兮高枕以終門閥不圯兮表于關中
峩峩之碑兮章章厥功映于國史兮千古不空

墓誌

贈戶部郎中許公墓誌銘

公諱袞字公儀世爲燕人皇考諱某王考諱某並隱君子也避五代之難不榮以祿考諱某汶陽之盧令累贈光祿少卿妣清河張氏贈河内縣太君皆積德深長慶著來嗣公英秀而文與時會亨開寶八年太宗之尹開封也龍德日彰髦傑之士其嚮如雲是歲秋賦公卿送名者比比焉及試藝公爲之首覆策于廷復在高等時登甲乙科者必更州縣有唐之遺風釋褐除江

寧府獄曹掾本路八使言聽決詳明上旣御大
器北伐太原促召至行在曰我姑試之除均州
防禦判官郡將表其能狀乃拜太子右贊善大
夫通判姑蘇郡事時二浙之地始歸朝廷宿政
如繩公善解之就進殿中丞俄拜奉常博士領
曹南郡樹善屏惡新民耳目以前均權浙右坐
聮職之累降品一等領饒陽錢監未幾辯之移
倅弋陽郡復官曲臺在郡七陳諫章上愛其忠
就遷本郡守受代至闕下復上策議并所著文

四十卷翌日召試禁庭上覽而嘉之曰南府才
冠吾不失人即以本官直昭文館賜服五品判
登聞鼓院由是四方之訟清而不壅以奉安先
塋請理覃懷郡出奉公家入敦孝事河內人歌
焉又西陲文州扼其戎險命公往刺遠人便之
真宗即位一日謂執政曰人君之言行也動乎
天地不可以誣命公修注記以先君之諱固請
不獲須正人也公在館三進秩至于職方員外
郎因論邊事慷慨動上心面改兵部方將圖任

遘疾求解不得去以景德二年四月二十九日終于京師武成坊之私第享年五十七娶朱氏封永城縣君有子四人伯曰珂祁州深澤尉仲曰琰有文與行擢進士第今爲太常博士奉朝請叔曰琦恭謹有立今爲右侍禁衛州兵馬監押季曰瑄早亡一女適進士張濤朝廷贈公尚書戶部郎中進封夫人河南縣太君子登朝也以某年月日歸葬于懷之河內縣某鄉某里銘曰

燕趙之英邦家之寶親逢聖神首冠俊

造翹翹入轂郁郁登瀛滎滯六曹淹恤百城晚歸内朝端立右史直道始行怒飛爰止嗚呼遇豈不奇進豈不時賢者弗逵天乎可疑葬于善地兮保以令嗣兮亦公之意兮

滕公夫人刁氏墓誌銘

序曰葬者藏也欲人不得而見之也君子之思也遠故復卜于山坎于泉又刻名與行從而秘之意百代之下治亂之變覿其銘思其人而不敢廢其墓斯孝子之心取諸大過初夫人之長

子今祠部外郎宗諒作諫官以抗章黜知玉山郡再貶莅池陽之權酤俄而起倅江寧府事常謂池之九華山上凌紫霄下盤洪流千巖白雲萬壑清風草木多靈民人一熙書契已降不知干戈居者得其壽藏者得其朽乃歎曰是可隱志焉是可宅先焉即奉先公太博之靈葬于此山之金鷄原斯又大過之意至矣哉時景祐之三載明年夫人無疾而終春秋七十有二閏四月舉而祔之禮也夫人姓刁氏其先譜史存焉

皇考諱昇後唐天平軍節度判官王考諱傑梁
泰寧軍節度判官考諱允成皇朝贈太子右賛
善大夫夫人歸滕氏服勤婦道自先太博之遺
世也二子尚幼夫人夙夜誨導内惟節儉外豐
禮於賔客俾令人是親以就厥文行而祠部君
克承善志鴻軒鳳翥有風采于朝廷夫人累封
𣿭海縣太君次子宗元就養于家未登禄仕二
女適名族稱其禮範夫人之性柔而明端而慈
嬈文翰通名理事長如不克撫下如不及居大

族餘五十載門中無閒言及子以言貶顛沛於江湖閒夫人從之未嘗出憂語知事君之然也難哉故生享德於慶閭没反真於福地某於祠部同年之執也嘗入拜于堂上知夫人之賢而敢述焉其銘曰

九江之上九華之中孝子宅親厥思無窮茫茫萬年高岸可遷尚有人焉來此拳拳曰賢哉滕公夫人之墓再拜而去

都官貟外郎元公墓誌銘

公諱奉宗字知禮其先臨川大姓危氏也皇考

諱仔倡唐信州刺史避楊渥之亂東依錢氏時
朝廷命討淮南未行而終因家於餘杭王考諱
德照爲吳越王相僅三十年賜姓元氏累贈太
保考諱秀文典吳越書命累贈太僕少卿妣陳
氏贈馮翊縣太君少卿子五人曰興宗象宗宣
宗道宗公即幼子也三人事忠懿王有儒術皆
補爲郎象宗忠懿之壻也從而還朝以文召試
拜光禄寺丞公精於詞律景德中天子臨軒試
天下士公中甲科初命歙州績溪縣事再命常

州武進令皆以廉愛稱遷漳州從事故鎮牧錢
公惟濟洎數朝賢交章保任除忠正軍掌書記
俄改淮南幕本道按刑使采公理行以聞擢拜
太子中允領淝川榷酤朝廷以西蜀天下之富
昔者吏饕民膏怨所由生階之爲亂宜淸舉者
往焉公例改知蜀州晉原縣令上即位遷太常
丞賜服五品還知通州海門縣遷博士入拜尚
書屯田外郎有監郡之行公以思事松楸願得
餘杭一關局蒞之詔從其請再朞求分務南都

尋告老歸姑蘇郡朝廷恤之補一子官又以籍
田之慶進都官外郎景祐戊寅歲十月丙戌考
終于永定里第之寢享年七十有八始娶吴氏
再娶李氏封壽安縣君公三子眪曄暕皆舉進
士眪從其補令爲歙縣簿曄暕並策名曄不赴
調暕解官俱就養左右及公之喪勺水不入口
者三日公孝悌之性不避禍難初江浙始下闕
識甚嚴衣冠之族咸促赴闕下無敢私歸公聞
太夫人之憂晝匿夜馳以及於葬兄道宗有才

名不就世祿舉天府進士爲搢紳先生所推諾
公友事之如在膝下易衣并食不改其樂有兄
子翼幼依於公愛之如傷教之若不及以至于
成宗黨稱焉相國潁川公曩司淛漕公在武進
諸郡有難獄多命公決之在海門日患斥鹵之
澤民無甘飲及卜良地鑿大池廣方百步積泉
裒丈自是雖甚旱暵人常賴之又邑有大瀆亘
數十里堙而不治公抗議籍力導至于海人咸
利焉公退十餘年創竹亭花圃逍遥其間多素

食清居非有道者不接晚年制斂服葬器而命
諸子曰吾死之日必歸我于父兄之側魂如有
知得事親於地下諸子如其教以其年十二月
甲申葬于錢塘履復孝鄉峴陁嶺之先塋禮也某
以公年德嘗修鄉丈之禮而敢銘焉

榮華之衢奔者無極公乎何心却焉而息孝友
之風樹者無幾公乎何心沒焉不已遷惠于民
抱道于身于嗟君子吾不知夫古人

贈兵部尚書田公墓誌銘

公諱錫字表聖世爲京兆人唐德之襄徙家于蜀昔武王封舜之後於陳春秋時公子完如齊子孫遂大食采於田而命氏焉厥後將有穰苴相有千秋斯可謂之著矣大王父易直王父成皆隱君子也文而不耀父懿因公之貴累贈尚書左司郎中善教于家嘗命公曰汝讀聖人之書而學其道愼無速爲期二十年可以從政矣公服其訓拳拳然博通羣書東游長安昌黎韓丕復居驪山白鹿觀數年器志大成拔王府薦

有聲于京師太宗皇帝親策天下進士擢公第二人時太平興國三年秋也釋褐除將作監丞通判宣城郡召還改著作佐郎俄拜右拾遺直史館賜五品服出爲河北轉運使改知相州就除左補闕移桐廬郡遷起居舍人還判登聞鼓院尋以本官知制誥進兵部貟外郎充職以直言改戶部郎中出守淮陽以留獄之謗左降海州團練副使起爲工部貟外郎直集賢院復戶部郎中眞宗皇帝即位遷吏部郎中判審官院

兼通進銀臺封駁司賜金紫求出典海陵郡還臺兼御史知雜拜右諫議大夫史館修撰以咸平六年十二月十一日終于私第享年六十四公自白衣已有意於風化上書闕下請復鄉飲禮又請修籍田禮及在朝廷知無不言太宗初既取太原范陽未下帝怒不賞平晉之功中外囂然而莫敢言者獨公上書論諫理意深切帝感寤璽書褒荅賜内帑錢五十萬僚友謂公曰今日之事鮮矣宜少晦以遠讒忌公曰事君之誠

惟恐不竭矧天植其性豈一賞之奪耶在河朔
暨相州累章論邊事至桐廬郡以吴越之邦歸
朝廷未久人阻禮教貊如也公下車建孔子廟
敎之詩書天子賜九經以佑之自是睦人舉孝
季登搢紳者比比焉在郡聞禁中火拜章極言
上嘉之及還眷遇愈隆會乾明節館閣多進詩
歌帝獨喜公之辭乃依韻和賜令宰相宣付公
又上封禪書謂五代之亂人如豺虎不圖復見
太平宜崇撿玉之禮以荅天意公在西掖會京

饑大旱禱祠無應遂抗言切於時政故有宛丘之行咸平初出使秦隴回上三章言陝西數十州苦于靈夏之役朝廷爲之戚然出海陵之初以星文示變拜疏請降詔責躬上奉天誠眞宗皇帝嘉其意屢召對便殿及行降中使撫安仍加寵賚爰有翰林學士承旨宋公白舉公賢良方正以副天下之望一日召對久之且曰陛下以皇王之道爲心臣請采經史中切於治體者上資聖覽帝深然之乃具草以進手詔荅曰卿

能演皇王清淨之風述理亂興亡之本備觀鑑
戒朕心渙然所撰三十篇皆隱其目公奉事兩
朝由遺補歷御史至諫議大夫前後章疏凡五
十有二嘗謂諸子曰吾每言國家事天子聽納
則人臣之幸不然禍且至矣亦吾之分也及終
有遺表陳邦國安不忘危之意其家弗預焉天
子怛然命中使賻之有制痛悼贈工部侍郎二
子改大理評事持喪中並給月俸哀榮之禮可
謂至矣後以二子登朝累贈兵部尚書寶元二

年某月某日與夫人合葬于泗州臨淮縣某鄉之某原禮也公娶楊氏再娶奚氏封江陵縣君能循法度以配君子二子長曰慶遠今爲駕部員外郎次曰慶餘今爲比部郎中並克奉堂構有能政于四方女三人長適王氏次適龐氏季適張氏皆以婦道稱公動必以禮言必有法賢不肖咸憚伏之出處二十年未嘗趨權貴之門在縣廢中樂得其正晏如也著文章成五十卷目之曰咸平集行於世論者曰在大禹時皐陶

矣厥謨在湯武時伊尹周公爲之訓誥故教化紀綱莫盛於三代而子孫有天下皆數百年秦滅詩書其風不紹至西漢得賈誼董仲舒其言可以追先王之烈而弗克施使後世王者無復起三代之心由漢始也聖宋定天下太宗鋭意太平眞宗之初復親擢後乂如田公之徒並見奬用惜乎不終其才豈皇天之意特厚於古歟某幼聞高風未嘗游於其門今駕部書先君之履業索文於江外某敢約而修之又采舊老之

言而作銘云　嗚呼田公天下之正人也言
甚危命甚奇盡心而弗疑終身而無違嗚呼賢
哉吾不得而見之

兵部侍郎致仕胡公墓誌銘

寳元二年六月十八日尚書兵部侍郎致仕胡
公薨于餘杭郡之私第明年二月十有一日葬
于杭之錢塘縣南山履泰鄉龍井源以夫人潁
川郡君陳氏祔焉禮也孤子楷泣血言于友人
范某禮經謂稱揚先祖之美以明著於後世此

孝子孝孫之心也然而言之不文行而不遠覬
喪之言烏乎能文今得浙東簽署寺丞俞君狀
先人之事而敢請誌焉某曰孔子見齊衰者必
作重其孝於親也敢不唯命公諱則字子正婺
之永康人也昔虞舜之後有胡公武王封於陳
蓋族望之來遠矣皇考諱彭王考諱瀫皆隱於
唐季其道不顯考諱承師在鄉閭間以積善稱
因公而貴官至尚書比部員外郎贈吏部郎中
妣應氏封永樂縣太君贈普寧郡太君公少而

倜儻負氣格錢氏爲國百年士用補廕不設貢
舉吴越間儒風幾息公能購經史屬文辭及歸
皇朝端拱二年御前登進士第釋褐爲許州許
田尉以幹自聞補蘄州廣濟宰又補憲州録曹
以本道計使諫大夫索公湘之舉改祕書省著
作佐郎簽署貝州節度觀察判官公事升本省
丞知潯州拜太常博士提舉二浙榷茶事兼知
桐廬郡丁太夫人憂服除以本官知永嘉郡遷
屯田員外郎提舉江南路銀銅場鑄錢監擢任

江淮制置發運使轉戶部員外郎入爲三司度支副使賜金紫除禮部郎中京西轉運使又移廣南西路轉運使以戶部郎中復充江淮制置發運使轉吏部郎中改太常少卿丁先君憂終制知玉山郡移福唐郡拜右諫議大夫知杭州入判流内銓以舉官累責授少常知池州未行復諫議大夫知永興軍領河北都轉運使給事中入權三司使拜工部侍郎集賢院學士知陳州進刑部再牧餘杭郡踐更中外凡四十七年

得請加兵部侍郎致仕朝廷命長子通判錢塘以就養又六年而終享齡七十有七天子聞而悼之進一子官初至道中公在憲州時西寇梗邊朝廷命師五路入討詔具三十日粮以從之索公方引公督隨軍粮草事公曰爲百日計猶或不支奈何索公乃遣公入奏召對逾刻公陳邊事如指之掌上顧左右曰州縣中有如此人遂可其奏且示甄拔之意後大帥李繼隆果與寇遇十旬不解索公曰微子幾敗吾事一日其

帥移文曰兵將深入粮可繼乎公曰師老矣矯
問我粮爲歸師之名耳請以有備報之索從其
議彼即自還無以咎我其先見如此及索公主
河北計又奏辟之遂有貝州之行朝廷遣使省
天下宂役就命公行河北道凡去籍者僅十萬
數民用休息在潯州人有虎患公齊戒禱城隍
神翌朝得死虎于廟中其誠之効歟接池州永
豐監得匿銅數萬斤吏懼當死公思之曰昔馬
伏波哀重囚而縱之前史義焉今銅尚在吾恐

重其貨而輕數人之生耶咸以羨餘籍之不復爲坐在江淮制置日會眞宗皇帝奉祀景亳公實主其供億千乘萬騎至于禮成無一毫之闕帝深愛其才面加奬勞遂進秩登于計相之貳在廣南西路有大舶困風于遠海食匱資竭久不能進夷人告窮于公公命瓊州出公帑錢三百萬以貸之吏曰夷本亡信又海舶乘風無所不之公曰遠人之來不恤其窮豈國家之意耶後夷人卒至輸上之貨十倍其貸朝廷省奏而

嘉焉又宜州繫重辟十九人時有大水公不慮患而特往辨之活者九人焉在福唐有官田數百頃民輸租食利舊矣至是計臣上言請就鬻之責其估二十萬貫民不勝弊公奏之未報章三上且曰百姓疾苦刺史當言之而弗從刺史可廢矣乃有俞詔減其直之半而民始安公領三司使寬於財利不以刻下爲功時上方以兩京陝西官鹽歲久民鮮得食而日以犯法命通商有司重其改作公首請奉詔其事遂行公性

至孝自曲臺丁太夫人憂廬于墓側以終喪紀有草木之祥本郡表之及京西之行以家君朱紱爲請上曰胡某爲孝雖非其例與以明勸也搢紳先生榮之又天禧中尚居郎署朝廷擬公諫議大夫知廣州公以家君八十歲懇辭于政府乃復有制置之行尋以哀去職得盡心於喪葬公富宇量篤風義往往臨事得文法外意人或譏之公亦無悔焉其輕財尚施不爲私積士大夫又稱之福唐前郡將被訟去官嘗延蜀儒

龍昌期與郡人講易率錢十萬遺之以歸事在
訟中及公下車昌期自益部械至公曰斯何罪
耶遽命釋之見以賓禮法當償其所遺公代以
俸金仍厚遺而還又濟陽丁公爲舉子時與孫
漢公客許田公待之甚厚及其執政而雅故之
情不絕若休戚士人而未嘗預暨丁有朱崖之
行昔之賓客無敢顧其家公實被議出玉山郡
尚屢遣介夫不遠萬里而往遺焉此又人之難
矣及退居西湖乘畫舡擊清波深樽雅絃左子

右孫與交親笑歌於時歲之間浩如也人不謂
之賢乎夫人潁川郡君有慈和之德先以壽終
令子四人長曰楷都官員外郎前知睦州祥符
七年秋登服勤詞學科所至政能有先君風度
次曰湘好學有志識朋友多之次曰桂俊異居
喪而亡次曰淮孝謹有成人之風二女長適泉
州德化縣尉蘇璠次適御史臺主簿華絫而亡
其閨門之範見其潁川之誌某非特爲重齊衰
之情嘗倅宛丘郡會公爲二千石以國士見遇

且與都官布素之游誠可代孝子而言焉銘曰
進以功退以壽義可書石不朽百年之爲兮千
載後

范文正公文集卷第十三

范文正公文集卷第十四

墓誌

墓誌

胡公夫人陳氏墓誌銘

詩稱采蘩夫人不失職也夫人之職莫先乎舅姑甘旨以事居蘋蘩以事往故可以配君子正家道也夫人姓陳氏金華郡之令族曾祖諱晦祖諱資父諱文諭皆樂善于家不從仕宦夫人幼賢父母篤愛擇公而妻之及公中科第累調遠方二親樂閭里與姻族游夫人願侍左右不從公行凡二十年縫衣爨飱必躬親之至舅姑

之終與公執喪三年然後就公官所此夫人大
節無愧天下之爲人婦者有聲詩之義焉又性
好禮自少至老對公如賓客加以純儉而仁笄
服之餘皆均于親之貧者夫人自公登朝封上
黨縣君公爲諫議大夫進封潁川郡君寶元元
年秋九月寢疾乃齋沐易衣怡然而終享年七
十有九以三年二月十一日與公合葬于履泰
鄉龍井源禮也子四人長曰楷都官員外郎次
曰湘曰桂曰淮並太常寺太祝二女胥夫人之

教柔淑有禮宗黨稱焉長適蘇氏次適華氏銘
曰惟孝惟禮作配君子伊夫人兮至矣

寧海軍節度掌書記沈君墓誌銘

吴興郡太守滕侯下車求故同年沈兄之家得諸孤問其墳墓曰貧未之葬滕侯傷之乃謀于僚屬卜善地練良日其禮悉備以寶元三年二月某日葬于德清縣之永和鄉大壯嶺君諱嚴字叔寬世爲本郡人其先食邑於郕後子孫失國而爲沈氏漢晉而下代有其人曾祖諱規祖

諱廷誨父諱廷岫皆隱而不仕叔寬幼負器識服親之教宗經屬文有聲于江表大中祥符七年秋郡國敦遣首送于禮部明年春禮部較天下之才奏叔寬第四人天子命試于庭中甲科除南康軍判官三載有善績改宣城節度掌書記國家興山澤之利主計等薦君洪州武寧之茗局外臺上請兼領本邑事朝廷從之既而吏畏其廉民愛其慈君子謂之善政餘杭郡榷酤歲金二十萬貫爲諸郡之劇主計又奏君尸之

三年而還會故叅政蔡公居守南都以同年之
游惜其沈俊辟爲留守推官其年秋七月以疾
終于官所享年五十叔寬孝悌于家事其親未
嘗違顏色視兄之孤必先於己子與人交篤於
義信善人君子無不樂見之及聞其亡皆相弔
云天與其才也又賦其行也而不及其顯以壽
也悲夫三子曰祁曰郃曰郁並從儒學必有立
者二女長適前進士陳經次女未笄長女之嫁
蔡公不遠千里命賫金以送之及君之葬又賸

矦極意以營之有以見叔寬感人之深也如此
某同年之列最相知心故書之銘曰
叔寬叔寬生兮可愛歿兮可傷友朋之望兮子
孫其昌

贈兵部尚書蔡公墓誌銘

寶元二年歲次己夘四月前參知政事戶部侍
郎蔡公薨天子悼之卿大夫憂之國人傷之上
命三公舉行典禮贈兵部尚書謚曰文忠以康
定二年歲次辛巳十一月某日葬于許州陽翟

之某山公諱齊字子思其先周之子孫累封於
蔡因以著姓秦漢以降代生偉人曾祖綰贈太
保洛陽人也嘗宰萊之膠水居官九年民愛以
深遂家焉祖諱鄰贈太傅隱居丘園以墳素爲
樂考諱夢臣累贈中書令博通經史善詩筆與
宗族居鄉黨稱其孝友娶楚國太夫人張氏而
生公教之親仁賓來如歸公幼而神秀眉目廣
聳見者異之嘗依外舅劉氏學于彭城今相國
隴西公迪時爲監郡得公詩語嘆曰渠有大志

宜善視之大中祥符八年春眞宗皇帝臨軒以文考天下之士公中第一及引對文陛堂堂英偉進退有法上大悦顧謂寇萊公曰得人矣特下詔俾金吾給七人清道自公始也釋褐除將作監丞通守兗海郡移北海郡召還以大著直集賢院主判三司開坼司賜服五品今上即位拜右司諫同修起居注改禮部員外郎兼侍御史知雜事賜金紫歷戶部度支二副使遷起居舍人知制誥同知審官院既而召入翰林爲學

士兼侍讀學士轉禮部郎中龍圖閣學士守西
京以便親求爲高密郡徙南京入除左諫議大
夫權御史中丞尋改給事中復充龍圖閣學士
權三司使拜樞密副使進禮部侍郎參知政事
以戶部侍郎罷終于汝陰郡享年若干楚國在
堂君子哀之公之弟秘書丞稟甥著作佐郎寇
平幹公襄事中山郡夫人劉氏哭泣三年至于
疾廢二子尚幼曰延慶太常寺太祝曰延嗣秘
書省正字長女適試將作監主簿劉庠次女在

室而某自布素從公之遊見公出處語默無一不善門中奉親日視其親色諸公昆弟愛之如傷先朝采拔以輔相器之當遺弓之初公懷哀慕不能食者數日家人視其衰衣涕泗霑濕公病汝陰聞拓拔僭稱噫吁感槩教弟稟言西事甚詳蓋忠孝之性發之天也公於親舊間雖死生不易彼有孤遺則必爲之備嫁娶又好學無倦未甞不以名教爲急孔子之後世襲文宣公而宰曲阜乾興中四十九代孫承祐卒遂廢十

餘年公聞承祐有母弟在抗章請復其嗣有詔從之其立朝也能清其心高其行未嘗取於人明肅太后時用事中貴人董修景德寺時公在翰林詔爲之記中人求公善辭許以不次公遲之不進故被誣而出至高密會歲飢公請蠲諸州稅又力請放海利以救東人于今賴之公兩居憲臺方嚴不動百辟畏其風權戚有過則彈劾不隱未嘗求其下也明肅之終莊惠復立閤門促百僚賀公毅然正色目臺吏不得追班前

白執政遂罷自是莊惠損抑禮數公有力焉在樞密院海南奏交趾八百餘人避本國之虐以歸我議者謂不如還之恐生邊患公曰當內之荆湖間活以閑田柰何求生而來委之兕虎蠻亦人也義必不還苟散為民盜從而戮之酷又甚焉爭之不能得後果為亂捕之歲餘宜桂以西皆警朝廷患之公猶有愧色在政府浩然示至公於中外以進賢為樂以天下為憂見佞色則嫉聞善言必謝孜孜論道以致君堯舜為心

與大臣居和而不倚正而不訐無親疎之間有
方大之量朝廷爲之重刑賞爲之平及其出也
未踰歲時而天子思之公遽不起嗚呼公之生
也天有意也公之亡也天無意乎使在位而壽
則道德功名非竹帛之可勝矣銘曰
泰山之東齊魯同風厥生我公我公堂堂觀國
之光亨于眞皇眞皇上僊隕血漣漣欲報昊天
今上聖神緬眷正人叅于國鈞純德坦坦平心
浩浩進退惟道恕以待物誠以報國仁人之德

天乎天乎豈不有心奪此令人我懷憂深箕山峩峩潁川悠悠山爲陂兮川爲丘公之名兮與日月留

尚書度支郎中充天章閣待制知陝州軍府事王公墓誌銘

孔子曰善人吾不得而見之矣噫先聖謂善人之難得也如此世有德之清行之方政之平斯不謂之善人乎余見之於子野王公矣公諱質字子野其先太原人曾高占籍大名皇考諱徹

以文行顯至左拾遺累贈太師尚書令兼中書令魯國公王考諱祐雄文直道名重海内掌太祖誥命至兵部侍郎累贈太師尚書令兼中書令晉國公考諱旭以公正果敢屢當藩寄爲時之良二千石累贈兵部尚書妣虞氏贈某郡君公稟嚴君之教幼而有文伯父文正公爲眞宗朝賢相重德大器人莫可動一日覽公之業喜甚作詩以獎之謂吾門未衰矣用文正廕補太常寺奉禮郎三遷至大理丞文正旣薨公年尚

未冠進所著文貞宗嘉之召試學士院辭入優等賜進士及第聲動京師嘗師事楊文公文公器之毎謂朝中名公曰是子英妙加於人遠矣時翰林劉公筠風岸高峻搢紳仰望不得其門而進乃與禁中諸公共薦公之才敏天子命公校文于館中歷殿中省丞爲博士於太常加集賢校理拜祠部外郎丁兵部憂服除以前官充職同判姑蘇郡以公心公言正二千石之政二千石初不平之終服其義而加禮焉還朝賜五

品服章改度支外郎同判尚書刑部又判吏部
南曹進司封外郎出領淮西郡部中十邑素多
盜與訟號爲難治公至斷獄必以情按吏必有
禮横者繩之弱者持之州人大服謂往之史君
莫公若也蔡俗舊祠吴元濟公曰豈有逆醜而
當廟食耶吾爲州長不能正民之視聽俾民何
從哉狄梁公李太尉皆唐之忠烈又德加蔡人
胡爲不祠命工徹元濟廟建二公之祠率吏民
拜祭蔡人從之于今號爲雙廟秩滿拜祠部郎

中朝廷除公開封府推官除兄雍三司判官公曰皆是要職吾兄弟同日除拜朝廷豈乏人哉乃堅請外補願留兄京師以奉家廟士大夫聞而賢之往守壽春郡朞月改合肥郡盜有殺其徒以并其財者吏擒之公令處死法寺議當貸死遂劾之公上疏曰盜以彊力而又殺人吏追而擒之非自露而悛者胡爲而貸焉如法寺所論能害其類者皆無罪名民將競爲盜盜已而殺一夫其黨咸赦之盜可止乎疏上不報凡斷

獄出入以下吏爲首長官爲從公曰吾不勝法
吏矣上言請爲之首朝廷從之左降監舒州靈
仙觀後一年今資政殿學士昌黎韓公琦知審
刑院議盜殺其徒非自首而悛惡者宜勿原之
朝廷始頒示天下且知公前所斷獄不爲失矣
又今資政殿學士鄭公戩翰林學士葉公清臣
皆論公奇才未大用而非辜坐黜豈朝廷之意
耶詔起公知海陵郡代還除度支郎中荆湖北
路轉運使時西陲宿兵財用爲重諸道轉運使

競進羨餘幾千萬斬助軍之獎實瘡痍細民以爲己績公至而歎曰西兵天子不得已而用之然須于財賦豈如是而迫耶吾不當爲由是荆湖之民賴公少休焉會資政殿學士富公弼拜職尚帶史館修撰與公未嘗識面聞其風義舉公以代修撰朝廷從而除之兼掌選事及韓富二公在樞府又交薦公清方爲搢紳之冠天子俞其奏擢以本官充天章閣待制依前掌選事公冉讓不允既而客有扣公曰銓衡至重利病

多矣公無建明者何公曰綱紀盡在如權衡然但持者輒高下其手爾何必易其器耶公居之歲時選士賴其平其間人物清濁公必辯之上前量有進抑振天官久墜之職也天子以西北數藩鎮皆須巨人乃擇近列而褒遣之公得領陝州州當四達之會又用兵而來吏民疲苦公至則緩征賦薄迎勞屏兇寇拯孤弱人廼息肩幾一載而感疾以慶曆五年七月二十六日終于黄堂享年四十五靈柩歸東都州人哭送于

道朝廷加賵賻焉公生相門而弗驕弗華以貧爲寶文正作舍人時家甚虛嘗貸人金以贍昆弟過期不入輟所乘馬以償之公因閱家藏書而得其券召家人示之曰此前人清風吾輩當奉而不墜宜秘藏之又得顏魯公爲尚書時乞米于李大夫墨帖刻石以摹之遍遺親友聞其雅尚如此故終身不貪所至有冰蘗聲此公之秉德不亦清乎公充職館殿二十餘年同舍皆顯官公介然不動惟求外補當國者非戚必舊

公未嘗折顏色屈語論以合其意嘗有交游以言事被謫朝之貴人皆切齒公特率昆弟祖宴都門謫者拒之曰無爲子之累乎公曰吾願爲黨人從而貶之光矣此公之執行不亦方乎公爲數郡皆清心以思治行己以率下必首崇學校而風化之人有犯法非害于物者必緩其獄未始深文焉求民之疾雖處幽不遺去民之梗雖負勢不避此仁人之政不亦平乎故每去一州則百姓號慟如赤子之慕慈母也公性純孝

與家人道先君事必感激泣下故厚於宗族每拳拳焉憂樂同之弟素文正之子也自淮南外計改涇原經略使公食不甘寢不安曰弟有母老且疾吾無親憂因入對請代行既而弗許命其愛子規曰彼窮塞也得無危事汝可侍行而左右之以均吾憂又少弟端嘗不利于春官覬徒勞者久之公爲郎以歲課當遷願移厥恩召端一試朝廷許之賜端進士出身其友愛之心有如此者公不治生業惟畜書僅萬卷遠近從

之兼通佛老微旨撰寶元摠録一百卷皆聖賢
窮理盡性之説公樂稱人之善必曰吾不及矣
在士大夫非風義高遠弗與之游及其逝矣四
方交友書問相弔去前年吴安道死今年王子
野卒賢大夫之凊者何其衰歟公娶周氏故禮
部侍郎起之女封褒信縣君生子男三人曰毖
將作監主簿曰規前明州奉化縣主簿曰復太
廟室長女二人長適太常寺太祝范純仁次女
尚幼余走塵土時公一接如舊以道義淡交者

有年矣結二姓之好以親仁人余常期公以青
雲之器大有立於國朝今不幸乃爲公之墓銘
銘曰　嗚呼人之清者曰賢國得而治焉性
之仁者曰壽民得以庇焉何子野之善人兮逝
矣如川惟清方而平正兮居人之先在聲詩之
有言兮胡不萬年忍送之于野兮葬之于泉徒
切切於辭兮勒石之堅期子野之令名兮與白
日而長然

太常少卿直昭文館知廣州軍州事

賈公墓誌銘

公諱昌齡字延年其先鎭陽人以仕宦遷徙今爲開封人也曾祖諱某唐末起家備嘗險阻屬文之外長於撰述以唐武宗而下至僖昭皆無實録乃以傳聞并諸家之説著唐年補録六十五卷識者稱之居石晉朝知制誥至周爲給事中史有本傳祖諱琰有才識宇量太宗在藩邸相得有素領開封尹辟爲推官及即位擢拜正諫大夫樞密直學士期以輔相將討河東與大

臣議將帥上曰非琰不可會寢疾不起上軫悼
之憂形于色贈尚書左丞國史有傳父諱汾以
氣義稱位不充量終于殿中丞公少孤太夫人
愛之以待其成公天然好學甘於清苦時翰林
李公宗諤有望於朝名實之士多出其門公依
之有年以文行自立門下士咸推重之一上登
進士第釋褐爲饒州浮梁尉彼俗陰狡與人有
怨往往食毒草而後鬭即時斃仆以誣其怨者
公至必反覆省視自此被誣之人多昭雪焉秩

滿除開封府功曹叅軍在職修舉府中常推委之會太夫人寢疾公執藥餌不斯須去左右者數月以憂解官哀毀之過宗黨稱嗟服除爲許州郾城主簿本郡牧與外計使皆以文學政事交薦于朝廷改大理丞宰蜀之江源縣人繁地狹積多田訟公曰聽訟之明曷若使無訟乎及正其疆條其弊以示於民自兹無爭焉時天下學校未興公修本邑孔子廟起學舍俾邑之秀民羣居焉公旦暮往勸導之自此 江源始有舉

進士者邑人于今稱之皇上即位升殿中丞知宣州宣城縣未至有江淮制置使舉公監海州摧貨務疏達利路商賈便之朝廷奬其勞改太常博士又遷屯田員外郎既而三司使以公可通天下之利薦之領京師榷貨務三年稱職特除都官員外郎賜五品服往倅泉州遠人賴之遷職方員外郎俄拜屯田郎中知衞州會州長不利繼亡者數人人無敢往士大夫惜公之行或敎以易其府署公曰吉凶人乎死生天乎於

是弗辭厥命弗易厥居而終亦無咎郡之共城有稻田以供尚食水利有餘而民不與焉公使歲漑之外與百姓共之天子以欽恤之懷憂及萬邦復先朝提點刑獄使兩省近臣交上封奏舉公充職朝廷從之命提點京西路刑獄事公性仁恕小大之獄必盡心以聽郡邑之幽遠使車所不至者躬親焉不事風威州縣九品必延見與語得其善則晝一以聞見其過則教之此悛雖職居按察而不忍擿人之惡搢紳稱其長

者改度支郎中荆湖北路轉運使下車訪能吏
徹究官部中諸郡例以公用饋遺者一切不受
西南夷人下溪州刺史彭仕羲隷于辰州而驕
蹇狙詐嘗因入貢訴州官于登聞辭皆不實朝
廷弗欲較之責吏而已仕羲益横求割近邊土
民公遣吏直告之曰天子恩信及爾爾狡而無
猒我當擇於衆族求其可代汝者請之于朝汝
其圖之仕羲始知懼盟不復敢訟改知潭州潭
荆湖之劇府人物繁會素爲難治以公神明之

照雖千百其訟無毫髮之隱吏服民愛謌于道
路朝廷知公之重拜太常少卿直昭文館就鎮
南海始登舟感疾召諸子授以治命神思不亂
以康定元年八月二十三日不起公長厚之性
資以明達顛沛造次弗離中道寬而不懈直而
不訐與人交久而能恭當官而行未嘗違其正
士大夫無不愛其風度居家有節與親族同其
有無常謂諸子曰吾家清白可傳何生業之爲
啓手足之日門中索然君子謂公之踐言矣娶

三夫人高陽許氏中山劉氏封長安縣君廣平宋氏封某縣君生八男長曰寅有文學屢業登進士第爲絳州防禦推官與次子廉俱不幸早世次曰蕃開封府封丘縣主簿次曰常將作監主簿次曰當堂京岡並幼女五人長適大理寺丞李兢次適廬州舒城縣主簿王宗愨次適河中府萬泉縣令高良佐次適孟州河陰縣主簿州學教授蓋沂一女尚幼以某年月日葬于鄭州新鄭縣抱章山之東南三夫人祔焉某既交

而親從其孝子之請而作銘云　邦之令人道醇德懿芝蘭之室瑚璉之器稟孝含忠播仁殖義位于一方未博其施弗遐厥壽蒼蒼曷意君子惜賢小人奪惠葬于鄭國卜云善地子產在焉黿兮相慰

太子右衛率府率田公墓誌銘

古稱陰有德於人者必享厥祥大厥後易不云乎積善之家必有餘慶所謂不在其身在其子孫者信矣公諱紹方其先鴈門人曾高家于冀

自耶律氏熾得石晋山後八郡又歲侵兩河間
王考諱某被遷于盧龍署之以官復治産雲中
而貲殖焉考諱某能幹父之蠱其家益顯娶王
氏而生公公少稱才武抱氣重諾有燕趙之風
義事耶律得親信左右常從而南收帳下多掠
獲漢家士民俾公尸之公黙計之曰漢人吾曹
也驅之如犬羊非有罪辜將孥戮于虜中乃縱
之夜亡者千計此德於人多矣公亦自負謂大
丈夫胡能老於異域哉考妣既葬吾其歸歟乃

匿身草莽會夜則負斗而奔既達朝廷眞宗憫然嘉之補職于三班以其勇果屢委軍甲捕外方寇所謂巡檢者至則盜息民得按堵公祥符中主邵之峽口寨時龍水郡蠻寇大擾戍兵屢衄峽口溪洞亦乘聲嘯聚一日迫寨圍而噪之公戒軍士曰我露其勇彼將整而難破不如示之怯士敢先動者吾以軍法從事衆皆肅然聽命既夜公自率驍果突而擊之斬十餘級蠻雖衆曾不能措手足大駭而奔自是終公之任不

敢内寇州將害其功不以上聞公曰吾自虜還漢獲從王事足矣烏敢爲功哉又嘗誨督諸子曰吾以漢有聖人之風故脫身以歸令教汝詩書趨聖人之道使汝輩有立吾將鼓歌以終天年豈病其不達耶子況舉進士高第又舉賢良方正天子親問當世治亂祥咎以對策第一乃速進用四五年間掌西掖書命爲陝西道宣撫副使還朝敷奏稱旨乃詔寵公以太子右衛率府率監瓊林苑金明池以便子養士大夫榮之

天子以尚憂西陲命況龍圖閣直學士出領秦
鳳路經略使公在疾經略屢求省侍有詔敦勉
遣中人尚醫許視公以慶曆五年乙酉孟秋月
壬子不起享年七十有四上嗟惻之加賵賻焉
經略累章哀訴得告奉公之喪以某年月日葬
于許州陽翟縣某原禮也公性剛直未嘗曲於
人然明恕少怒嘗官于閩中有愛馬使一卒乘
習遇危橋不下馬折足而斃公曰卒豈欲是耶
不復以一言詰之人皆服其度公娶李氏贈福

昌郡君前十五年而亡生八男經略即長子也次曰淵有詞業舉進士以兄廕補試祕書省校書郎許州郾城主簿次曰天護幼亡次曰洵穎上主簿次曰浹登進士第唐州團練推官次曰洸太廟齋郎次曰泳皆業進士次小字寶哥尚幼三女長適海州東海令張震次適辰州理掾高翥次適鄂州咸寧令張子方皆以婦道稱于宗族某嘗與公會于丹陽見公氣貌話言剛而質毅而恭使人信而愛之又與經略之游舊矣

俾序而銘云　公復其家去狄而華公教其嗣挺國之器厥後既隆又壽而終天子賵焉大夫弔焉非積德而胡然

資政殿大學士贈太子太師謚忠獻

范公墓誌銘

慶曆紀號之六載春正月丁亥資政殿大學士禮部尚書知河南府兼西京留守司范公以疾薨聞上悼之爲不視朝制贈太子太師賵賻加等子孫遷官者五人有司議行謚曰忠獻以来

年某月日葬于洛陽之某原某里附先塋也公
諱雍字伯純其先太原人皇考諱某後唐初爲
校書郎并帥孟公器之嘗辟居幕中後又從孟
公入蜀霸業既成遂爲國相久之一日告老蜀
主寵以太子太保就第以疾終及公之貴累贈
太保王考諱某在蜀爲刑部侍郎後歸朝終于
左屯衛將軍累贈太傅考諱某以太傅廕爲供
奉官終于合肥郡之監軍累贈太師尚書令妣
韓氏封安康郡太夫人追進京兆郡賓生三子

公亹其季十歲而孤家甚貧太夫人遣公就學常質衣以爲資公警悟過人挺然國器舉進士咸平三年春御前釋褐補洛陽主簿再調錢塘尉知己薦公廉敏改筠州從事秩滿以績用除大理丞宰建之崇安縣遷殿中丞知端州還朝獻所著文二十卷進太常博士初公爲洛陽主簿實典廪納而邑多權要公必先細民而後形勢時尚書張公詠道過洛陽聞其事乃記公姓名署之于屏常指以示人曰識斯人否至是張

公鎮淮陽致書于寇萊公道公之才復奏公爲
淮陽倅成命未行會萊公出守西洛辟公貳留
守司朝廷俞之張公曰奪我賢倅耶公自兹名
重朝廷改田曹外郎主判三司開拆賜五品服
天禧中河决滑臺齊魯承其弊朝廷遣兵數萬
人塞其横流千里之民皆奔走負薪芻邑官荷
校以督其事民不堪命天子患之命丞相暨主
計擇人以往僉以公爲允除京東轉運副使至
則度河之勢量工集材邑官皆釋之與民緩期

不煩而濟河防既就進度支外郎河北轉運使
列塞積兵計糧爲大民租不能給須重其穀價
募商以内之縣官苦其費公視德博間地惟沃
饒菽粟易斂又河渠通于塞下大可致之乃輦
諸州緡錢就以平糴方舟順流集于邊廩自是
河朔財用周于供億朝廷患陝西兵食不足困
于轉饋命公充本路轉運使賜三品服公至則
先寬其民不使遠輸募人入粟塞下給以池鹽
商嗜其息而農得以休上即位就遷兵部外郎

召拜戶部副使尋改度支副使未機拜工部郎中
龍圖閣待制充陝西轉運使踰年召還提舉京百
司會環原州屬羌叛起大爲邊患遣公安撫乃見
其酋長諭以恩威即時嚮順還朝拜右諫議大夫
權三司使旋奉使契丹國以專對有體加龍圖閣
直學士主計如故公好訪問善開納天下金穀之
利病灼然居目中上知其才拜樞密副使歲餘丁
太夫人憂制以給事中起復視事籍田禮畢遷禮
部侍郎時玉清昭應宮災兩府籲對章獻太后泣

曰先帝崇奉此宮一旦至此賴東北隅猶存一二小殿公揣知有復興之意因抗言曰先朝極土木而成此宮一夕爲燼豈天意耶如因其所存復欲興之民將弗堪不如焚之之盡也諸公協其對章獻意解曰不復勞人矣上說翌日下詔以諭中外焉又嘗繪尚書四代圖進之以備中覽居密府六載叅掌機務知無不爲明道二年以戶部侍郎知陝州踰月移京兆府其年諸道旱蝗人復疾疫於關中爲甚百姓轉于溝壑公先減廩祿復損民有

餘以振之活數萬人每人躬自撫視至染癘氣
卧疾者久徙鎮河陽暇日念國家禦戎之備率
多弛廢西羌狡很必有窺邊之心恩不克威豈
久安之勢乃感激上言而得入覲陳安邊六策
上深加采納進吏部侍郎資政殿學士出守西
京既而西戎果叛上咨歎之擢公振武軍節度
使鎮延安時守備未完屯戍尚寡公累章乞師
朝議小其寇不甚爲意一日元昊驅衆十餘萬
圍延安城會大將石元孫領兵出境上城中守

卒纔數百人公身被甲冑復呼民登陴日夜嚴守遣使召統帥劉平于慶州平領軍來援合元孫兵與賊夜戰王師不利二帥陷没城中大恐無可守之勢公曰延安西夏之咽喉也如將不守則關輔皆危今人力窮矣柰何郡南有嘉嶺山其神素靈乃望而禱之曰我死王事足矣生靈何辜爲虜魚肉神享廟食于茲土其無意乎厥暮陰晦雨雪大下寇兵暴露不知所爲乃晝夜引去延安遂完朝廷聞之封其神曰威顯公

斯又至誠之感為不誣矣然二帥既歿累公左遷戶部侍郎知安州延安吏民百數詣闕號訴謂城當陷而存民將殞而生皆公之力也天子惻然故一歲間起公吏部侍郎知河中府未行改京兆府且許朝覲上優遇之加資政殿學士赴鎮歲餘以撫安關輔之勞改尚書左丞進大學士俄而復守西京有羣盜集于穰鄧浸淫汝洛間朝廷委公營之公夙夜乃事遣兵驅遏兼示恩貸故其寇歸者半戮者半民用樂業歲乃

大登朝廷有詔襃之又言事者以西事而來收兵大宂宜遣使揀去以寬其費朝廷從之軍中往往偶語公密疏謂急而用之緩而弃之不可上乃止公保釐三歲拜禮部尚書時已抱疾至終之日洛人悲焉公常志在補益奏𦾔累篋及其沈病聞朝廷有事于田狩猶拜疏忠切以盡其心公性恭和有風鑑門下所舉多至貴顯爲時名卿藏書僅萬卷惟小書五經則常提攜左右不可一日無此與岷山處士龍昌期論易深

達微奧以昌期所著書奏御遂行於時公著明
道集三十卷後集十卷彌綸集十卷雖高年貴
位而造次不忘于學初娶魏氏追封鉅鹿郡夫
人再娶臧氏始封遂寧郡夫人改仁壽郡男六
人長曰宗傑兵部員外郎直史館陝西轉運使
三路制置解鹽使先公一年而亡次宗良宗衍
並守將作監主簿次宗古皆早亡宗師宗賢今
並太常寺太祝女十人一適眉州防禦使高繼
宣三人在室六人早亡孫男六人子開子明並

大理評事子儀太常寺奉禮郎子諒子奇子淵
將作監主簿孫女七人曾孫女二人公約于身
勞于國周旋四方始終一節又政惟慈恕不任
威罰令二子六孫秀異簪紳豈陰德之在歟某
素爲公之所知又諸孤以公善狀求爲之銘銘
曰　邦之偉人念德不怠勤勞王家四十七載
入輔樞軸作爲股肱皇猷克賛天眷是膺出臨
藩宣允專節制蹈乎憂患濟以忠義政本乎仁
行執乎恭夙興夜寐則善之從歲月靡靡終于

壽紀典禮具舉神靈以喜葬于先塋舊栢青青
子孫尚蕃承祭祀兮惟寧

范文正公文集卷第十四

（宋）范仲淹 撰

宋本范文正公文集

第二册

國家圖書館出版社

第二册目録

范文正公文集卷第七

義論議

乾上乾下內外中正聖人之德位乎天之時也德內也位外也九二君之德九五君之位成德于其內充位于其外聖人之德居乎誠而不遷有時舍之義故曰見龍在田德昭于中故曰利見大人天下文明君德也聖人之位行乎道而不息有時乘之義故曰飛龍在天位正於上故曰利見大人乃位乎天德於是乎位矣或者泥於六位之序止以五爲君曾不思始畫八卦三陽爲乾君之象也豈俟於五乎三陰爲坤臣之

象也豈俟於四乎震爲長子豈俟重其卦而始見於長子乎明夫乾君之象旣重其卦則有内外之　九二居乎内德也九五居乎外位也餘爻則從其進退安危之會而言之非必自下而上次而成之也如卦言六龍而九三不言龍而言君子蓋龍無乘剛之義則以君子言之隨義而發非必執六龍之象也故曰易無體而聖人之言豈凝滯於斯乎

咸陰進而陽降（兑陰卦　艮陽卦）上下交感之時也與泰

卦近焉泰卦天地交而萬物通咸卦天地咸而萬物化生然則泰卦三陰進于上三陽降于下極於交而泰矣故曰萬物通咸卦陰進而未盡達也陽降而未盡下也下卦猶有二陰上卦猶有二陽感而未至於泰矣故曰萬物生而猶未通也聖人感人心而天下和平是感之無窮而能至乎泰者也感而不至其道乃消故至騰口薄可知也

恒陽動陰順剛上柔下震陽也剛動于上巽陰也柔順于下上下各得其常之時也天尊地卑道之常矣君處上

臣處下理之常矣上陽卦天與君之道也下陰卦地與臣之道也男在外女在內義之常矣震爲長男巽爲長女天地君臣男女各得其正常莫大焉諸卦多以有應爲吉此卦六爻皆應而交無元吉者何也夫吉於應者相求以濟之時也常者上下各得其所之時矣故以剛柔皆應爲常而不以獲應爲吉是以士之應常也在於己不在於人諸侯之常也在於政不在於隣天子之常也在於道不在於權故曰聖人久於其道而天下化成堯舜爲仁終身而已

矣其知常也哉
遯陰進陽退二陰進之於內四陽退之於外柔佞入而剛正出君子遯去之時也夫柔勝於剛則小人制君子矣辱可逃乎柔未勝剛則君子辱可遠也未見制於小人焉此卦二陰而四陽柔未勝剛小人始浸而長也君子知吉之先辨禍之萌思遠其時也可不遯乎故遯之爲義尚乎遠也是以最在內者有遯尾之危最在外者有肥遯之利子曰知幾其神始可與言遯也已矣

大壯剛以震而陰摧內剛外震二陰剝焉君子威而小人黜政令剛嚴之時也陽於陰爲大也陽進陰退大者壯而小者喪矣夫雷在天上萬物以震威行天下萬邦以恐天地之壯見乎雷聖人之壯見乎威壯而不節於天下暴矣壯其喪矣是以君子非禮弗履以保其壯也故九二九四以陽居陰體剛而處巽乃復獲乎貞吉餘爻皆不克全其壯也已

晉順而上行奉于文明坤順也離明也君子嘉遇顯進

之時也夫上無文明賢斯遁矣今文明麗于上君子可不進乎其進也柔順內融（內卦坤也有柔順之義）則上不拒其逼矣故曰晝日三接也英華外著（外卦文明有英華之德）則衆不疑其行矣故曰君子以自昭明德蓋明出地上如日之升君子當其象也豈復昧哉其伊尹之時歟

明夷陰上明下其義病矣火入地中其光翕矣蔽賢傷善之時也夫文明在上則賢者遂進文明在下則善人用傷其商之末世耶君子用晦

然後免於其難然則文王其不用晦乎何以嘗幽之耶文王蓋有國焉德加於人晦之難也故以文明入于難終以柔順而出矣箕子雖無政焉而最近於闇故自辱其身以晦其道然後乃免故文明在下難哉聖賢其猶病諸變斯時者惟九三乎得其大首其湯武之事歟

家人陽正於外謂五也陰正於內其二也陰陽正而男女則位君子理家之時也明乎其內禮則著焉內卦明也順乎其外孝悌形焉外卦順也禮則著而家

道正孝悌形而家道成成必正也正必成也聖人將成其國必正其家一人之家正然後天下之家正天下之家正然後孝悌大興焉何不定之有故曰刑于寡妻以御于家邦然則正家者貴閑其初也故初九有悔閑得其道乃首得悔亡至于九五王假有家則天下化成故勿悔而吉也

睽火炎澤潤其性不同炎從上潤從下其道違而不接物情睽異之時也陰陽不接而天地睽

日月不接而晝夜睽禮義不接而男女睽君臣不接而上下睽情類不接而萬物睽夫然則天地萬物之理從何而亨乎故睽之時義不可久也必變而通之合睽以成其化天地睽也而陰陽合焉其體睽其義合晝夜睽也而日月交焉男女睽也而禮義成焉上下睽也而君臣會焉萬物睽也而情類聚焉夫未合之時體乖志疑動寡蹇難求援而濟者也故其交皆以有援免至于上九睽極而通則說弧遇雨羣疑亡也

蹇止於險中險難在前未可進之時也觀其名與屯卦近焉屯亦難也然則屯已動乎險中難可圖也蹇猶止乎險中難未可犯也惟二爲王臣得位應五君在險中而與己應始可匪躬而往焉餘皆往蹇而弗濟君子藏器於身待時而動其庶幾乎

解動乎險外出險散否之時也小人爲險君子乃否小人既退君子乃振故五六象曰君子有解小人退也是故天地否散雷雨並興聖賢否

散慶施遂行武王發粟散財其有解之時也矣損山澤通氣（艮爲山兑爲澤）其潤上行取下資上之時也夫陽實也陰虚也下卦二陽上卦二陰取陽資陰以實益虚者也虚者反實則實者反虚矣然則下者上之本本固則邦寧今務於取下乃傷其本矣危之道也損之有時民猶説也（兑爲説）損之無時澤將竭焉（兑爲澤）故曰川竭必山崩此之象也無他下涸而上枯也百姓不足君孰與足其斯之謂歟

益剛來而助柔損有餘而補不足上卦陽多故曰有餘下卦陽少故曰不足自上惠下之時也天道下濟品物咸亨聖人下濟萬國咸寧益之爲道大矣哉然則益上曰損損上曰益者何也夫益上則損下損下則傷其本也是故謂之損損上則益下益下則固其本也是故謂之益本斯固矣幹斯茂矣源斯深矣流斯長矣下之益上則利有竭焉上之益下則因其利而利之何竭之有焉是故木以動也上木下動涉大川而無患雷風與也上風下雷興萬

物而無疆明益之道何往而不利哉

夬一陰處高而羣陽代之以大制小以正黜邪之時也時皆剛正柔佞豈得而據乎夫君子道微之時法令常密而或失之者何也内有小人也小人道微之時法令常顯而無忌者何也内皆君子也此卦一柔而乘五剛危可知矣五陽而決一陰易可知矣故揚于王庭而不忌賞罰明行之際歟舜舉八元而去四凶此其時矣

萃澤處於地兊爲澤坤爲地其流集矣上説下順其義

親矣物情和聚之時也上以説臨下下以順奉
上上下莫不聚乎天地亨而萬物以類聚大人
亨而天下以義聚觀其所聚而天地萬物之情
可見矣彖言剛中而應者取其上下相應以成
萃聚之義而已若夫萃天下者豈私其應哉必
也以虛受人然後能萃其天下故九五以大人
之位而匪孚者以其應之於一不能盡天下之
誠惜哉無私則至矣
升地中生木其道上行君子位以德升之時也

夫高以下爲基木始生於地中其舉遠矣聖人日躋其德而至于大寶賢者日崇其業而至于公圭以順而升物不距矣故爻無凶咎初則大吉二則有喜三則無疑四則用亨五則貞吉惟上六極而猶升則爲冥昧若能知其消息猶可爲利故曰冥升利于不息之貞

困水在澤下澤方竭焉其道不加於物君子困窮之時也夫水者浸於外而後施於物令伏於其內何施之有是則川澤竭而伏其流君子困

而隱其道困於險而不改其說（坎險也兌說也）其惟君子乎能固窮而樂道哉苟不安其困欲尚口而去之窮斯甚矣知此時者卷而懷之極然後反其困必亨故曰困亨夫子之於陳蔡也豈其憂乎

井水爲泉之底井道治而其施外彰君子居德遷惠之時也夫井居其地而不可改其泉之出也無所不利君子居於德而不可移其惠之遷也無所不仁唯井也施之而不窮存之而不溢

惟德也常施於人而不見其虧獨善其身而不見其餘故曰井德之地不其然乎

革水火相薄變在其中聖人行權革易之時也夫澤有水則得其宜今澤有火是反其常矣天下無道聖人革之以反常之權然而反常之權天下何由而從之以其內文明而外說也內卦文明外卦兌說以此之文明易彼之昏亂以天下之說易四海之怨以至仁易不仁以有道易無道此所以反常而天下聽矣其湯武之作耶苟道德不

去雖湯武日生當爲天下之助何反常之有焉鼎以木順火鼎始用焉聖人開基立器之時也夫天下無道聖人革之天下旣革而制作興制作興而立成器立成器而鼎莫先焉故取鼎爲義表時之新也湯武正位然後改正朔變服章更器用以新天下之務其此之時歟故曰革去故而鼎取新聖人之新爲天下也夫何盛焉莫盛乎享上帝而養聖賢也享上帝而天下順養聖賢而天下治不亦盛乎

震雷相從而興威動萬物内外皆震君子心身戒懼之時也萬物震其道通焉君子震其德崇焉君子之懼於心也思慮必慎其始則百志弗違于道懼於身也進退不履於違則百行弗罹于禍故初九震來而致福慎於始也六二震來而喪貝履於危也六二乘剛夫震者長子之道也長子有威驚遠而懼邇然後能主宗廟之器而祭祀不輟也夫

艮山相當而各止其所内外不相與六爻皆無應上

下靜止之時也天地動而萬物生日月動而晝夜成聖賢動而天下亨令其止者君子理不可動之時也故此卦無元亨貞之德者以其道不行焉然止之爲道必因時而存之若夫時不可進斯止矣高不可亢斯止矣位不可侵斯止矣欲不可縱斯止矣止得其時何咎之有故曰時止則止時行則行動靜不失其時其道光明非君子其孰能與於此乎

漸山止生木日益其高君子漸進之時也夫内

止而不躁外巽而不爭以斯而進不亦漸乎長女得位乎其外故曰女歸吉然則女生而知其嫁也必漸而及時然後有歸焉君子學而知其仕也必漸而成德然後有位焉故升高必自下陟遐必自邇乾陽漸進而至于在天坤陰漸進而至于堅冰天地不能踰而況於人乎苟内不止而躁外不巽而爭則失漸之道犯時之忌豈正邦之有焉

豐文明以動無往不亨王道開大之時也夫雷

雷之至隱者彰而否者亨聖賢之造困者通而幽者顯於是制乎禮以序天下之倫作乎樂以興天下之和物物昌而無不大也是以謂之豐然則日之動也（下離日也上震動也）豐于正中焉文明之動也豐于皇極焉過乎正中日斯昃矣過乎皇極文明虧矣故曰宜日中進於大而戒於盈也丕哉

旅火麗山而不久其處君子羇旅之時也君子羇旅之時處無其位何能與物大通然則内止

而不動于心外明而弗迷其往以斯適旅故得小亨而貞吉夫旅人之志卑則自辱高則見嫉能執其中可謂智矣是故初瑣瑣而四不快者以其處二體之下卑以自辱者也三焚次而上焚巢者以其據二體之上高而見嫉者也二懷資而五譽命者柔而不失其中者也君子旅之時也道其然乎

巽風從至而物莫之違上下皆順命令宣行之時也夫上下弗順雖令不從令上下皆順故可

申命而行事也若夫巽之爲德其失也僞非君子體之則入乎柔邪之道矣觀其名雖近於謙焉然則謙之爲體内剛而外柔謙卦坤外艮内坤柔而艮剛也降於禮而不降於德者也是以亨君子有終巽之爲體内外皆柔可以行權未可以終義惟五以中正而志行乃得小亨利有攸往利見大人是故謙之六爻皆無凶咎巽之六爻則美惡半矣

兊澤重潤而上下皆說君子推恩敷惠之時也

夫說萬物者莫說乎澤今復重之民說而無疆者也勸天下者莫大乎推恩而敷惠則順乎天應乎人而王道亨不然者反此若夫威以先民民重其勞威以犯難民重其死故周文爲臺而人謂神靈者忘其勞也楚子下令而人如挾纊者忘其死也然則說之爲德其失也佞上下皆說之時必內存其剛正然後免佞之情故曰說以利貞

帝王好尚論

老子曰我無爲而民自化我好靜而民自正我無欲而民自富我無事而民自樸此則述古之風以警多事之時也三代以還異於太古王天下者身先教化使民聳善故禮曰人君謹其所好惡君好之則民從之孔子曰上好禮則民莫敢不恭上好義則民莫敢不服上好信則民莫敢不用情由此言之聖帝明王豈得無好在其正而已堯設敢諫鼓建進善旌舜好問而成至化禹拜昌言而立大功湯五聘伊尹文王躬迎

呂望周公握髮吐哺以待白屋之士鄭武公好賢而詩雅歌之燕昭王築臺募士而智者歸之斯聖賢好尚如是之急也桀紂好利欲不好諫諍而天下亡秦好兵刑不好仁義而天下歸漢隋煬帝好逸豫不好恭儉而天下歸唐使桀紂好諫諍秦好仁義隋煬帝好恭儉豈有喪亂之禍哉

選任賢能論

王者得賢傑而天下治失賢傑而天下亂張良

陳平之徒秦失之亡漢得之興房杜魏褚之徒隋失之亡唐得之興故曰得士者昌失士者亡書曰先王昧爽丕顯坐以待旦旁求俊彦啓迪後人其勤求人材如是之急也然則求之之道不可一端皋陶賛禹曰亦有九德 言人性行有九德以考眞僞則可知 乃言曰載采采 載行采事也稱其人有德必言其所行某事某事以爲驗 禹曰何皋陶曰寬而栗 性寬洪而能莊栗 柔而立 和柔而能立事 愿而恭 慤愿而恭恪 亂而謹 亂治也有治而能謹 擾而毅 擾順也致果爲毅 直而温 行正直而氣温和 簡而廉 性簡大而有廉隅 剛

而塞剛斷而實塞彊而義無所屈撓動必合義章厥有常吉
哉彰明吉善也明九德之常以擇人而官之則政之善孔子之門人目以
四科一曰德行謂顏淵閔子騫也顏淵聞一知十二曰
政事冉有季路也三曰言語宰我子貢也子貢使於
諸國而不辱君命也四曰文學子游子夏也經緯天地曰文禮樂典章之謂
也游夏能述之者也此所謂求人之道非一端也又書
之說命篇曰旁求俊乂列于庶位是朝廷庶位
惟俊乂是求唐太宗曰天下英雄落吾彀中語
曰邦有道則智邦無道則愚智則可與治國家

安天下愚則可與避怨惡而全一身故聖人以俊乂爲德不以柔訥爲行如以柔訥爲行而寵之則四海英雄無望於時矣使英雄失望於時則秦失張陳隋失房杜豈不誤天下之計哉

近名論

老子曰名與身孰親言人知愛名不如愛其身之親也莊子曰爲善無近名言爲善近名人將嫉之非全身之道也此皆道家之訓使人薄於名而保其眞斯人之徒非爵禄可加賞罰可動豈爲國家之用哉我先王以名爲

教使天下自勸湯解網文王葬枯骨天下諸矦聞而歸之是三代人君已因名而重也太公直釣以邀文王夷齊餓死于西山仲尼聘七十國以求行道是聖賢之流無不涉乎名也孔子作春秋即名教之書也善者襃之不善者貶之使後世君臣愛令名而勸畏惡名而慎矣夫子曰疾没世而名不稱易曰善不積不足以成名然則爲善近名豈無僞耶臣請辯之孟子曰堯舜性之也（性本仁義）三王身之也（躬行仁義）五霸假之也（假仁

義而求名後之諸侯逆天暴物殺人盜國不復愛其名者也人臣亦然有性本忠孝者上也行忠孝者次也假忠孝而求名者又次也至若簡賢附勢反道敗德弒父叛君唯欲是從不復愛其名者下也人不愛名則雖有刑法干戈不可止其惡也武王克商式商容之閭釋箕子之囚封比干之墓是聖人敦獎名教以激勸天下如取道家之言不使近名則豈復有忠臣烈士爲國家之用哉

推委臣下論

天生兆人得主乃定萬機百度不可獨當內立公卿大夫士外設公侯伯子男先擇材以處之次推公以委之然則委以人臣之職不委以人君之權臣請辨之夫執持典禮修舉政教均和法令調理風俗內養萬民外撫四夷師表百僚經緯百事此宰輔之職也練兵戎謹城壁修方略威夷狄此將帥之職也肅朝廷之儀觸搢紳之邪此御史府之職也治繁劇制豪猾此京尹

之職也至於金穀刑法各有攸司之職矣撫民人宣風化均徭役平賦斂此刺史縣令之職也是皆人臣之職不可不委之也若乃區別邪正進退左右操榮辱之柄制英雄之命此人主之權也不可盡委於下矣何以明之孔子曰天下有道政不在大夫（注云制之由君也）晉委三卿（趙文子韓宣子魏獻子）延陵季子曰晉國之政歸此三家矣後果分晉爲三國漢高祖招納羣英有將將之權而取天下至于子孫不知祖宗之謀而獨委霍光

又獨委王鳳至于王莽皆有大禍西漢遂傾焉後漢光武親用二十八將而取天下後之子孫不知祖宗之謀而獨委后族至于宦官故姧雄競起以去惡爲名東漢遂傾焉魏委司馬懿晉委劉裕其禍亦然唐太宗駕馭英雄取天下致太平至高宗朝李義府以立后之功獨見委用陷害忠良天下憤怨明皇初用姚崇宋璟爲相而天下大治推心委之遂成故事及李林甫代其任仍復委之林甫姧邪能中傷善人朝廷無

敢言得失者於是明皇不聞諫諍自謂宰相得人泰然無爲矣言路已絶故至禄山犯闕鑾輿而明皇不知一旦喪亂天下瓦解唐德遂衰初以推委而天下治終以推委而天下亂何弊之然哉當推委之際進擢十人上從其九是九分之恩出於下矣如此則數年之間左右前後皆權臣之黨也若黜辱十人上從其九是九分之威出於下矣如此則數年之間中外遠近無敢忤權臣者故下之情不達而上之勢孤矣此明

皇之失爲後代之鑑王者將收其權必先采人
采人爲難豈無其要孔子之辨門人標以四科
一曰德行二曰政事三曰言語四曰文學以四
科辨之思過半矣然則朝廷清要之位覬覦者
衆必審賢以與之賢傑之才讒嫉者衆必先時
以辨之是故先王孜孜求賢以備選用且千官
百辟豈能獨選必委之於輔弼矣惟清要之職
雄劇之任不可輕授於人僉諧之外更加親選
聖帝明王常精意於求賢不勞慮於臨事精意

求賢則日聰明而自廣勞心臨事則日叢脞而自困宜乎屏煩細而廣詢訪其深於正道有憂天下之心可備輔相者記之其精於經術通聖人之旨可備顧問者記之其敢言正色有端士之操可備諫諍者記之其能言方略有烈士之風可備將帥者記之如斯之人精而求之熟而觀之然後寘清要之職授雄劇之任使人人竭力爭爲腹心於是乎得以操榮辱之柄制英雄之命庶務委于下而大柄歸于上始可以言無

爲矣猶復置御史大夫中丞使搢紳無敢慢者置諍臣七人使言路無敢蔽者置門下封駮司使制勑無得誤者此又推委無爲之中而不廢其防不失其權者矣若留意逸豫不孜孜於求賢親選之時無賢可用則進退賞罰復歸於下雖有爵禄不足爲上之恩雖有誅罰不足爲上之威矣

荅竊議

漢高以黄金四萬斤付陳平而不問其出入時

陳平未有功也唐高祖將斬李靖而怒之時李靖未有功也是前代帝王先布之以恩後責之以効也我太祖嘗謂近臣曰安邊御衆須是得人心優恤其家厚其爵禄多與公用錢及屬州課利使之回圖特免税筭聽其召募驍勇以爲爪牙苟財用豐盈必能集事朕雖減後宫之數極於儉約以備邊費亦無辭也命將帥李漢超等十三人分守西北諸州家族在京者撫之甚厚凡軍中事悉許便宜每來入朝必召對命坐

賜與優厚撫而遣之由是邊臣率富於財得以養士用間洞見蕃夷情狀每戎狄入寇必能先知預爲之備設伏掩擊多致克捷二十年間無西北之憂故兵力雄盛武功蓋世由此而致也今滕宗諒爲一路經略安撫使兼兵馬都部署以公用錢回圖管設使命將校并蕃部酋豪或贈遺官員游士而梁堅彈奏滕使過錢十六萬貫有數萬貫不明及置獄研窮纔用三千餘貫復有所歸無分毫入已是未見貪吏之狀也宣

撫田舍人朝之端人也至慶州目擊軍民蕃部等借留滕侯遮壅于道足下何得謂之犲狼主上仁聖不深罪宗諒張亢二人仍降詔誕告邊臣依祖宗故事使回圖公用一如平日中憲不知内朝有此詔命聞羣口横議遂伏閤請加責二人以正憲律既下法寺則宗諒合贖銅而不當去官是前斷已重亢坐將公用錢并酒散與軍人當更追一官又朝廷既已降詔貸之亦難反汗足下責我保庇此人固不敢避自古文法

常害邊功今天子仁聖有西北之憂孜孜求人以捍大患帥臣用度小過不害邊事居輔弼者固當竭力辨明恐誤朝廷機事爲天下之憂豈暇私於二人哉昔匈奴辱漢使者蓋不一也唐賢使于賊庭不辱命者如韓愈李回皆成大名近邵良佐使于元昊回日改官賜服色報其勞也良佐懼不可再去滿朝搢紳無一士請行朝廷召張子奭乘驛而至又選王正倫副之皆敢行不懼旣不懼矣且觀其辨論學術可爲之使

乃遣將命暨還得元昊書詞頗順於前願去號稱臣又能減數節事體且沙漠窮絶入不測之地旣能忘生又不辱命朝廷擢進兩資不可待以常調也戎狄素貪利未猒心兵擾絶塞此戎狄之常態非子奭之過也今之士大夫高談時政皆謂不能拔人限以資級使才者多滯而朝廷之賢及見殊命越一等則囂囂然聚議以爲過優何薄之甚耶

范文正公文集卷第七

范文公文集卷第八

記

岳陽樓記

邠州建學記

天竺山日觀大師塔記

讚

楊文公寫眞讚

楊公以武夷之靈降于我宋在太宗朝以神童被召三命至著作佐郎直集賢院在眞宗朝荐當清近終翰林學士工部侍郎公以斯文爲己任繇是東封西祀之儀修史修書之局皆歸大

手爲皇家之盛典當時臺閣英游蓋多出於師門矣而命世之才其位不充故天下知公之文而未知其道也昔王文正公居宰府僅二十年未嘗見愛惡之迹天下謂之大雅寇萊公當國眞宗有澶淵之幸而能左右天子如山不動却戎狄保宗社天下謂之大忠樞密扶風馬公慷慨立朝有犯無隱天下謂之至直此三君子者一代之偉人也公與三君子深相交許情如金石則公之道其正可知矣然端言方行回邪忌

之故嘗避權臣之禍歸陽翟山再起會眞宗不豫中外爲憂萊公將奮大計正前星於北辰引太陽於少海公預宏議就高文閒弗克行旣終而今上知之乃下詔追悼贈禮部尚書謚曰文今觀公之眞而爲讚云

鳴呼楊公兩朝清風盛乎斯文直哉厥躬端者我遊邪者我仇霖雨不作日月其流仰止遺眞雍雍哲人吾不知乎爲之仙爲之神

頌

皇儲賫聖頌并序

臣聞聖人之作易也以言乎离則大人有繼明之體以言乎震則元子有主器之威何則體以繼明而萬邦久照威以主器而七廟大寧其況登監撫之期資聖神之政者哉國家興皇統紹儷源寶葉茂昌靈根善固皇祖之功也神武不殺天開八際皇宗之德也文明以健景臨萬有聖上妙體乾元光御人極應上真之道撫大寶之運華親肅睦美俗昭明尚周文之文而百官

懋德下漢武之武而四夷懷恩於是覽神洛以
朝先因心之至也啓帝符以升中動天之著也
如報厚德於汾壤款大道於亳宮表開聖之都
揭降清之館鴻名盛則皇哉休哉曠代不舉者
吾皇富有焉然猶清淨戒豫恭默思高觀妙自
然播芳無外璿樞麗正物有戴天之安金鑑凝
明人咸抱日之景若夫道德之奥仁義之醇禮
樂之和刑政之清無得名矣又盡善矣功成功
矣事無事矣聖子神孫其法象之矣居一日羨

三公登東塗皇帝若曰眷惟元子萬邦重器道心之微必究王業之難必知性習惟其初左右惟其賢爾周爾召往師傅焉講善體政欲有觀焉三公相與而進曰惟皇之嗣惟天之授生而神靈幼而岐嶷而復累藩邸踐儲副奉見清廟載禧圜丘圜當輔聖克家佐天理物也矣皇太子乃夕惕欽命未明而興儼覲東朝齋立西面與夫股肱僾老羽翼令人講帝皇之風叅天人之理遐燭安危之轍眇窮得失之源曷嘗不力

仁而民懷作德而祥降於是消息乎九範經營
乎五典與治與亂警策而弗迷惟時惟幾佩服
而深諭此道心之微也蓋究祥於妙慮其於中
外之務光大之政則賢必尚爵功必厚禄謀一
令思以敷天下之祐議一賞思以起天下之善
舉一刑則必悵然有不忍之心暴何端而興矣
接一士則必慊然有好直之心佞何階而進矣
天下欲以富利而弗奪也欲以壽養而弗傷也
欲以固信而弗欺也欲以安靜而弗擾也期于

無盜責之於衣食期于無刑求之於禮義禮義旣充熟而成風然後天下熙熙而遂樂也無窮然則上世聖賢未嘗不勉而後至慎而後寧故書曰昂哉庶其至矣詩云戒之慎之保其寧矣此王業之難也豈徒知之固以輔而行之矣若性習左右可得而言聰哲自天誠明見志其始也后稷玩於播殖仲尼戲於俎豆爰發五勝之辨寔宣三正之方今乃琴誦成文典書在御入則有保出則有師太傅居前少傅居後而能幹

蠱天家代工王室美四方之事賁萬機之聖識者曰正斯嗣也明斯德也由斯道也天意人事章章乎豈符讖而後著也惟聖源深長天道輔相歟非天私我有宋惟天祐于一德昔陶唐氏之與舜也歷試諸難三十載而堯德益明天下益治令斯時也然奚若吾君之嗣之美矣君子有言曰巍巍乎皇之有成功也哉郁郁乎嗣之有成德也哉樂聖者係之頌云

粤自黃靈爰及炎宋巍巍天造緜緜帝統神武

之祖文明之宗元基不拔盛業來重我后御極
吾民敏德盛節交舉庶彙咸殖萬邦作孚百神
受職允也時雍何哉帝力王假有家廼建承華
三善靡忒二對何嘉日光月輪山輝海潤相見
乎离蓋取諸震帝均其勤撫國監軍天受英晤
日彰溫文乃左乃右惟仁惟舊稼穡斯憂艱難
斯究授人惟才進人惟德刑也以薄恩也以直
屈者其伸勞者其逸言思逆耳道務前滕王振
金相英聲茂實緜若壽域熙如春臺守之而已

仁遠乎哉天業昌兮天家光兮聖有嗣兮明無
疆兮皇心之寧兮黔首之康兮祖宗之靈兮子
孫之長兮金石在廟兮頌聲洋洋兮

泰州張侯祠堂頌

生祠民報德也制置公李汝穎之奇以文武事
朝廷爲勳臣於四方而嘗戰守秦塞制勝非一
招降屬寇全活甚衆撫南夷以乂遠俗使北疆
以尋大信光華之命所嚮凝績天禧中國家以
鹽鐵饋運之計重於東南命公領之于茲八年

公夙夜不懈闕政咸舉初淮浙之間鹽民告困海利云剥公請振崇泰楚三郡亭人歲增課數十萬石三郡鹽課虧者十年公訪其利害請加買直蠲積負行數事以蘇之課乃大增興杭秀海三郡鹽場歲入課四十萬石又嘗蘇秀閒太湖漲溢害于甫田公請導入于海復租六十萬石白沙郡大江之北有灣數里風濤爲險舟楫不利公於是開長蘆西河以濟之又高郵之北漕河屢決阻我粮道破我農畝公於是作堤二百里旁置石限平其增損以均灌漕焉

惟茲海陵古有潮堰舊功弗葺驚波荐至鹽其稼穡偃其桑梓此邦之人極乎其否公堅請修復乃興厥功橫議囂然僅使中廢公又與轉運使胡公再列其狀朝廷可之仍許兼領是郡以觀厥成起基於天聖三載之秋畢工於六載之春旣而捍其大災蠲其積負朞月之内民有復諸業射諸田者共一千六百戶將歸其租者又三千餘戶（海陵民因潮之患而倚閣其租者三千餘戶天聖四年勑依制置司奏條堰成日定奪今漸復焉）撫之育之以簡以愛優優其政洽

于民心於是請肖公之儀以奉于祠期子孫之
不忘乎秉筆者故作頌焉
我公雄傑經制楚越鑒洞毛髮誠揭日月建利
除孽代天工發海陵嗷嗷古防弗牢萬頃良膏
歲凶於濤民焉呼號不粒而逃公聞惜怛迺按
迺察草奏屢達狂議四過心過金鐵對天不奪
宸聽既聰宰謀既同展矣胡公協力諧忠兵民
交充興防之功盤盤偃偃百里而遠雲矗不散
山亘不斷如天作限奠萬家產朝以公賢兼于

蕃宣傷者我全疾者我痊逋亡幾千咸復于田
公義不爽欲報彌廣建牙列壤將有攸往衆圖
其象以永瞻仰列星之精列嶽之靈儀焉亭亭
神焉熒熒居千百齡此邦鎮寧既寧既聚濤莫
我苦比比牖戶鱗鱗場圃而翁而豎于歌于舞
天子穆清諸侯經營民兮樂成轂兮登盈作爲
頌聲告于神明

述

南京府學生朱從道名述

天聖紀號之六載樞密留守侍郎齊郡公以東朝舊德右弼上賢將啓秉鈞之猷尚圖分政之任善下成乎江海養浩充乎天地誠明之際無隱不及居一日曰祖宗之都儀形萬邦道德之所興禮樂之所出風化不作四方何仰哉乃首訪膠庠躬省弦誦敦六籍以恢本發四科以彰善於是人樂名教復鄒魯之盛士爲聲詩登周召之美既而丘園初秀閥閱令嗣拳拳允集濟濟如歸沛國朱生世嚴冠冕幼苦霜露憫先構

之將墜忽中陵之見育公特命就學果知向方豹以華而有文鴻亦漸而無咎公又嘉其遷善以從道而名焉仍命字之云在復之六四曰中行獨復以從道也言能體中而行特從於道以斯而復君子之象請字曰復之庶左右於名矣然則道者何率性之謂也從者何由道之謂也臣則由乎忠子則由乎孝行己由乎禮制事由乎義保民由乎信待物由乎仁此道之端也子將從之乎然後可以言國可以言家可以言民

可以言物豈不大哉若乃誠而明之中而和之
揖讓乎聖賢蟠極乎天地此道之致也必大成
於心而後可言焉朱生其拜公之命勉之哉抑
文與學者道之器也以君子秉之則積而不敗
不以君子秉之則滿而致覆朱生其拜公之命
慎之哉噫子未預於教也弗學而志窮如玉之
未攻如泉之在蒙汨焉而弗見其寶眛焉而莫
朝于宗子既預於教也克學而神晤如金之在
鑄如驥之方御躍焉可成乎美器騰焉可致乎

夷路者也某觀士人中有青衿詩書素髮畎畝名不登搢紳之議目弗接軒冕之姿彼何不遇之甚哉朱生進德有漸屬文未幾始登庠序之列廼被巖廊之知此何遇之甚哉繄爾門之濟美歟抑我公之善教歟論者曰公之旨也豈徒正爾之名蓋將成爾之德激清學校騰休都邑俾夫多士聳善庶邦成流格美俗於詩書被頌聲於金石致我宋之文炳焉復三代之英抑公之盛德乎朱生振迹於盛德之下發名於善教

之始何必申繻之劇論豈異夫子之縈褱者哉當夙夜懷之不墜我公之令訓也其庶幾乎

序

太清宫九詠序

譙有老子廟唐爲太清宫地靈物奇觀者駭異歷代嚴護景槩所存若靈溪渦河九龍井左紐再生昇天檜皆附于圖籍發乎詠歌而風人之才難其破的余友曼卿將命斯來賓董宫事嗜道之外樂乎聲詩覽靈仙之區異其八物益以

宫題而成九詠觀其立意皆鑿幽索秘破堅發奇高凌虹蜺清出金石有以見詩力之雄哉文以氣爲主此其辨乎矧夫人託文而志深物乘文而名遠如楊子雲之綿竹王文考之靈光孫興公之天台皆摛藻一時騰照千載者矣嚱彼物也庇聖賢之居而能長久後果動君子之風雅以發乎名矧人也庇聖賢之道則能高明果亦動天下之頌聲以揚其烈覽之者得無起歟

高平范某序

朝賢送定惠大師詩序

某典姑蘇郡一日有吴僧定惠大師宗秀者發龍山渡松江駐錫于門出致政侍郎安定公本道計使太原公二書偕曰師往無他有朝中送行詩請爲序引以示方來爾某既不得謝乃叩其端師自言生不血茹七歲持佛事隱于雲巖多歷年所晚歲游名公之門然亦未嘗及利天聖中大丞相東平公清河公憐其舊奏賜紫方袍號定惠乃告歸故山又以詩寵之既而薦紳

先生咸有贈章將勸堅珉期於不墜某感其說
志其事且知上人之隱盛於吾儒之隱遠矣士
有氣吞芝蘭才奔風雲精貫乎天人神馳於古
今燭治亂興亡之機席法度教化之倫道通巖
廊跡墜林壑遺沒於麋鹿之羣者衆矣如近代
之陸龜蒙陳陶令朝雍丘邢敦錢唐林逋或執
節堅介或放詞雅遠皆四方之聞人柰何道未
信於三公名不熟於天子及其收遺文旌隱志
而始惜其難得斯天下義士爲之長太息矣豈

如金僊之流而人懷慕謝絶堂構長揖軒冕來則談空實相號天人師去則指霞嶺嘯風林天子有賜三公有贈斯以見上人之隱盛於吾人之隱遠矣必也均是光輝以及考槃之際則聖朝無負於隱君子也矧將有取焉子夏曰主文而譎諫蓋風人之職也序詩者敢有二事時景祐二年五月八日尚書外郎充天章閣待制范某序

太子賓客謝公夢讀史詩序

公清淨而文出入朝廷三十年語默仁義進止於青雲之衢徐徐如也自尚書郎領侍御史知雜事日轉戰于寵辱之場者或勝而夸或殆而悲乃嘆曰吾病矣不敢進寸而退尺求爲會稽郡及還又請知西臺因分務於洛下朝廷高其意累遷至東宮三品悉屛去外慮於筆硯歌詩素所耽嗜亦不復爲曰方佚我以老也數年間唯日看舊史一編以代賓話爾無何先徹樂之前一日因寢覺記夢中所得詩一章召其孫景

初録焉他日士大夫求觀之仰其風旨識者謂人之將終神鮮不瞭公於此時乃有正夢特歌周孔之仁義能久澤於吾民以公生平之心蹈於斯誠於斯故精義存存著於神明而不亂矣今而後知傳說騎箕尾而爲星者至精之適亦何恠哉其詩曰

百年奇特幾張紙千古英雄一窖塵惟有炳然周孔教至今仁義浸生民

刻唐祖先生墓誌於賀監祠堂序

某自丹陽移領會稽首途之日過邵餗逸人溪齋因話照湖事逸人曰客有自江夏寄唐人許鼎所撰祖先生墓誌頗言賀監之異出而示予辭精理遠徐常侍鉉爲之別序既抵郡訪天長觀即賀公之舊居也歎其眞堂卑陋已甚乃命工度材而新之又刻徐公所序之文以廣遊人之觀采焉時寶元　年知越州范某序

述夢詩序

景祐戊寅歲某自鄱陽移領丹徒郡暇日遊甘

露寺謁唐相李衛公眞堂其制隘陋乃遷于南樓刻公本傳于其側又得集賢錢綺翁書云我從父漢東公甞求衛公之文于四方得集外詩賦雜著共成一編目云一品拾遺（衛公有一品集姑臧集西南備邊録獻替録御臣要略伐叛志窮愁志）其間有浙西述夢詩四十韻時元微之在浙東劉夢得在歷陽並屬和焉愛其雄富藏之褚中二十年矣願刻石以期不泯某觀三君子之詩嗟其才大名高俱見咎於當世李遇武宗獨立不懼經制四方有眞相

之功雖姦黨營陷而義不朽矣元初以才進拜拾遺歷御史府無所畏避爲執政所困者久之及天子召用書詔雅遠甚有補益之風至於與晉公相失而姦人乘之謂元欲刺裴刻則無狀然一戾正人其光墜地惜哉劉與柳宗元吕温數人坐王叔文黨貶廢不用覽數君子之述而理意精密涉道非淺如叔文狂甚義必不交叔文以藝進東宮人望素輕然傳稱知書好論理道爲太子所信順宗即位遂見用引禹錫等決

事禁中及議罷中人兵權牾俱文珍輩又絶韋
皐私請欲斬劉闢其意非忠乎皐銜之會順宗
病篤皐揣太子意請監國而誅叔文憲宗納皐
之謀而行内禪故當朝左右謂之黨人者豈復
見雪唐書蕪駁因其成敗而書之無所裁正孟
子曰盡信書不如無書吾聞夫子襃貶不以一
疵而廢人之業也因刻三君子之詩而傷焉至
於柳吕文章皆非常之士亦不幸之甚也韓退
之欲作唐之一經誅姦諛於既死發潛德之幽

光豈有意於諸君子乎故書之

尹師魯河南集序

予觀堯典舜歌而下文章之作醇醨迭變代無窮乎惟抑末揚本去鄭復雅左右聖人之道者難之近則唐正元元和之間韓退之主盟于文而古道最盛懿僖以降寖及五代其體薄弱皇朝柳仲塗起而麾之髦俊率從焉仲塗門人能師經探道有文於天下者多矣洎楊大年以應用之才獨步當世學者刻辭鏤意以希髣髴未

暇及古也其間甚者專事藻飾破碎大雅反謂古道不適於用廢而弗學者久之洛陽尹師魯少有高識不逐時輩從穆伯長游力爲古文而師魯深於春秋故其文謹嚴辭約而理精章奏疏議大見風采士林方聳慕焉遂得歐陽永叔從而大振之由是天下之文一變而古其深有功於道歟師魯天聖二年登進士第後中拔萃科從事于西都時洛守王文正沂公暨王文康公益加禮遇遂引薦於朝寘之文館尋以論事

切直貶監郢州市征後起爲陝西經略判官屢更邊任遷起居舍人直龍圖閣知潞州以前守平涼日貸公食錢于將佐議者不以情復貶漢東節度副使歲餘監均州市征予方守南陽郡一旦師魯昇疾而來相見累日無一言及後事家人問之不荅予即告之曰師魯之行將與韓公稚圭歐陽永叔述之以貽後代君家雖貧共當損俸以資之君其端心靖神無或後憂師魯舉手曰公言盡矣我不復云翌日往視之一不獲

見傳言曰已別矣遂隱几而卒故人諸生聚而泣之且歎其精明如是剛決如是死生不能亂其心可不謂正乎死而不失其正君子何少哉師魯之才之行與其履歷則有永叔爲之墓銘稚圭爲之墓表此不備載噫師魯有心於時而多難不壽所爲文章亦未嘗編次惟先傳於人者索而類之成十卷亦足見其志也故序之

記

桐廬郡嚴先生祠堂記

先生漢光武之故人也相尚以道及帝握赤符
乘六龍得聖人之時臣妾億兆天下孰加焉唯
先生以節高之既而動星象歸江湖得聖人之
清泥塗軒冕天下孰加焉唯光武以禮下之在
蠱之上九衆方有爲而獨不事王侯高尚其事
先生以之在屯之初九陽德方亨而能以貴下
賤大得民也光武以之蓋先生之心出乎日月
之上光武之器包乎天地之外微先生不能成
光武之大微光武豈能遂先生之高哉而使貪

夫廉懦夫立是有大功於名教也某來守是邦始構堂而奠焉廼復其爲後者四家以奉祠事又從而歌曰雲山蒼蒼江水泱泱先生之風山高水長

南京書院題名記

皇宋闢天下建太平功揭日月澤注河漢金華壓積絃誦風布乃有睢陽先生贈禮部侍郎戚公同文以貢于丘園教育爲樂門弟子由文行而進者自故兵部侍郎許公驤而下凡若于人

先生之嗣故都官郎中維樞密直學士綸並純
文浩學世濟其美清德素行貴而能貧祥符中
鄉人曹氏請以金三百萬建學于先生之廬學
士之子殿中丞舜賓時在私庭俾幹其裕故太
原奉常博士瀆時舉賢良始掌其教故清河職
方員外郎吉甫時以管記以領其綱學士晝一
而上眞宗皇帝爲之嘉嘆面可其奏令端明殿
學士盛公侍郎度文其記前參預政事陳公侍
郎堯佐題其榜由是風乎四方士也如狂望兮

梁園歸歟魯堂章甫如星縫掖如雲講議乎經
詠思乎文經以明道若太陽之御六合焉文以
通理若四時之妙萬物焉誠以日至義以日精
聚學爲海則九河我吞百谷我尊滓詞爲鋒則
浮雲我決良玉我切然則文學之器天成不一
或醇醇而古或郁郁於時或峻于層雲或深于
重淵至於通易之神明得詩之風化洞春秋褒
貶之法達禮樂制作之情善言二帝三王之書
博涉九流百家之說者蓋亙有人焉若夫廊廟

其器有憂天下之心進可爲卿大夫者天人其
學能樂古人之道退可爲鄉先生者亦不無矣
觀夫二十年間相繼登科而魁甲英雄儀羽臺
閣蓋翩翩焉未見其止宜觀名列以勸方來登
斯綴者不負國家之樂育不孤師門之禮敎不
忘朋簪之善導孜孜仁義惟日不足庶幾乎刊
金石而無媿也抑又使天下庠序規此而興濟
濟羣髦咸底于道則皇家三五之風步武可到
戚門之光亦無窮已他日門人中絶德至行高

尚不仕如睢陽先生者當又附此焉

清白堂記

會稽府署據卧龍山之南足北上有蓬萊閣閣之西有凉堂堂之西有巖焉巖之下有地方數丈密蔓深叢莽然就荒一日命役徒芟而闢之中獲廢井即呼工出其泥滓觀其好惡曰嘉泉也擇高年吏問廢之由曰不知也乃扃而澄之三日而後汲視其泉清而白色味之甚甘淵然丈餘綆不可竭當大暑時飲之若餌白雪咀輕

冰凜如也當嚴冬時若遇愛日得陽春溫如也
其或雨作雲蒸醇醇而渾蓋山澤通氣應於名
源矣又引嘉賓以建溪日鑄臥龍雲門之茗試
之則甘液華滋說人襟靈覩夫大易之象初則
井道未通泥而不食弗治也終則井道大成收
而勿幕有功也其斯之謂乎又曰井德之地蓋
言所守不遷矣井以辨義蓋言所施不私矣聖
人畫井之象以明君子之道焉予愛其清白而
有德義爲官師之規因署其堂曰清白堂又構

亭于其側曰清白亭庶幾居斯堂登斯亭而無忝其名哉寶元二年月日記

岳陽樓記

慶曆四年春滕子京謫守巴陵郡越明年政通人和百廢具興乃重修岳陽樓增其舊制刻唐賢今人詩賦于其上屬予作文以記之予觀夫巴陵勝狀在洞庭一湖銜遠山吞長江浩浩湯湯橫無際涯朝暉夕陰氣象萬千此則岳陽樓之大觀也前人之述備矣然則北通巫峽南極

瀟湘遷客騷人多會于此覽物之情得無異乎
若夫霪雨霏霏連月不開陰風怒號濁浪排空
日星隱耀山岳潛形商旅不行檣傾楫摧薄暮
冥冥虎嘯猿啼登斯樓也則有去國懷鄉憂讒
畏譏滿目蕭然感極而悲者矣至若春和景明
波瀾不驚上下天光一碧萬頃沙鷗翔集錦鱗
游泳岸芷汀蘭郁郁青青而或長煙一空皓月
千里浮光躍金靜影沈璧漁歌互荅此樂何極
登斯樓也則有心曠神怡寵辱偕忘把酒臨風

其喜洋洋者矣嗟夫予嘗求古仁人之心或異
二者之為何哉不以物喜不以己悲居廟堂之
高則憂其民處江湖之遠則憂其君是進亦憂
退亦憂然則何時而樂耶其必曰先天下之憂
而憂後天下之樂而樂乎噫微斯人吾誰與歸
時六年九月十五日

邠州建學記

國家之患莫大於乏人人曷嘗而乏哉天地靈
粹賦于萬物非昔醇而今漓吾覩物有秀於類

者曾不減於古豈人之秀而賢者獨下於古歟誠教有所未格器有所未就而然耶庠序可不興乎庠序者俊乂所由出焉三王有天下各數百年益用此道以長養人材材不乏而天下治天下治而王室安斯明著之効矣慶曆甲申歲予忝貳國政親奉聖謨詔天下建郡縣之學俾歲貢羣士一由此出明年春予得請爲豳城守署事之三日謁夫子廟通守太常王博士稷告予曰奉詔建學其材出於諸生備矣今夫子廟

隘甚羣士無所安因議改卜于府之東南隅地
爲高明遂以建學并其廟遷焉以兵馬監押劉
保節度推官楊承用共掌役事博士朝夕視之
明年夏厥功告畢增其廟度重師禮也廣其學
宫優生員也談經于堂藏書于庫長廊四回室
從而周總一百四十楹廣廈高軒處之顯明士
人洋洋其來如歸且曰吾黨居后稷公劉之區
被二帝三王之風其吾君之大賜吾道之盛節
歟敢不拳拳服膺以樹其德業哉予既改南陽

郡博士移書請爲之記予嘗觀易之大象在小畜曰君子以懿文德謂其道未通則畜乎文德俟時而行也在兑曰君子以朋友講習謂相説之道必利乎正莫大於講習也諸生其能知吾君建學聖人大易之旨則庶幾乎故書之

天竺山日觀大師塔記

師錢塘人也姓仲氏名善昇十歲出家十五通誦法華經十七落髮受具戒客京師三十年與儒者游好爲唐律詩且有佛學天禧中詔下僧

録簡長等注釋御製法音集師預選中書畢詔
賜師名遂還故里公卿有詩送行師深於琴余
嘗聽之愛其神端氣平安坐如石指不纖失徽
不少差遲速重輕一一而當故其音清而弗哀
和而弗淫自不知其所以然精之至也予嘗聞
故諭德崔公之琴雅遠清靜當代無比如師則
近之矣康定中入天竺山居日觀庵曰吾其止
乎不下山者十餘年誦蓮經一萬過皇祐元年
余至錢塘就山中見之康彊精明話言如舊一

日遣侍者持書謝余曰吾願足矣將去人世必藏于浮圖之下願公記焉又一日侍者來告曰師化矣其門人中靄等葬師于塔復以師之言求爲之銘銘曰

山月亭亭兮師之心山泉泠泠兮師之琴眞性存兮孰爲古今聊志之兮天竺之岑

范文正公文集卷第八

范文正公文集卷第九

書

奏上時務書

上張右丞書

上執政書

書

奏上時務書

天聖三年四月二十日文林郎守大理寺丞臣

范某謹詣閤門再拜死罪上書皇太后陛下皇

帝陛下臣聞巧言者無犯而易進直言者有犯而難立然則直言之士千古謂之忠巧言之人千古謂之佞今臣勉思藥石切犯雷霆不遵易進之途而居難立之地者欲傾臣節以報國恩恥佞人之名慕忠臣之節感激而發萬死無恨況臣之所言皆聖朝當行之事而未之行者諒有以也聖人之心豈不至此蓋當乎一日萬機未暇餘論大臣之心豈不至此蓋懼乎上疑下謗未克果行臣請言之以 發聖慮臣聞國之文

章應於風化風化厚薄見乎文章是故觀虞夏之書足以明帝王之道覽南朝之文足以知衰靡之化故聖人之理天下也文弊則救之以質質弊則救之以文質弊而不救則晦而不彰文弊而不救則華而將落前代之季不能自救以至于大亂乃有來者起而救之故文章之薄則爲君子之憂風化其壞則爲來者之資惟聖帝明王文質相救在乎己不在乎人易曰窮則變變則通通則久亦此之謂也伏望聖慈與大臣

議文章之道師虞夏之風況我聖朝千載而會
惜乎不追三代之高而尚六朝之細然文章之
列何代無人蓋時之所尚何能獨變夫君有命孰
不風從可敦諭詞臣興復古道更延博雅之士
布於臺閣以救斯文之薄而厚其風化也天下
幸甚臣又聞聖人之有天下也文經之武緯之
此二道者天下之大柄也昔諸矦暴武之時孔
子曰俎豆之事則嘗聞之此聖人救之文也及
郟谷之會孔子則曰有文事者必有武備請設

左右司馬此聖人濟之武也文武之道相濟而行不可斯須而去焉唐明皇之時太平日久人不知戰國不慮危犬寇犯關勢如瓦解此失武之備也經曰禍兮福所倚福兮禍所伏又曰防之於未萌治之於未亂聖人當福而知禍在治而防亂故善安身者在康寧之時不謂終無疾病於是有節宣方藥之備焉善安國者當太平之時不謂終無危亂於是有教化經略之備焉我國家文經武緯天下大定自眞宗皇帝之初

猶有舊將舊兵多經戰敵四夷之患足以禦防今天下休兵餘二十載昔之戰者今已老矣今之少者未知戰事人不知戰國不慮危豈聖人之意哉而況守在四夷不可不慮古來和好鮮克始終唐陸贄議云犬羊同類狐鼠爲心貪而多防狡而無恥威之不悟撫之不懷雖或時有盛衰大抵常爲邊患屬方靖中夏未遑外虞因其乞盟遂許結好加恩降禮有欲無違而乃邀求浸多翻覆不定託因細事嘖有煩言猜矯多

端其斯可驗此唐人之至論也今自京至邊並
無關嶮其或恩信不守釁端忽作戎馬一縱信
宿千里若邊少名將則懼而不守或守而不戰
或戰而無功再扣澶淵豈必尋好未知果有幾
將可代長城伏望聖慈鑑明皇之前轍察陸贄
之讜議與大臣論武於朝以保天下先命大臣
密舉忠義有謀之人授以方略委之邊任次命
武臣密舉壯勇出羣之士試以武事遷其等差
壯士蒙知必懷報効列於邊塞足備非常其或

自謂無虞不欲生事輕長世之策苟一時之安
邊患忽來人情大駭自古兵不得帥魚肉無殊
乃於倉卒戰鬬之間拔卒爲將豺狼競進眞僞
交馳此五代之前鑒也至於塵埃之間豈無壯
士宜復唐之武舉則英雄之輩願在彀中此聖
人居安慮危之備備而無用國家之福也惟聖
意詳之臣又聞先王建官共理天下必以賢俊
授任不以爵禄爲恩故百僚師師各揚其職上
不輕授下無冒進此設官之大端也我國家累

聖求理而致太平大約紀綱法象唐室以臣觀之宜法唐興之時不宜法唐衰之後唐興之時特開館殿以待賢俊得學士十八人聲滿天下此文皇養將相之材以論道經邦而大化也暨之中興往往得人唐衰之後此選不盛我朝崇尚館殿目爲清華相輔之材多由此選三館清密古謂登瀛近歲遷出内庭遍居坊陌非唐所謂集仙之館也又其間校讎之職或不由科第以恩而除限以歲年漸於清顯輕十八學士之

選恐非文皇養將相之材之意也伏望聖慈與
大臣議其可否重爲制度以法唐興之時而延
廊廟之器此國家之大美也惟聖意詳之又諫
官御史耳目之司不諱之朝宜有賞勸自陛下
臨政以來未聞旌一諫負賞一御史若言而無
補是選之不精言而有補豈賞之不行徒使犯
顏者危緘口者安以進藥石爲虛言以陳絲髮
爲供職三載之後進退雷同臣恐天下竊議朝
廷言路未廣忠臣未勸將令諫官御史之徒尸

素於朝非國家之福也惟聖意詳之臣又聞先王義重君臣賞延于世大勳之後立賢爲嗣餘子則以才自調不使混淆而後大防一隳頽波千載凡居近位歲進子孫簪紱盈門冠蓋塞路賢與不肖例升京朝謂之賞延無乃太甚此必前代君危臣僭之際務相姑息因爲典故以至於斯又百司之人本避鄉役不踰數歲例與出官莫非貪忍之徒絶異孝廉之舉使親民政其弊如何關此二途歲取百數無所不有實累王

風恐非任官惟賢之體也人避衆怨不敢上言
遂令仕路紛紜禄位塡委文武官吏待闕踰年
貪者益勵其爪牙廉者悉困於寒餓徒於禮闈
之内增其艱難壯士惜年數歲一舉逦爲奔競
至有訟爭而況修辭者不求大才明經者不問
大旨師道旣廢文風益澆詔令雖繁何以戒勸
士無廉讓職此之由其源未澄欲波之淸臣未
之信也儻國家不思改作因循其弊官亂於上
風壞於下恐非國家之福也儻爲長久之策則

願與大臣特新其議澄清此源不以謗議爲嫌
當以治亂爲意此國家之福也惟聖意詳之臣
聞以德服人天下欣戴以力服人天下怨望堯
舜以德則人愛君如父母秦以力則人視君如
仇讎是故御天下者德可憑而力不可恃也伏
惟皇太后陛下皇帝陛下日崇聖德以永服天
下之心若夫敦好生之志推不忍之心薄於刑
典厚於惻隱在物祝網於民泣辜常戒百官勿
爲苛酷示天下之慈也唯聖人能之恥珠玉之

玩羅組繡之貢焚晉武之雉裘出文皇之宮人少度僧尼不興土木示天下之儉也唯聖人能之雞鳴而起孜孜聽政每有餘暇則召大臣講議文武訪問艱難此皇王之勤也唯聖人勉之貴賤親踈賞罰惟一有功者雖憎必賞有罪者雖愛必罰捨一心之私從萬人之望示天下之公也唯聖人行之自古帝王與佞臣治天下天下必亂與忠臣治天下天下必安然則忠臣骨鯁而易踈佞臣柔順而易親柔順似忠多爲美

言骨鯁似彊多所直諫美言者得進則佞人滿
朝直諫者見疎則忠臣避世二者進退何以辨
之但日聞美言則知佞人未去此國家之可憂
也日聞直諫則知忠臣在右此國家之可喜也
伏惟聖明不可不察自古王者外防夷狄內防
姧邪夷狄侵國姧邪敗德國侵則害加黎庶德
敗則禍起蕭墻乃知姧邪之凶甚於夷狄之患
伏惟聖明常好正直以杜姧邪此至理之本也
臣又聞聖人宅九重之深鎮萬國之望以靜制

動以重爲威如天之高如地之深使人不得容
易而議也昨覩鑾駕順動稍頻恐非深居九重
靜鎮萬國之意況進奏院報於天下天下聞之
恐損威重先朝以御宇日深功成天下巡幸之
費尚或諫止今繼明之始聖政方新宜加憂勤
深防逸豫則人心大悅天道降康不比先帝功
成之年未可輕爲巡幸伏惟聖慈再三詳覽每
有順動心循典禮以服天下之望臣又聞人主
納遠大之謀久而成王道納淺末之議久而成

亂政方今聖人在上賢人在側取捨之際豈有
未至然而刑法之吏言絲髮之重輕鈇鉞之司
舉錙銖之利病則往往謂之急務響應而行或
有言政教之源流議風俗之厚薄陳聖賢之事
業論文武之得失則往往謂之迂說廢而不行
豈朝廷薄遠大之謀好淺末之議哉伏望聖慈
納人之謀用人之議不以遠大爲迂說不以淺
末爲急務則王道大成天下幸甚臣又聞聖人
之至明也臨萬機之事而不敢獨斷聖人之至

聰也納羣臣之言而不敢偏聽獨斷則千慮或失偏聽則衆心必離人心離則社稷危而不扶聖慮失則政教差而彌遠故先王務公共設百官而不敢獨斷者懼一慮之失也開言路采羣議而不敢偏聽者懼衆心之離也今聖政方新動思公共委任兩地出入萬幾萬幾之繁能無得失乃許羣臣上言以補其闕使上無蒙蔽下無壅塞有以見聖人之不獨斷也天下幸甚然而臣下上言密陳得失未可盡以爲實亦當深

究其宜或務窺人短長或欲希旨上下動搖賞罰之柄離間君臣之情似是而非言僞而辯雖聖鑑之下能無惑焉偶動宸衷無益王道似此密奏之類更望聖慈深加詳覽與大臣議論可否然後施行儻密奏之言便以爲實内降處分一面施行則讒譖之人緣隙而進以訐爲直以詐爲忠使内外相疑政教不一非致理之本也古人有言曰爲君難爲臣不易者其在此乎伏惟聖明不可不察又自古親近小臣率多纖佞

恃國恩寵爲人階緣公議未行私請先至如此則人皆由徑政有多門伏望聖慈深爲防慮以存至公之道也臣曲陋之人本無精識覽前王之得失究聖朝之取捨因敢罄而陳之伏望聖慈詳擇一二干犯天威臣無任戰汗激切屏營之至臣某昧死謹言

上張右丞書

年月日具官范某謹齋戒選日裁書拜于右丞閤下 某聞先知覺後知先覺覺後覺伊尹之心也

伊尹之心哲人傳焉故賢賢相與其道不息若
顯若隱者則惟時爾使伊尹之心邈乎無傳則
賢賢相發來代以降豈復有致君堯舜覺天下
之後覺者哉今有施阿衡之才之道而將博其
傳者可無眷眷以求其人乎有服膺仁義親逢
聖賢而未預其傳者可無徨徨以聽於大人之
門乎敢齋戒以辨之恭惟右丞維嶽降神儀我
華旦文以鼓天下之動學以達天下之志始乃
育大節歷小位艱難備思造次惟道踐七諫之

清列奉萬樞之密府奏議森乎朝聽顧問沃於
天心早以位峻中司禮嚴百辟人神協賛貳于
台宰邴矦之問繫乎慘舒叔相之才著於禮樂
而常居以正色動惟至誠名可巽而道不可屈
懷可卷而節不可降故昨讓廟堂之高回星象
之度能輕人之至重易人之至難故道清朝廷
名高泰山蓋盡美矣然我宋重明累聖與周比
隆賢人之業宜衛社稷當復正燮煌之座爲萬
邦之休光四海之景福此右丞之才之道之萬

一也天下才士莫不稽顙仰望光明但仲尼曰
月之階難爲其升爾某何人也可預陶甄之末
其大幸者生四民中識書學文爲衣冠禮樂之
士研精覃思粗聞聖人之道知忠孝可以奉上
仁義可以施下功名可存于不朽文章可貽於
無窮莫不感激而興慨然有益天下之心垂千
古之志豈所謂不知量也又昔人云一卷之書
必立之師豈天下之道無從而正之而可得其
指要乎某所以鷄鳴孜孜望其有獲於此而當

世大君子以某雕蟲之技而憐之者有矣未有
謂某之誠可言天下之道者令復吏于海隅葭
菼之中與國家補錙銖之利緩則羅咎猛且賊
民窮荒絶島人不堪其憂尚何道之可進自惜
屬文未達見書未博三十爲學未獲事大賢人
之師周旋其心未能受大君子之道其愚不已
尚徨徨乎聽於大人之門恭惟右丞播洪鈞之
仁矜其不肖以一言置于左右至於稼穡之艱
獄訟之情政教之繁簡貨殖之利病雖不能辯

亦嘗有聞焉似可備僚俊之末議且使朝夕執
事於前觀之可否如得其誠願預教育然後天
下之道可得而明阿衡之心可得而傳使某會
遇之日有益於當時有垂於將來乃右丞之道
傳傳而不朽矣昔郭隗以小才而逢大遇則燕
昭之名于今稱道黃公天人也有以跪履而授
帝師之道者豈以孺子而捨諸智愚不同人則
然矣先民有言曰希聖者亦聖之徒也此庶幾
於萬一然干犯台嚴無任狂越戰兢之至不宣

某再拜頓首

上執政書

年月日范某謹擇日望拜上書于史館相公集
賢相公參政侍郎參政給事恭以聖人當天四
賢同德此千百年中言事之秋也然聖賢之朝
豈資下士之補益乎蓋古之聖賢以芻蕘之談
而成大美者多矣豈俟某引而質之況儒者之
學非王道不談某敢企仰萬一因擬議以言之
皆今易行之事其未易行者某所不言也恭惟

相府居百辟之首享萬鍾之厚夙興夜寐未
始不欲安社稷躋富壽荅先帝之知致今上
之美況聖賢存誠以萬靈爲心以萬物爲體
思與天下同其安樂然非思之難致之難矣
某竊覽前書見周漢之興聖賢共理使天下
爲富爲壽數百年則當時致君者功可知矣周
漢之衰姦雄競起使天下爲血爲肉數百年則
當時致君者罪可知矣李唐之興也如周漢焉
其衰也亦周漢焉自我宋之有天下也經之營

之長之育之以至于太平累聖之功豈不大哉
然否極者泰泰極者否天下之理如循環焉惟
聖人設卦觀象窮則變變則通通則久非知變
者其能久乎此聖人作易之大旨以授於理天
下者也豈徒然哉今朝廷久無憂矣天下久太
平矣兵久弗用矣士曾未教矣中外方奢侈矣
百姓反困窮矣朝廷無憂則苦言難入天下久
平則倚伏可畏兵久弗用則武備不堅士曾未
教則賢材不充中外奢侈則國用無度百姓困

窮則天下無恩苦言難入則國聽不聰矣倚伏可畏則姦雄或伺其時矣武備不堅則戎狄或乗其隙矣賢材不充則名器或假於人矣國用無度則民力已竭矣天下無恩則邦本不固矣儻相府思變其道與國家盤固基本一旦王道復行使天下為富為壽數百年由今相府致君之功也儻不思變其道而但維持歲月一旦亂階復作使天下為血為肉數百年亦今相府負天下之過也昔曹參守蕭何之規以天下久亂

與人息肩而不敢有爲者權也今天下久平修
理政教制作禮樂以防微杜漸者道也張華事
西晉之危而正人無徒故維持紀綱以延歲月
而終不免禍以大亂天下今聖人在上老成在
右豈取維持之功而忘磐固之道哉某竊謂相
府報國致君之功正在乎固邦本厚民力重名
器備戎狄杜奸雄明國聽也固邦本者在乎舉
縣令擇郡守以救民之弊也厚民力者在乎復
游散去冗僭以阜時之財也重名器者在乎愼

選舉敦教育使代不乏材也備戎狄者在乎育將材實邊郡使夷不亂華也杜姦雄者在乎朝廷無過生靈無怨以絕亂之階也明國聽者在乎保直臣斥佞人以致君於有道也夫舉縣令擇郡長以救民之弊者何哉某觀今之縣令循例而授多非清識之士衰老者爲子孫之計則志在包苴動皆徇己少壯者恥州縣之職則政多苟且舉必近名故一邑之間簿書不精吏胥不畏徭役不均刑罰不中民利不作民害不去

鰥寡不恤游墮不禁播藝不增孝悌不勸以一邑觀之則四方縣政如此者十有七八焉而望王道之興不亦難乎某恐來代之書論得失者謂相府有不救其弊之過矣如之何使斯人之徒爲民父母以困窮其天下又朝廷久有擇縣令郡長之議而不遂行者蓋思退人以禮不欲動多士之心故務因循而重改作也豈長世之策哉儻更張之際不失推恩又何損於仁乎今約天下令録自差京朝官外不過千數百員自

來郊天之恩鮮及州縣若天下令録自大禮以
前滿十考者可成資日替與職官七考以上可
滿日循其資俸除録事參軍則縣令中昏邁常
常之流可去數百人矣蓋職官録事參軍不甚
親民爲害亦細此謂退人以禮士豈有怨心哉
其間課最可尚論薦頗多俟到銓衡别議疇賞
前既善退後當精選其判司簿尉不由薦舉初
入令録之人並可注録事參軍如無負闕可授
大縣簿尉仍賜令録之俸其曾任令録有過該

恩合入本資者可依初入之例須此數條入令
者鮮然後委清望官於幕職判司簿尉中歷三
考以上具理績舉充其川廣福建縣令可委轉
運使等就近於判司簿尉中舉移庶從人便若
此後諸處縣令特有課最可旌尚者宜就遷一
官更留三載庶其宣政者可以成俗其僥倖者
自從朝典如此行之三五年中天下縣政可澄
清矣願相府爲天下生靈而行之爲國家盤固
基本而思之不以聽芻蕘爲嫌而罷之則天下

幸甚幸甚某又觀今之郡長鮮克盡心有尚迎送之勞有貪燕射之逸或急急於富貴之援或孜孜於子孫之計志不在政功焉及民以獄訟稍簡爲政成以教令不行爲坐鎭以移風易俗爲虛語以簡賢附勢爲知幾清素之人非緣囑而不薦貪黷之輩非寒素而不糾縱胥徒之姦尅寵風俗之奢僭況國有職制禁民越禮須行已久莫能舉按使國家仁不足以及物義不足以禁非官實素飡民則菜色有恤鰥寡則指爲

近名有抑權豪則目爲掇禍苟且之弊積習成風俾斯人之徒共理天下王道何從而興乎某恐來代之書論得失者亦謂聖朝有不救其弊之過矣然朝廷以黜陟郡長爲難者官有定制不欲動揺懼其招怨謗而速僥倖爾故知縣兩任例升同判同判兩任例升知州州柰何在下之時飾身修名邀其清舉居上之後志滿才乏德于素持止能偷安未至覆餗故賢愚同等清濁一致此乃朝廷避怨於上移虐於下俟其自敗

民何以堪故鄭莊公伺共叔之自斃而春秋罪焉以其長惡也易曰履霜堅冰至由辨之不早辨也此聖人昭昭之訓豈用於先王而廢於今日者哉近年諸處郡長以贓致罪者數人皆貫盈之夫久爲民患如此之類至終不敗者豈止數人而已乎雖轉運使提點刑獄職在訪察其如位望相亞怨仇可敵非致敗露鮮敢發明宜乎論道之間激揚天下古者天子五載一巡皇上凝命于今六載矣以軍國重大未可行遠古

之道今郊禮之餘宜宣大慶可於兩制以上密選賢明巡行諸道以興利除害黜幽陟明舒慘四方豈同常務可命御史嚴諭百僚與出使之官絕書刺往還之禮仍翌日首途以禁請託苟利天下大體何傷所出使之官宜以宣慶爲名安遠聽也其諸道知州同判耄者儒者貪者虐者輕而無法者墮而無政者皆可奏降以激尸素又四方利病得以上聞未舉巡守之禮而遣觀風之使非不典也然後委清望官於朝臣同

判中舉諸郡長於朝臣知縣中舉諸同判令後同判之官非著顯效及有殊薦雖或久次止可加恩郡國之符不當輕授其知縣之人入同判者宜比此例如此行之天下郡政其濫鮮矣今一司一務猶或舉官一郡之間生靈數萬反可輕授於人乎願相府爲天下生靈而行之爲國家盤固基本而行之不以聽芻蕘爲嫌而罷之天下幸甚幸甚某前所謂官有定制不欲動摇懼其招怨謗而速僥倖者兩宮聖人臨軒命使

激揚善惡澄清天下何怨謗之有乎自茲以降
非舉不授舉官之責厥典非輕何僥倖之有乎
如所舉之人果成異政則宜旌尚舉主以勸來
者聖朝未行此典蓋亦闕矣縣令長既得其才
然後復游散去宂僭以阜時之財者何哉某觀
天下穀帛厥價翔起議者謂生靈既庶使之然
矣某謂生者既庶則作者復衆豈既庶之爲累
哉蓋古者四民秦漢之下兵及緇黃共六民矣
今又六民之中浮其業者不可勝紀此天下之

大蠹也士有不稽古而禄農有不竭力而饑工多奇器以敗度商多奇貨以亂禁兵多宂而不急繒黃蕩而不制此則六民之浮不可勝紀而皆衣食於農者也如之何物不貴乎如之何農不困乎某謂穀帛之貴由其播蓺不增而資取者衆也金銀之貴由其制度不嚴而器用者衆也或謂資四夷之取而使之然則山川之所出與恩信之所給自可較之非某所敢知也今議更張之制繁細非一某敢略而陳之夫釋道之

書以眞常爲性以清淨爲宗神而明之存乎其人智者尚難於言而況於民乎君子弗論者非今理天下之道也其徒繁穢不可不約今後天下童行可於本貫陳牒必詰其鄉黨苟有罪戾或父母在鮮人供養者勿從其請如已受度而父母在別無子孫勿許方遊則民之父母鮮轉死於溝壑矣斯亦養惸獨助孝悌之風也其京師寺觀多招四方之人宜給本貫憑由乃許收錄斯亦辨姦細復游散之要也其天下寺觀每

建殿塔蠹民之費動踰數萬止可完舊勿許創新斯亦與民阜財之端也又古者兵在於民且耕且戰秦漢之下官庫爲常貴武勇之精備征伐之急也今諸軍老弱之兵詎堪征伐旋降等級尚費資儲然國家至仁旨在存活若詔諸軍年五十已上有資產願還鄉里者一可聽之稍省軍儲復從人欲無所歸者自依舊典此去冗之一也又諸道巡檢所統之卒皆本城役徒殊非武士使之禁暴十不當一而諸州常患兵少

日旋招致穀帛之計其耗萬億以某觀之自京四畿千里之間或多寇盜蓋創置巡檢路分頗多而卒伍至羸捕掩無効非要害者宜悉罷之所存之處資以禁軍訓練既精寇盜如取況千里之内抽發非難又使少歷星霜不至驕惰彼無用之卒可减萬數庶使諸郡節於招致此去宂之次也又京畿三輔五百里内民田多隙農功未廣既已開導溝洫復須舉擇令長使詢訪父老研求利病數年之間力致富庶不破什一

之稅繼以百萬之糴則江淮饋運庶幾減半挽舟之卒從而省焉此亦去冗之大也至於工之奇器敗先王之度商之奇貨亂國家之禁中外因之侈僭上下得以驕華宜乎大變澆漓申嚴制度使珠玉寡用縠帛爲寶此又去僭豐財之本也今盛明之代何事而不可行乎曩者國家禁泥金之飾久未能絕一旦使命婦不服工人不作于今天下無敢衣者使其餘奢僭皆如泥金之法亦何患不禁乎又播藝之家古皆督責

今國家有勸農之名無勸農之實每於春首則移文於郡郡移文於縣縣移文於鄉鄉矯報於郡郡矯報於使利害不察上下相蒙豈朝廷之意乎若縣令郡長一變其人乃可詔書丁寧復游散之流抑工商之侈去士卒之冗勸稼穡之勤以周禮司徒之法約而行之使播者藝者以時以度勤者惰者有勸有戒然後致天下富之壽之彼不我富不我壽者豈能革之哉此則厚民力固邦本之道也觀夫國風之七月小雅之

甫田皆以農夫之慶爲王化之基豈聖人不思
而述者乎故周漢李唐雖有禍亂而能中興者
人未猒德作亂者不能華天下之心是邦本之
固也六朝五代之亂鮮克中興者人猒其德弔
民者有以華天下之心是邦本之不固也然則
厚民力固邦本非舉縣令擇郡長則莫之行焉
或謂舉擇令長久則乏人亦何道以嗣之某謂
用而不擇賢孰進焉擇而不敎賢孰繼焉宜乎
慎選舉之方則政無虛授敦敎育之道則代不

乏人今士林之間患不稽古委先王之典宗叔世之文詞多纖穠士惟偷淺言不及道心無存誠暨于入官鮮於致化有出類者豈易得哉中人之流浮沈必矣至于明經之士全暗指歸講議未甞聞威儀未甞學官于民上貽笑不暇責其能政百有一焉詩謂長育人材亦何道也古者庠序列于郡國王風云邁師道不振斯文銷散由聖朝之弗救平當太平之朝不能教育俟何時而教育哉乃於選用之際患其才難亦由

不務耕而求穫矣今春詔下禮闈凡修詞之人
許存策論明經之士特與旌别天下之望翕然
稱是其間所存策論不聞其誰激勸未明人將
安信儻使呈試之日先策論以觀其大要次詩
賦以觀其全才以大要定其去留以全才升其
等級有講貫者别加考試人必強學副其精舉
復當深思治本漸隆古道先於都督之郡復其
學校之制約周官之法興闕里之俗辟文學掾
以專其事敦之以詩書禮樂辨之以文行忠信

必有良器蔚爲邦材況州縣之用乎夫庠序之
興由三代之盛王也豈小道哉孟子謂得天下
英材而教育之一樂也豈偶言哉行可數年士
風丕變斯擇材之本致理之基也又李唐之盛
常設制科所得大才將相非一使天下奇士學
經綸之盛業爲邦家之大器亦策之上也先朝
偶屬多務暫停此科今可每因貢舉之時申其
墜典必有國士繼於唐人豈非邦家之盛選歟
勿謂未必得人遂廢其道此皆慎選舉敦教育

之道亦何患乏人哉儻國家行此數事若今刑
政之用心則無不成焉前代亂離鯨吞虎噬無
卜世卜年之意故斯道久缺反爲不急之務旣
在承平之朝當爲長久之道豈如西晉之禍而
有何公之嘆者乎願朝廷念祖宗之艱難相府
建風化之基本一之日圖之二之日行之不以
聽芻蕘爲嫌而罷之則天下幸甚幸甚至于喦
穴草澤之士或節義敦篤或文學高古宜崇聘
召之禮以厚澆競之風國家近年羔鴈弗降或

有考槃之舉不踰助教之命孝廉之士適以爲辱何敦勸之有乎又流外之官澄清未至洽之則百姓受弊革之則諸司乏人將使羣謗不興衆心知勸不若敦仍舊之制加獎善之方自簿尉兩任有舉奏者許入録事參軍録事參軍有舉奏者許入職事官或換三班使臣既有進身之階豈無畏法之志設使流内之人無遷進之望而能盡公者必亦鮮矣今後百司新入之人或采其藝能或出於仕族行藏必審考試必精

避役之人無圖之類嚴華其弊髙爲之防旣激其流復澄其源亦何患滅外之宄乎某又謂育將材實邊郡使夷不亂華者何哉葢聞古之善禦戎者將不乏人則師戰而不衂邊不乏稟則城圍而不下狄疑且畏罔敢深入此劉漢所以長也不善禦戎者將在貴臣邊須遠饋故戰之則衂圍之則下狄無疑畏乗虛深入此石晉之所以亡也今兵久不用未必爲福在開元之盛有函谷之敗可龜鑑矣何哉昔之戰者毫然巳

老令之壯者囂而未戰聞名之將往往衰落豈
無晚輩未聞邊功此必廟堂之所思也仍聞沿
邊諸將不謀方略不練士卒結援弭謗固祿求
寵一旦急用萬無成功加以邊民未豐邊廩未
實下武之際兵寡食足如屯大軍必煩遠饋則
中原益困四夷益驕深入之虞未可量也于時
廟堂之上雖有皐陶之謀伯益之贊不亦難乎
夫天下禍福如人家道成於覆簣敗於疾雷聖
朝豈恃其太平而輕其後討王衍之鑑豈曰不

明清談之間坐受其弊蓋備之弗預知之弗爲
許下之兵日血十萬豈不痛心哉今西北和好
誠爲令圖安必慮危備則無患昔成周之盛王
道如砥及觀周禮則大司馬陣戰之法粲然具
存乃知禮樂之朝未嘗廢武今孫吴之書禁而
廢學苟有英傑受亦何疑且秦之焚書也將以
愚其生人長保天下及其敗也陳勝吴廣豈讀
書之人哉況前代名將皆洞達天人嗣續忠孝
將門出將史有言焉今將家子弟蔑聞韜鈐無

所用心驕奢而已文有武備此能備乎今可於忠孝之門搜智勇之器堪將材者密授兵略歷試邊任使其識山川之向背歷星霜之艱難一朝用之不甚顛沛十得三四不云盛乎至于四海九州必有壯士宜設武舉以收其遺唐郭子儀武舉所得者也斯可遺乎又臣僚之中素有才識可賜孫吳之書使知文武之方異日安邊多可指任此皆育將才之道也又沿邊知同精加舉擇特授詔命專謀耕桑三五年間豐其軍

廪此則實邊郡之道也將材既育邊郡既實師戰而不衄城圍而不下狄疑且畏敢深入乎縱有搔動朝廷可高枕矣前代禦戎其策非一唐陸贄議緣邊備守之術請置本土之兵勤營田之利與今事宜相近可約而行也本土之兵者若今之北邊有雲翼招收之軍更可增致作爲奇兵至于營田之利宜常興作而加焉願相府爲國家安危思之五代之亂非遠也爲河朔生靈思之景德之前未久也今相府勞一夕之思

絶百代之恥無使中原見新羈之馬赤子入無
知之俗則天下幸甚幸甚聖人曰微管仲吾其
被髮左衽又曰民到于今受其賜管仲霸臣也
而能攘戎狄保華夏功高當時賜及來代況朝
廷之盛德乎某又謂朝廷無過生靈無怨以絶
亂之階者何哉蓋天下姦雄無代無之或窮爲
夜舞或起爲大盜伺朝廷之過執以爲辭幸生
靈之怨弔而稱義不然亦何名而動哉今明盛
之朝豈有大過亦宜辨於毫末社其堅氷或戚

近撓權或土木耗國或禄賞未均或綱紀未修或任使未平斯亦過之漸也某敢小舉其失以言之國家戚近之人不可不約除拜之際宜量其才非曰惜恩懼乎致寇若力小任重則撓權亂法增朝廷之過啓姧雄之志易曰小人而乘君子之器盜思奪之矣所謂盜者其姧雄之謂乎今道路傳聞或緇黃之流或術藝之輩結託戚近邀求進貢或受恩賜或與官爵此撓權之漸矣可不畏乎夫賞罰者天下之衡鑑也衡鑑

一私則天下之輕重妍醜從而亂焉此先王之所愼也又土木之興久爲大蠹或謂土木之費出於内帑無傷財害民之弊故爲之而弗戒也某謂内帑之物出於生靈太祖皇帝以來深思遠慮聚之積之爲軍國急難之備非諂神佞佛之資也國家祈天永命之道豈在茲乎如洞眞壽寧之宫以延燎之災一夕逮盡豈非天意警在帝心示土木之所崇非神靈之所據也安可取民人膏血之利輟軍國急難之備奉有爲之

惑冀無狀之福豈不誤哉一旦有蒼卒之憂須給賞之資雖欲重困生靈暴加率斂其可及乎此耗國之大也可不戒哉儻謂內藏豐盈用不可竭則日者黃河之役使數十州之人極力負資奔走道路豈惜府庫之餘而不用之耶故土木之妖宜其悉罷豈相府之不言乎兩宮之不聽乎又文武百官之祿取兵荒五代之制或職輕祿重或職重祿輕重輕之間奔競者至大亨之世猶患不均豈聖朝之意乎所宜損之益之

以建其極又今三司之官差除頗異禄賜弗輕
何知弊而不言多養望以自進天下金穀決于
羣胥掊克無厭取怨四海使先帝寬財之命弗
逮于民和氣屢傷豐年寡遇曾不謂之過乎蓋
由三司之官不制考限不責課最朝受此職夕
求他官直云假途相與匿禍天下受弊職此之
由豈聖朝之意乎宜其別制考課重議賞罰激
朝端之俊傑救天下之疲瘵其庶幾乎又古之
勳臣賞延于世今則每舉大慶必行此典自兩

省以上奏薦子弟並爲京官比於庶僚亦旣優矣而特每歲聖節各序子孫謂之賞延黷亂已甚先王名器私假於人曾不謂之過乎非君危臣僭之朝何其姑息之如是耶遂使癃序之人塞于仕路曾未稽古使以司民國家患之屢有釐革然但革其下而不革其上節於彼而不節於此天下豈以爲然哉我相府豈惜一孺子之恩不爲百辟之表乎又遠惡之官多在寒族權貴之子鮮離上國周旋百司之務懵昧四方之

事況百司者朝廷之綱紀風教之戸牖咸在童孺曾無激揚使寺省之規剥牀至足公卿之嗣懷安敗名未嘗試難何以致遠非獨招搢紳之議實亦玷鈞衡之公此則禄賞未均任使未平綱紀未修之類也斯弊以久何可極乎惟我相府能革其弊能變其極而天下化成不為難矣晉趙王倫石勒之徒心窺天子口責丞相豈非姧雄之人伺朝廷之過乎又今久安之民不經塗炭勞則易怨擾則易驚猛將謀臣威信未著

況邊民尚困邊廩尚乏苟有搔動餽運所艱武備未堅狄志可騁既撓之以征戰或加之以饑饉生靈窮匱姦雄奮迅鼓舞羣小血視千里此五代之鑑昭昭焉非止方冊之有云抑亦耳目之可接也我太祖皇帝太宗皇帝亦嘗有事四方勞於餽運而生靈不敢怨姦雄不敢動者何哉一則五代餘民久在塗炭乍覩明盛如子得母縱有勞役未甚曩昔此生靈所以不敢怨也又當乘天開之運震神武之威征伐四方動如

山壓況躬擐甲冑備嘗艱難猛將如雲謀臣如雨此奸雄所不敢動也所謂彼一時此一時爾令朝廷豈謂當時之易而不慮今時之難乎又謂保直臣斥佞人以致君於有道者何哉有若人未之病則苦口之藥鮮進焉國未之危則逆耳之言鮮用焉故佞人易進直臣易退其致君於有道也難哉及其既病也藥必錯雜而進故鮮效焉及其既危也言必錯雜而用故鮮功焉蓋佞人在矣直臣遠矣其悔之也難哉今朝廷

久安苦言而不用者勢使之然矣天深戒而不變者禍可畏矣伏聞京師去歲大水今歲大疫四方聞之莫不大憂此天之有以戒也豈徒然乎而京師之災甚於四方何哉蓋京師者政教之所出君相之所居也禍未盈而天未絕故鑑戒形焉不獨恐懼其心必使修省其政國家之德尚可隆天下之道尚可行也儻弗懼于心弗修于政漸盈于禍漸絕于天則國家四海將如何哉或謂國家之災由歷數之定非政教之出

若如所論則夏禹九疇之書果妖言耶豈欲弃而焚之乎苟天下有善則歸諸己天下有禍則歸諸天豈聖朝之用心願黜術士之言奉先王之訓必不謬矣必無過矣於保直臣斥佞人則兩宮二聖之心如日星焉孰可蔽其明乎縱有行僞而堅言僞而辯試於行事人焉廋哉某往日不極言而今極言者學陋之人思慮未精又親安之時上懼失禄不幸親今亡矣朝廷或怒之自頂至踵惟忠也又何憂乎儻相府思變其道與國家

作長久之計固其基本一旦王道復行使天下爲富爲壽數百年則福在國家功在相府得與天下生靈長見太平幸甚幸甚竊以五代以來諸侯暴酷視民如芥生殺由之皇朝龍興典章一寬眞宗皇帝至仁如天盡心于此内則舉執法之吏外則創按刑之司徒流之間無敢差者若今於教化之道復如刑名之用心亦何患不至乎今搢紳之間多議按刑之司無益於外亦思之未深耳如得其人糾察四方絶斯民之冤

協先帝之志豈無益乎得人而已不可謂川之旣平可壞其防也今王刑旣清王道可行此天下士人爲相府惜其時也或曰天下之事猶指諸掌豈相府弗克行乎亦在兩宮之意爾謂人主在上或喜怒生殺或好惡邪正則諫諍之際爲臣不易也若乃修四方之政敎正百司之綱紀澄清風俗相府之職也豈必兩宮之意乎儻相府疑某之言謂欲矯聖賢之知爲身名之計豈不能終喪之後爲歌爲頌潤色盛德以順美

於時亦何必居喪上書踰越典禮進逆耳之説求終身之弃而自置於貧賤之地乎蓋所謂不敢以一心之戚而忘天下之憂是不爲身名之計明矣觀前代國家當其安也士人上言論興亡之道非聖王賢相則百不一采及其往也則後之史臣收于簡策爲來代之鑑今日之言願相府采其一二爲國家天下之益不願後之史臣收于簡策爲來代之鑑狂斐之人誅赦惟命以廟堂深嚴恐不得上乃敢相門之下各致此

書庶有一達於聰明干犯台嚴下情無任惶恐激切之至不次某死罪惶恐再拜

范文正公文集卷第九

范文正公文集卷第十

書

書

上資政晏侍郎書

年月日具官范某謹齋沐再拜上書于資政侍郎閣下某近者伏蒙召問曾上封章言朝廷禮儀事果有之乎某嘗辱不次之舉矧公家之事何敢欺默因避席而對曰有之遽奉嚴教云爾豈憂國之人哉衆或議爾以非忠非直但好奇邀名而已苟率易不已無乃爲舉者之累乎某方一二奉對公曰勿爲強辭某不敢犯大臣之

慼再拜而退退而思之則自疑而驚曰當公之
知惟懼忠不如金石之堅直不如藥石之良才
不爲天下之奇名不及泰山之高未足副大賢
人之清舉今乃一變爲尤能不自疑而驚乎且
當公之知爲公之悔儻默默不辨則恐搢紳先
生誚公之失舉也如此某何面目於門墻哉請
露肝膂之萬一皆質於前志非敢左右其說惟
公之采擇庶幾某進不爲賢人之疑退不爲賢
人之累死生幸甚死生幸甚某天不賦智昧於

幾微而但信聖人之書師古人之行上誠於君下誠於民韓愈自謂有憂天下之心繇是時政得失或嘗言之豈所謂不知量也蓋聞昔者聖人求天下之言以共理天下於是命百官箴闕百工獻藝斯則大臣小臣無非諫也建善旌立諫鼓諮蒭蕘采謡詠斯則何遠何近咸可言也此誠歷代令王懼上有所未聞下有所未達特崇此道以致天下之言俾九重之深無所蔽也亦必憂國大臣懼議有所未從諫有所未上復

廣此道以致天下之情冀萬乘之心有以動也某又聞事君有犯無隱有諫無訕殺其身有益於君則爲之衞顗曰非破家爲國殺身成君者誰能犯顏色觸忌諱建一言哉亦忠臣之分也而曰不在其位不謀其政者謂各司其局不相侵官如當二千石之位則不責尚書之政當尚書之位則不責三公之政非言路之謂矣又曰天下有道庶人不議蓋言有道之朝教化純被則庶人無所議焉某登進士第由幕府歷宰字

爲九卿之屬似非庶人敢不議乎如云遠不當諫則伯夷叩馬諫武王豈近臣哉太公謂之義士夫子稱其賢人曾不以遠而爲過乎至於潁考叔曹劌杜蕢絃高魯仲連梅福之徒皆遠而謀國者也前史嘉之況國家以公之清舉置某于近閣同文館之列唐文皇於此延天下之才使多識前言往行以諮政教之得失備廊廟之選用如朝廷延才之意不減於前則某事君於此非遠也又聞言未及而言謂之躁今國家詔

百官轉對使明言聖躬之過失宰司之闕遺其不預轉對者俾實封章奏以聞則某非言未及而言也若以某好奇爲過則伊尹負鼎太公直釣仲尼誅侏儒以尊魯夷吾就縲絏而霸齊藺相如奪璧於彊隣諸葛亮邀主於弊廬陳湯矯制而大破單于祖逖誓江而克清中原房喬杖策於軍門姚崇臂鷹於渭上此前代聖賢非不奇也某患好之未至爾若以某邀名爲過則聖人崇名教而天下始勸莊叟云爲善無近名乃

道家自全之説豈治天下者之意乎名教不崇則爲人君者謂堯舜不足慕桀紂不足畏爲人臣者謂八元不足尚四凶不足恥天下豈復有善人乎人不愛名則聖人之權去矣經曰立身揚名又曰善不積不足以成名又曰沒世而名不稱又曰榮名以爲寶是則敎化之道無先於名三古聖賢何甞不著於名乎某患邀之未至爾某又聞天生蒸民各食其力唯士以有德可以安君可以庇民於是聖人率民以養士易

曰不家食吉如其無德何食之有某官小禄微
然歲受俸禄僅三十萬竊以中田一畝取粟不
過一斛中稔之秋一斛所售不過三百金則千
畝之獲可給三十萬以豐歉相半則某歲食二
千畝之入矣其二千畝中播之耨之穫之斂之
其用天之時地之利民之力多矣儻某無功而
食則爲天之螟爲民之螣使鬼神有知則爲身
之殃爲子孫之患某今職在校讎務甚清素前
編後簡海聚雲積其閒荒唐詭妄之書十有七

八朱紫未辨膏肓柰何某棲遲於斯絶無補益
上莫救斯文之弊下無庇斯人之德誠無功而
食矣所可薦於君者唯忠言耳況我國家以六
合之廣四葉之盛撫旣濟之會防未然之幾兢
兢持盈旰昃不暇謂今天下民庶而未富士薄
而未敎禮有所未格樂有所未諧多士之源有
所未澄百司之綱有所未振兵輕而有所未練
邊虛而有所未計賞罰或有所未一恩信或有
所未充乃詔百官轉對其未預者並許封章此

吾君盡心以虛受天下之言也亦天下君子盡心以助成王道之日也然獻言之初或有所賞於是浮淺僥覬之輩爭爲煩言或采其細而傷其大或誇其利而隱其害下冒上之寵而矯其辭上疑下之躁而輕其說此政教之大害也某遠觀五帝三王爵以尚德禄以報功未有賞其空言者至於舜俞禹拜惟重其言而行之逮夫春秋之時則有舉賢之賞唐文皇賞孫伏伽之諫以天下始定而權以進之未始久行焉今朝

廷必欲求有道之言在其擇而必行不在其誘
於必賞言而無賞則真有憂天下之心者不廢
其進焉然後下不冒上之寵而直其辭上不疑
下之躁而重其說此政教之大利也某亦嘗聞
長者之餘論鬱于胷中而莫敢罄發者恥與浮
淺僥覬之徒受上之疑於國門矣某昨輒言國
家冬至上壽之禮者斯言有罪必不疑其僥覬
矣是故輕一死以重萬代之法請皇帝率親王
皇族於内中上皇太后聖壽請詔宰臣率百僚

於前殿上兩宮聖壽實無減皇太后尊崇之威又足存皇帝貴高之體蓋一人與親王皇族上壽於内則母子之義親君臣之禮異與百僚上壽於外則是行君臣之儀非敦母子之義在今兩宮慈聖仁孝之德而行此典則未見其損柰何後代必有舅族強熾竊此爲法以仰制人主者矣聖朝既不能正之使後代忠臣何所執議先王制禮之心非萬世利則不行焉或曰五帝不相沿樂三王不相襲禮此何泥於古乎某謂

禮樂等數沿革可移帝王名器乾坤定矣豈沿革之可言哉若謂某不知聖人之權則孔子何以謂晉文公譎而不正以臣召君不可以訓書曰天王狩于河陽是諱其權而正其禮也豈昧於權哉小臣昧死力言大臣未能力救苟誠爲今日之事未量後代之患豈小臣之狂言大臣之未息也某天拙之効不以富貴屈其身不以貧賤移其心儻進用於時必有甚於今者庶幾報公之清舉如求少言少過自全之士則滔滔

乎天下皆是何必某之舉也夫天下之士有二黨焉其一曰我發必危言立必危行王道正直何用曲爲其一曰我遜言易入遜行易合人生安樂何用憂爲斯二黨者常交戰於天下天下理亂在二黨勝負之間爾儻危言危行獲罪於時其徒皆結舌而去則人主蔽其聰大臣喪其助而遜言遜行之黨不戰而勝將浸盛於中外豈國家之福大臣之心乎人皆謂危言危行非遠害全身之謀此未思之甚矣使搢紳之人皆

危其言行則致君於無過致民於無怨政教不墜禍患不起太平之下浩然無憂此遠害全身之大也使搢紳之人皆遜其言行則致君於過致民於怨政教日墜禍患日起大亂之下怭然何逃當此之時縱能遜言遜行豈遠害全身之得乎凡今之人生于太平非極深研幾豈斯言之信哉昔魏晉之亂哲人罹憂至有管寧之徒涉海而遁某今進危言於君親蹈危機於朝廷不猶愈於涉海之險而遁於異域者乎儻以某

遠而盡心不謂之忠言而無隱不謂之直則而
今而後未知所守矣惟公察某之辭求某之志
謂尚可教則願不悔前日之舉而加平生之知
使某罄誠於當時垂光於將來報德之心宜無
窮已儻察某之志如不可教則願昌言於朝以
絶其進前奏既已免咎此書尚可議責使黜之
辱之不爲賢人之累則某退藏其身省求其過
不敢以一朝之責而忘平生之知報德之心亦
無窮已恭惟資政侍郎羽翼舊賢股肱近輔赫

赫之猷天下所望願論道之餘一賜鑑慮與其進則天下如某之徒皆不召而進矣與其退則天下如某之徒皆不斥而自退矣決天下進退者其在公一言乎干犯台嚴不任戰懼之至不宣某再拜

上時相議制舉書

年月日具官范某再拜上書于昭文相公閤下某昨者伏蒙聖恩優賜差任蓋鈞造之際靡不獲所退省疎拙且驚且懼況唐虞舊域風俗淳

儉獄無積訟亭鮮過客棲遲偃仰何以報國然嘗試思之似有所補敢不冒黷而言之夫善國者莫先育材育材之方莫先勸學勸學之要莫尚宗經宗經則道大道大則才大才大則功大蓋聖人法度之言存乎書安危之幾存乎易得失之鑑存乎詩是非之辨存乎春秋天下之制存乎禮萬物之情存乎樂故俊哲之人入乎六經則能服法度之言察安危之幾陳得失之鑑析是非之辨明天下之制盡萬物之情使斯人

之徒輔成王道復何求哉至於扣諸子獵羣史
所以觀異同質成敗非求道於斯也有能理其
書而不深其旨者雖朴愚之心未可與適道然
必顧瞻禮義執守規矩不猶愈於學非而博者
乎今文庠不振師道久缺爲學者不根乎經籍
從政者罕議乎教化故文章柔靡風俗巧僞選
用之際常患才難某聞前代盛衰與文消息觀
虞夏之純則可見王道之正觀南朝之麗則知
國風之衰唯聖人質文相救變而無窮前代之

季不能自救則有來者起而救之是故文章以薄則爲君子之憂風俗其壞則爲來者之資今朝廷思救其弊與復制科不獨振舉滯淹詢訪得失有以勸天下之學育天下之才是將復小爲大抑薄歸厚之時也斯文丕變在此一舉然恐朝廷命試之際謂所舉之士皆能熟經籍之大義知王霸之要略則反屏而弗問或將訪以不急之務雜以非聖之書辨二十八將之功勳陳七十二賢之德行如此之類何所補益蓋欲

伺其所未至誤其所常習不以教育爲意而以
去留爲功若如所量恐非朝廷勸學育材之道
也何哉國家勸學育材必求爲我器用輔我風
教設使皆明經籍之旨並練王霸之術問十得
十亦朝廷教育之本意也況文有精麤理有優
劣明試之下得失尚多何患去留之難乎令或
伺其所未至誤其所常習則天下賢俊莫知所
守將博習非聖旁攻異端聖人之門無復啓發
逮于後舉差之益遠如此則制科之設足以誤

多士之心不足以救斯文之弊恭惟前聖之文之道昭昭乎爲神器於天下得之者昌失之者亡後世聖人開學校設科等率賢俊以趨之各使盡其心就其器將以共理于天下故書曰咸有一德斯之謂矣願相府爲此一舉儻昌言于兩制如能命試之際先之以六經次之以正史該之以方略濟之以時務使天下賢俊翕然修經濟之業以教化爲心趨聖人之門成王佐之器十數年間異人傑士必穆穆于王庭矣何患

後又不充風化不興乎救文之弊自相公之造也當有吉甫輩頌吾君之德吾相之功登于金石永于天地者矣四海幸甚千載幸甚千犯台嚴無任僭越戰汗之至某再拜

與歐靜書

月日高平范某謹復書于伯起足下近滕從事子京編李唐制誥之文成三十卷各於文首序其所以而善惡昭焉足下命爲唐典以僕觀之似所未安典之名其道甚大夫子删書斷自唐

虞已下今之存者五十九篇唯堯舜二篇爲典謂二帝之道可爲百代常行之則其次夏商之書則有訓誥誓命之文皆隨事名篇無復爲典以其或非帝道則未足爲百代常行之典乃知聖人筆削之際優劣存焉如詩有國風雅頌之別也李唐之世三百年治亂相半如貞觀開元有霸王之略每下詔命多有警策失之者蓋亦有矣如則天中宗昏亂之朝誅害宗室戮辱忠良制書之下欺天蔽民人到于今冤之儻亦以

典爲名蹟于唐虞之列不亦助欺天之醜乎是
聖狂不分治亂一致百代之下堯舜何足尚桀
紂何足愧也僕不忍天下君子將切齒於子京
乃請以統制之名易之而足下大爲不可貽書
見尤僕謂制者天子命令之文無他優劣庶幾
不損大義爾足下謂冊制之類有七何特以制
名焉七者之名有則有矣然近代以來暨于今
朝王言之司謂之兩制是制之一名統諸詔命
又有待制承制之官皆承奉王言之義也又令

詔誥宣勅聖旨之類違者皆得違制之坐亦足見制之一名而統諸命令也故以統制爲名以明備載其文不復優劣觀其文者使自求之而治亂之源在矣足下又謂吕不韋輩著春秋賈誼之徒著書文中子著六經而無譏其僭者非也蓋春秋以時記事而爲名也優劣不在乎春秋二字而有凡例變例之文書者載言之名而優劣不在乎書之一字而有典謨誓命之殊詩者言志之名而優劣不在乎詩之一字而有國

風雅頌之議諸儒擬春秋詩書之名蓋不在乎
優劣之地也未有亂典謨訓誥國風雅頌之名
者足下若以唐之制書咸可爲典則唐人之詩
咸可爲頌乎足下又謂唐有六典杜佑著通典
以此二書爲證亦未也六典者唐之官局可爲
令式尊之爲典者亦唐人一時自高爾又通典
之書叙六代沿革禮樂制度復折中而論其可
者以爲典要尚庶幾乎矧二書之作非經聖人
筆削又何足仰爲大範哉足下博識之士當於

六經之中尊師聖人之意後之諸儒異端百起不足繫以自取或足下必以統制爲非則請別爲其目典之爲名孰敢聞命某再拜

與周騤推官書

月日同年第范某再拜奉書于周兄去年秋滕子京集李唐制書得一千首歐伯起請目之曰唐典僕始末閱其本而酌以重輕請避堯舜二典曰有唐統制伯起以書見讓謂典爲是謂制爲非僕亦辯而言焉而伯起不釋今復貽書云

中有冊文詎可統而爲制僕乃求而閱之果千
首中有冊文十五或因其舊名可曰有唐冊制
僕前書云必以統制爲非則請別爲之目以典
爲名孰敢聞命伯起謂典謨訓誥其來遠矣夫
子因其舊史優劣不存焉僕謂舊史之文亦不
苟作聖人筆削經史皆因其舊可者從而明之
其不可者從而正之未甞無登降之意也是故
言易則因先王之卦從而讚之有聖人有后有
君子之辭焉刊詩則因前人之作從而次之有

國風雅頌之倫焉修春秋則因舊史之文從而明之有褒貶之例焉書亦史也從而序之豈獨因其舊篇無優劣之意僕謂典謨訓誥之文或因其舊而次之亦聖人之優劣也伯起謂夏有政典周有六典僕謂政典者果夏書耶虞書耶夏或有之何不列之于書或見删於聖人此又不足稱矣周之六典者周禮云天官掌建邦之六典乃周之法度書于典冊非記言之例也夫子删書之際六典不預焉伯起又謂有漢典魏

典晉典梁典僕謂此四典者必文人苟作或佞之於前或失之於後非其正史君子不取也自堯舜而後歷代之史無以典爲名者何哉蓋尊避堯舜爲萬世之師使後之明王有所稽仰豈丘明班馬之流咸不到伯起之心耶伯起又謂元結有皇謨柳宗元有平淮夷雅元柳唐人也而深於文不曰典而曰謨不曰頌而曰雅二君誠不佞歟伯起非唐人也反爲佞乎以其冊制特謂之典豈有優劣之心乎如有優劣之心則

不當以錯綜治亂之文躋于三代之上炳堯舜之光明如無優劣之心唐三百年册制之文一旦易其名則何以哉進退無所據而序引滋繁枝葉之云不復詳釋豈莠言亂正學非而博者乎將固有所激而極其理要乎周兄積學于書得道于心覽聖人之旨如日星之昭昭願質其疑使來者不敢竊亂於斯文甚善甚善不宣某再拜

與唐處士書

年月日高平范某謹再拜致書于處士唐君盖聞聖人之作琴也鼓天地之和而和天下琴之道大乎哉秦作之後禮樂失馭于嗟乎琴散久矣後之傳者妙指美聲巧以相尚喪其大矜其細人以藝觀焉皇宋文明之運宜建大雅東宮故諭德崔公其人也得琴之道志於斯樂於斯垂五十年清靜平和性與琴會著琴箋而自然之義在矣某嘗遊於門下一日請曰琴何爲是公曰清厲而靜和潤而遠某拜而退思而釋曰

清厲而弗靜其失也躁和潤而弗遠其失也佞弗躁弗佞然後君子其中和之道歟一日又請曰今之能琴誰可與先生和者曰唐處士可矣某拜而退美而歌曰有人焉有人焉且將師其一二屬遠仕千里未獲所存今復選于上京崔公既殁琴不在於君乎君將憐其意授之一二使得操堯舜之音遊羲黃之域其賜也豈不大哉又先王之琴傳傳而無窮上聖之風存乎盛時其旨也豈不遠矣誠不敢助南薰之詩以為

天下壽庶幾宣三樂之情以美生平而可乎某狂愚之咎亦冀捨旃不宣某再拜

荅趙元昊書

正月日具位某謹修誠意奉書于夏國大王伏以先大王歸嚮朝廷心如金石我眞宗皇帝命爲同姓待以骨肉之親封爲夏王履此山河之大旌旗車服降天子一等恩信隆厚始終如一齊桓晉文之盛無以過此朝聘之使往來如家牛馬駝羊之産金銀繒帛之貨交受其利不可

勝紀塞垣之下逾三十年有耕無戰禾黍雲合甲冑塵委養生葬死各終天年使蕃漢之民爲堯舜之俗此眞宗皇帝之至化亦先大王之大功也自先大王薨背今皇震悼累日嘻吁遣使行弔賻之禮以大王嗣守其國爵命崇重一如先大王昨者大王以本國衆多之情推立大位誠不獲讓理有未安而遣行人告于天子又遣行人歸其旌節朝廷中外莫不驚憤請收行人戮於都市皇帝詔曰非不能以四海之力支其

一方念先帝歲寒之本意故夏王忠順之大功豈一朝之失而驟絶之乃不殺而還假有本國諸蕃之長抗禮於大王而能含容之若此乎省初念終天子何負於大王哉二年以來疆事紛起耕者廢耒織者廢杼邊界蕭然豈獨漢民之勞弊耶使戰守之人日夜豺虎競爲吞噬死傷相枕哭泣相聞仁人爲之流涕智士爲之扼腕天子遣某經度西事而命之曰有征無戰不殺非辜王者之兵也汝往欽哉某拜手稽首敢不

夙夜于懷至邊之日見諸將帥多務小功不爲
大略甚未副天子之意某與大王雖未嘗高會
嚮者同事朝廷於天子則父母也於大王則兄
弟也豈有孝於父母而欲害于兄弟哉可不爲
大王一二而陳之傳曰名不正則言不順言不
順則事不成大王世居西土衣冠語言皆從本
國之俗何獨名稱與中朝天子侔擬名豈正而
言豈順乎如衆情莫奪亦有漢唐故事單于可
汗皆本國極尊之稱具在方册某料大王必以

契丹爲比故自謂可行且契丹自石晉朝有援
立之功時巳稱帝今大王世世受天子建國封王
之恩如諸蕃中有叛朝廷者大王當爲霸主率
諸侯以伐之則世世有功王王不絕乃欲擬契
丹之稱究其體勢昭然不同徒使瘡痍萬民拒
朝廷之禮傷天地之仁易曰天地之大德曰生
聖人之大寶曰位何以守位曰仁是以天地養
萬物故其道不窮聖人養民故其位不傾又傳
曰國家以仁獲之以仁守之者百世昔在唐末

天下恟恟羣雄咆哮日尋干戈血我生靈腥我
天地滅我禮樂絶我稼穡皇天震怒罰其不仁
五代王侯覆亡相續老氏曰樂殺人者不可如
志於天下誠不誣矣後唐顯宗祈于上天曰願
早生聖人以救天下是年我太祖皇帝應祈而
生及歷試諸難中外忻戴不血一刃受禪于周
廣南江南荆湖西川有九江萬里之阻一舉而
下豈非應天順人之至乎由是罷諸侯之兵革
五代之暴垂八十年天下無禍亂之憂太宗皇

帝聖文神武表正萬邦吴越納疆并晉就縛眞宗皇帝奉天體道清淨無爲與契丹通好受先大王貢禮自茲四海熙然同春今皇帝坐朝至晏從諫如流有忤雷霆雖死必赦故四海之心望如父母此所謂以仁獲之以仁守之百世之朝也某料大王建議之初人有離間妄言邊城無備士心不齊長驅而來所嚮必下今以彊人猛馬奔衝漢地二年于茲漢之兵民有血戰而死者無一城一將願歸大王者此可見聖宋仁

及天下邦本不搖之驗也與夫閒者之說無乃異乎今天下久平人人泰然不習戰鬬不熟紀律劉平之徒忠敢而進不顧衆寡自取其困餘則或勝或負殺傷俱多大王國人必以獲劉平爲賀昔鄭人侵蔡獲司馬公子燮鄭人皆喜唯子產曰小國無文治而有武功禍莫大焉而後鄭國之禍皆如子產之言今邊上訓練漸精恩威以立有功必賞敗事必誅將帥而下大知紀律莫不各思奮力效命爭議進兵如其不然何

時可了今招討司統兵四十萬約五路入界著其律曰生降者賞殺降者斬獲精彊者賞害老幼婦女者斬遇堅必戰遇險必奪可取則取可城則城縱未能入賀蘭之居彼之兵民降者死者所失多矣是大王自禍其民官軍之勢不獲而已也某又念皇帝有征無戰不殺非辜之訓夙夜于懷雖師帥之行君命有所不受柰何鋒刃之交相傷必衆且蕃兵戰死非有罪也忠於主耳漢兵戰死非有罪也忠於天子耳使忠孝

之人肝腦塗地積累怨䰟爲妖爲災大王其可
忽諸朝廷以王者無外有生之民皆爲赤子何
蕃漢之限哉何勝負之言哉某與招討太尉夏
公經略密學韓公嘗議其事莫若通問於大王
計而決之重人命也其美利甚衆大王如能以
愛民爲意禮下朝廷復其王爵承先大王之志
天下孰不稱其賢哉一也如衆多之情三讓不
獲前所謂漢唐故事如單于可汗之稱尚有可
稽於本國語言爲便復不失其尊大二也但臣

貢上國存中外之體不召天下之怨不速天下
之兵使蕃漢邊人復見康樂無死傷相枕哭泣
相聞之醜三也又大王之國府用或闕朝廷每
歲必有物帛之厚賜爲大王助四也又從來入
貢使人止稱蕃吏之職以避中朝之尊按漢諸
矦王相皆出眞拜又吴越王錢氏有承制補官
故事功高者受朝廷之命亦足隆大王之體五
也昨有邊臣上言乞招致蕃部首領某亦已請
罷大王告諭諸蕃首領不須去父母之邦但回

意中朝則太平之樂遐邇同之六也國家以四海之廣豈無遺才有在大王之國者朝廷不戮其家安全如故宜善事主以報國士之知惟同心嚮順自不失其富貴而宗族之人必更優恤七也又馬牛驢羊之產金銀繒帛之貨有無交易各得其所八也大王從之則上下同其美利生民之患幾乎息矣不從則上下失其美利生民之患何時而息哉某今日之言非獨利於大王蓋以奉君親之訓救生民之患合天地之仁

而已乎惟大王擇焉不宣某再拜

荅安撫王内翰書

某諮目上安撫内翰學士某䖍事踈略忤朝廷意旣去職任而尚懷國家之憂如卞生獻璧不知其止足雖可刖而璧猶自貴柰何有昏眩之疾舉止少力不堪王事豈當預聞賢大夫之末議閤下此行采西北士庶之言欲下情之無壅又詢及猥陋某敢不罄其所見誠無取焉昨者西戎僭中朝之號四海憤怒雖困天下義當討

伐今肯稱兀卒以避中朝取漢唐故事如單于
可汗之類此理頗順其餘須索尚有議論與奪
或失此機會卒無休兵之期如更有沮敗則用
何道却行招納國威愈屈爲禍轉深儻朝廷欲
雪邊將之恥必加討伐苟得良帥如漢之段紀
明唐之李靖誠可行焉其下如今朝曹瑋之材
尚堪委以大事不然則重爲國家之羞昔秦漢
威加四夷限長城勒燕山困弊中國終成大悔
至如西晉之衰羣胡亂華五代以來屢有侵侮

累朝欲刷大恥終無成功眞宗皇帝取漢文之策結和通使休寧北陲爲天下景福四十年矣今按史記律書有漢文之議言高旨遠可謂明主矣致天下和樂通于律呂故馬遷著于八書有旨哉其備邊之議雖復納好固不可懈也陝西沿邊二千里州軍城寨以兵勢分守皆不得巳賊每全軍而來此則以寡擊衆必將發奇謀出死力然後可禦也不必大決勝負但觀釁而攻使來不厚獲去不全勝縱邊患未息而無長

驅之害亦足爲禦邊之策柰何將佐之中少精方略或因門地巧於結託以取虛名或出軍班昧於韜鈐以致敗事須鑑覆轍速於更張宜於沿邊及諸處使臣軍員中搜訪智勇之人如資地至淺勳勞未著即使權領職任令手下各有兵甲俟其有立即時進擢庶可用之才早補將帥之乏如弓箭手殿侍姚貴劉延光輩可觀其効又涇原地平少險奇兵難用傷殘之後人心憂怯將來賊之入寇恐多由此路須益兵五萬

大爲之防不然或有所不支乘虛而進關中一
擾衆必大潰天下有危事矣惟閤下以衆說參
取爲國家圖之不宣某再拜

范文正公文集卷第十

中華古籍保護計劃

ZHONG HUA GU JI BAO HU JI HUA CHENG GUO

·成果·

宋本范文正公文集

（宋）范仲淹　撰

第一册

國家圖書館出版社

圖書在版編目(CIP)數據

宋本范文正公文集:全四册/(宋)范仲淹撰.—北京:國家圖書館出版社,2017.10(2024.11重印)

(國學基本典籍叢刊)

ISBN 978-7-5013-6240-0

Ⅰ.①宋…　Ⅱ.①范…　Ⅲ.①中國文學—古典文學—作品綜合集—宋代　Ⅳ.①I214.412

中國版本圖書館CIP數據核字(2017)第218274號

書　　名	宋本范文正公文集(全四册)
著　　者	(宋)范仲淹　撰
責任編輯	黄　鑫
封面設計	徐新狀
出版發行	國家圖書館出版社(北京市西城區文津街7號　100034) (原書目文獻出版社　北京圖書館出版社) 010-66114536　63802249　nlcpress@nlc.cn(郵購)
網　　址	http://www.nlcpress.com
印　　裝	河北三河弘翰印務有限公司
版次印次	2017年10月第1版　2024年11月第2次印刷
開　　本	880×1230　1/32
印　　張	27.5
書　　號	ISBN 978-7-5013-6240-0
定　　價	88.00圓

《國學基本典籍叢刊》編委會

《國學基本典籍叢刊》前言

國家圖書館出版社（原名書目文獻出版社　北京圖書館出版社）成立三十多年來，出版了大量的中國傳統文化典籍。由於這些典籍的出版往往采用叢書的方式或綫裝形式，供公共圖書館和大學圖書館典藏使用，普通讀者因價格較高、部頭較大，不易購買使用。爲弘揚優秀傳統文化，滿足廣大普通讀者的需求，現將經、史、子、集各部的常用典籍，選擇善本，分輯陸續出版單行本。每書之前均加簡要説明，必要者加編目録和索引，總名《國學基本典籍叢刊》。歡迎讀者提出寶貴意見和建議，以使這項工作逐步完善。

國家圖書館出版社
二〇一六年四月

序　言

范仲淹（九八九—一〇五二），字希文，吴縣（今江蘇蘇州）人。生二歲而孤，母親改嫁朱氏，從其姓。真宗大中祥符八年（一〇一五）登進士第，授廣德軍（今安徽廣德）司理參軍。天禧元年（一〇一七），廣德任滿，擢文林郎、權集慶軍（今安徽亳州）節度推官。初到亳州，奉母命上表朝廷，奏請歸宗復姓。南朝文人江淹少年孤貧，范仲淹命運與之相似。在『佑文』的社會氛圍中，范仲淹又特别敬佩江淹文章，於是爲自己起名『仲淹』，字『希文』。天禧五年，調任泰州（今屬江蘇），監西溪鎮鹽倉。仁宗天聖三年（一〇二五）改知興化縣，次年丁母憂去職，居南京應天府（今河南商丘）。天聖六年丁憂期滿，入京爲秘閣校理。天聖八年外放爲河中府（今山西永濟）通判。次年三月，升遷太常博士，改任陳州（今河南淮陽）通判。明道二年（一〇三三）四月范仲淹被召回朝廷，出右司諫。年末，因反對仁宗廢后被貶，出知睦州（今浙江桐廬），景祐元年（一〇三四）六月徙知蘇州。景祐二年十月，再度奉召還京，判國子監。景祐三年五月，范仲淹就朝廷用人問題彈劾宰相吕夷簡，吕夷簡則指責范仲淹『越職言事，薦引朋黨，離間君臣』。仁宗免范仲淹天章閣待制之職，貶謫出京，爲饒州（今江西鄱陽）知府。景祐四年十二月，移知潤州（今江蘇鎮江）；寶元元年（一〇三八）十一月，徙知越州（今浙江紹興）。康定元年（一〇四〇）正月，宋、夏發生戰争，宋軍全綫崩潰。三月，朝廷緊急調動才能出衆的官員遠赴西北前綫，五十二歲的范仲淹復天章閣待制之職，知永興軍（今陝西西安），未到任即改任陝西都轉運使。范仲淹在西北前綫實行『积极防禦』的戰略戰術，使宋朝在守衛邊疆的戰争中逐漸赢得主動權，最終導致宋、夏和議的簽署。慶曆三年（一〇四三）被召回朝廷，拜樞密副使，改任參知政事。仁宗特開天章閣，使范仲淹等陳述己見，范仲淹等因此提出十條政改措施，史稱『慶曆新政』，重點是建設一支高效廉潔的隊伍。新政失敗後，范仲淹被排擠出朝。慶曆五年正月，罷去參知政事職務，改知邠州（今陝西邠縣），兼陝西四路緣邊安撫使。後歷任鄧州、杭州、青州等地地方長官。皇祐四年（一〇五二）五月，病逝徐州，終年六十四歲，朝廷特贈兵部尚書，謚文正。

『慶曆新政』短時間内無疾而終，值得討論。在以『人治』爲特徵的專制社會，要求變革官僚階層，建設一支高效廉潔的隊伍，這與社會根本性制度相矛盾衝突，失敗是必然的。專制社會，瞞上欺下、腐敗無能的官僚源源不絶地産生，這是『人治』社會無法治愈的制度性『癌症』。范仲淹説：『天下官吏，明賢者絶少，愚暗者至多。』（《續資治通鑑長編》卷一五一）這就是『人治』社會專制的官場現狀，且具有不可逆轉性。試問：『絶少』和『至多』的現狀是怎樣造成的？根源在哪？范仲淹新政有這樣的針對性變革措施嗎？後來王安石變法，重點在變更經濟方面的朝令法規，并不去觸動專制政體之根本性問題，具有一定可行性。王安石變法，與范仲淹新政相比，觸及的是專制社會的皮毛，所以，在相當一段時間内得以持續，且獲得一定的成效。觸及體制根本性問題，最終會導致體制的崩潰，在當時社會歷史背景下必然失敗；觸及皮毛枝節問題，一定的修正變更有利於維護現行體制，反而得以實施。北宋的諸多政治或經濟變革如此，中國專制時代其他的政治或經濟變革亦如此。

古人評價歷史人物，有『立德、立功、立言』三不朽之説。三者居其一，足以名垂後世。范仲淹則在三個方面皆有卓越成績。尤其是范仲淹以名節自勵，對士人階層提出高屋建瓴的道德和實踐要求，倡導『先天下之憂而憂，後天下之樂而樂』之精神，成爲宋代士大夫精神風貌的一種新寫照，且對中華思想史和文明史産生了深遠的影響。兩宋歷史上如此幾臻完美的偉人，極爲少見，即使放眼中國數千之歷史，亦實屬罕見！

此北宋本《范文正公文集》二十卷，卷端題『范文正公文集』，書口題『集卷一』，卷首蘇軾《叙》以及卷一整卷均抄配（據傅增湘《藏園群書題記》初集卷五，乃傅氏請人『依乾道本按行格字數補録』），卷二至二十爲宋刻原本，間有抄配。每卷均先出該卷細目，然後接連正文。傅增湘《藏園群書經眼録》卷十三謂此本『宋諱暑、樹、警，皆爲字不成，桓字不避，是欽宗以前刻本』。核卷五《依韵奉酬晏尚書見寄》中『寒谷春重煦』句，『煦』字缺末兩筆，避宋哲宗諱，而『吉』『亘』『構』『慎』不缺筆，故爲北宋本無疑。每半葉九行，行十八字，白口，左右雙邊。書口標葉，後無序跋。該書現藏中國國家圖書館。

諸葛憶兵

二〇一七年九月

總目録

第一册

第二册

第三冊

第四册

第一册目録

據國家圖書館藏北宋刻本影印
原書版框高二十二點五厘米寬
十五點五厘米

此書得於范氏主奉家的係原本宋印惜失却首本襯釘俱用綿
料宣紙尤可寶也丁酉夏重釘另購光結佳紙易出余故記其前
自云

范文正公文集叙

慶曆三年軾始總角入鄉校士有自京師來者以魯人石守道所作慶曆聖德詩示鄉先生軾從旁竊觀則能誦習其詞問先生以所頌十一人者何人也先生曰童子何用知之軾曰此天人也耶則不敢知若亦人耳何爲其不可先生奇軾言盡以告之且曰韓范富歐陽此四人者人傑也時雖未盡了則已私識之矣嘉祐二年始舉進士至京師則范公

沒既葬而墓碑出讀之至流涕曰吾得其爲人葢十有五年而不一見其面豈非命也歟是歲登第始見知于歐陽公因公以識韓富皆以國士待軾曰恨子不識范文正公其後三年過許始識公之仲子今丞相堯夫又六年始見其叔彝叟京師又十一年遂與其季德孺同僚于餘皆一見如舊且以公之遺藁見屬爲叙又十三年乃克爲之嗚呼公之功德蓋不待文而顯其文亦不待叙而傳然不敢辭者自以八歲知

敬愛公今四十七年矣彼三傑者皆得從之游而公獨不識以爲平生之恨若獲挂名其文字中以自託於門下士之末豈非疇昔之願也哉古之君子如伊尹太公管仲樂毅之流其王霸之略皆定於畎畝中非仕而後學者也淮陰侯見高皇帝於漢中論劉項短長畫取三秦如指諸掌及佐帝定天下漢中之言無一不酬者諸葛孔明卧草廬中與先主策曹操孫權規取劉璋因蜀之資以爭天下終身不易其言此豈口

傳耳受嘗試爲之而僥倖其或成者哉公在天
聖中居太夫人憂已有憂天下致太平之意故
爲萬言書以遺宰相天下傳誦至用爲將擢爲
執政考其平生所爲無出此書者今其集二十
卷爲詩賦二百六十八爲文一百六十五其於
仁義禮樂忠信孝悌蓋如飢渴之於飲食欲須
史忘而不可得如火之熱如水之濕蓋其天性
有不得不然者雖弄翰戲語率然而作必歸於
此故天下信其誠爭師尊之孔子曰有德者必

有言非有言也德之發於口者也又曰我戰則
克祭則受福非能戰也德之見於怒者也元祐
四年四月二十一日龍圖閣學士朝奉郎新知
杭州軍州事蘇軾敍

范文正公文集卷第一

古賦

明堂賦

臣聞明堂者天子布政之宮也在國之陽于巳之方廣大乎天地之象高明乎日月之章崇百

王之大觀揭三宮之中央昭壯麗于神州宣英
茂於皇猷頌金玉之宏度集人神之丕休故可
祀先王以配上帝坐天子而朝諸侯者也粤自
蒼牙開極黃靈耀德巢穴以革棟宇以植徹太
古之弊明大壯之則風雨攸止宮室斯美將復
崇高乎富貴之位統和乎天人之理乃聖大造
明堂肇起明以清其居堂以高而視壁廓焉而
四達殿歸焉而中峙禮以潔而儉必表之以茅
敎以清而流故環之以水曁二帝之述焉合五

府而祭矣逮夫夏禮秩秩奉以世室商祀穆穆制以重屋神禹卑宮階以一尺之崇成湯受命革以三尺之盛赫赫周堂制度景彰七筵兮南北之廣九筵兮西東之長堂并包於五室室辨正於五方左青陽而右總章面明堂而背北堂耽然太室儼乎中黃都徽名之在南取盛德之向陽或謂厥堂惟一厥室惟九闢闔其三十六戶疏達兮七十二牖亦規上而天覆復矩下而坤厚近郊之宮廣而能受通天之宇高而弗偶

八方象其幅員九陛叅其前後栢栢焉聽政之廟應辰而周彰趪趪焉承天之柱列宿而相望環林兮蔥蔥圜海兮泱泱旣方舟而經梁復素飾其迴牆陳位序以有嚴議法象而必臧示邦域之景鑠期人神之樂康左有辟雍天子學宮墳籍浩以明備文物森其會同奉三壽以最天下之孝設三乏之以勸諸侯之風右有靈臺庶民子來若經始於神明迺占候於昭回天之道也惟默默以有象聖之心也蓋惕惕於無灾此三

雍之大者故百世以欽哉若夫約周之禮稟夏之正天子升青陽之位體大德之生彼相協謀有司奉行慶賜必均歷象必明布農事於準直習舞德於和平止伯益之伐木禁蚩尤之稱兵惟倉廩兮賑天之窮惟幣帛兮禮邦之英無隱不彰無潛不亨蒙蕩蕩之至仁浸灝灝之醇精此明堂之春也萬物爲之榮又若炎以繼天羲以永日始於仲呂之管復于清宮之律天子乃登諸明堂暨夫太室命盛樂以象德致大雩以

祈實升高明而有豫定心氣而無逸靜百官之
事驅五穀之疾無索於關無難於門止北伐之
威以助養於生生導南風之和以飾喜於元元
此明堂之夏也萬物爲之繁爾乃象正火位德
王金行羽漸干以南嚮穀萬斯而西成天子乃
居總章之奥奏清商之聲圖有功而專任詰不
義而徂征脩法制以謹收藏之令養衰老以惻
搖落之情同我度量平予權衡人社以崇厚兆
民報本之志神倉以秘示萬邦致孝之誠此明

堂之秋也天下爲之清及夫蟲介時分虎威夕
永詩人發其涼之詠日官賓可愛之景天子乃
北堂以居南面而省錫飲蒸之慶從祀寒之請
於是戒門閭備邊境勞三農於休息警百辟於
恭靖關市必易宮室必整無用之器斯徹無事
之官必省飭國典以俟來歲之宜講武經以肅
萬邦之屏此明堂之冬也天下爲之靜斯乃順
其時與物咸宜適其變使民不倦者也稽夫宗
祀之文大享之辰上儀乎皇皇盛節兮彬彬比

於郊也我則取文之勝方其廟也我則取質之純損益其禮尊嚴其親五天之座曄曄以陳五常之席弈弈而倫惟太室之位乃上帝之神作配者先王從祀者五臣樽斝離離玉幣莘莘牲牢之舉既遵於夏后蔬果之薦復本於周人禮無不當誠無不臻聖人於是出齋宮而肅肅被法服而循循酌一獻以從質躬百拜而表寅司儀實相樂正攸實進俎豆之吉蠲羅簨簴之輪囷六樂咸在統美乎列皇八風相盪同和乎大

鈞下舞上歌蹈德詠仁非常之祭駿及者萬國莫大之孝蟻懷者兆民於是神醉其德人樂而極太史書於策大夫頌於國頌曰明堂崇之明王祀之禮以成之樂以歌之光天之下教以化之若夫元朔會同羣后對越穆穆乎舜門之闢晰晰乎宣燎之發帝時待旦而久求衣以先紆黃組冠通天建日月服乾坤佩干將升崑崙進山嶽之圭當雲龍之軒正聖人之大寶示天下之有尊巍巍焉負扆而立濟濟焉辨色而入太

常正其等衰九賓序其名級中階之前三公屹然應門之外九采察焉阼階之東諸侯以同西階之西諸伯以齊門東北面者子之位門西東上者男之次東門之外則有樂浪蟠木九夸之國西面而北上西門之外則有蒙汜大秦六戎之屬南上而東向南門之外則有朱垠越裳八蠻之族唯北是望北門之外則有葷粥幽陵五狄之種唯東是尚於是兟兟旅進鏘鏘肆覲嚮明者蓋取諸離覲光者受之以晉君臣之位定禮

樂之道振雅韶以奏文鐸以徇皆望雲而就日必歌堯而頌舜上和而下樂金聲而玉潤況乎晨光赫曦天顏弗違冕紱兮霞集玉帛兮川歸盛乎王庭之聲明煥乎天家之光輝若北辰之會眾星咸粲粲而在共如太陽之臨多露普湛湛而將晞莫不君三揖于上臣載拜于下行典禮揚風雅訪雋良議窮寡人曷幽而覆盆賢曷惻而遺野于以盛名器于以休宗社署聖法於圓闕馳神教於方夏皇哉耀令昔之榮觀至哉

敷億兆之純嘏故曰揖讓而治天下者明堂之謂也惜乎三代以還智者間間諸儒靡協議者喙喙而皆膠其增損忘禮樂之大本泥於廣狹廢皇王之大業使朝廷茫然有逾遠之嘆惘然有中輟之議殊不知五帝非沿樂而興三王豈襲禮而至爲明堂之道不必尚其奧行明堂之義不必盡其制適道者與權忘象者得意大樂同天地之和豈匏竹而已矣大禮同天地之節豈豆籩之云爾自漢魏之下暨隋唐之際堂或

三五之上道非三五之世蓋不取其厚而取其薄不得其大而得其細亭配之文或然未分政教之烈斯焉弗聞是則帝道不施胡取乎總期皇德不隆胡取乎合宫故夫明堂之設也天子居之日慎日思思之何也萬微存乎消息慎之何也兆靈繫之安危繇是惟克念以作聖思堯舜之齊名懼巍巍之弗逮迺孜孜於鷄鳴唯至平之休代思阜財於吾民懼四維之有艱尚瘖瘝而百辛故聖人之寶儉弗下剥而上侈思寡

費而薄索民庶幾于格恥惟下武之太寧亦省躬于干戈取諸豫於四方慨風雲以長歌惟知人其古難思濟濟乎賢者盖舉一於皐陶迺連茹于天下惟好生之至德思與物而爲春懼幽陋之靡及常咨命于仁人惟及人之一德始若晦而彌彰故三五之君子騰茂實而無疆惟皇極之大範思天下而與平懼萬物之或差持我心於誠衡然後見天下齊於無體和於無聲厖眉而壽吾何仁之有含哺而嬉吾何力之爲但

淵淵緜緜無反無偏浸淳澤以咸若樂鴻化於自然此明堂之道也蓋無得而稱焉我國家凝粹百靈薦馨三極東升煙於岱首西展琮於汾側未正天神之府以讓皇人之德祖考來格侯配天之儀諸侯入朝思助祭之職豈上聖之謙而愚臣之惑也臣請考列辟之明術塞處士之橫議約其制復其位儉不爲其陋奢不爲其肆斟酌乎三五擬議乎簡易展宗祀之禮正朝會之義廣明堂之妙道極真人之能事以至聖子

神孫億千萬登於斯念於斯受天之禧與天下宜而已乎

秋香亭賦 并序

提點屯田鉅鹿公就使居之北擇高而亭背孤巘面橫江植菊以爲好命曰秋香亭呼賓釃酒以落之僕賦而侑焉

鄭公之後兮宜其百禄使于南國兮鑒金粹玉倚大旆於江干揭高亭於山麓江無煙而練迴山有嵐而屏矗一朝賞心千里在目時也秋風

起兮寥寥寒林脱兮蕭蕭有翠皆歇無紅可凋
獨有佳菊弗治弗夭采采亭際可以卒歲畜金
行之勁性賦土爰之甘味氣驕松筠香滅蘭蕙
露漙漙以見滋霜肅肅而敢避其芳其好胡然
不早歲寒後知殊小人之草黄中通理得君子
之道飲者忘醉而餌者忘老公曰時哉時哉我
賓我來緩泛遲歌如春登臺歌曰賦高亭兮盤
栢美秋香而酡顔望飛鴻兮冥冥愛白雲之閑
閑又歌曰曾不知吾曹者將與夫謝安不可盡

歡而聿去乎東山又不知將與夫劉伶不可復醒而蔑聞乎雷霆豈無可而無不可兮一逍遙以皆寧

靈烏賦

梅君聖俞作是賦曾不我鄙而寄以爲好因勉而和之庶幾感物之意同歸而殊塗矣

靈烏靈烏爾之爲禽兮何不高翔而遠翥何爲號呼于人兮告吉凶而逢怒方將折爾翅而烹爾軀徒悔焉而亡路彼啞啞兮如愬請臆對而

心諭我有生兮累陰陽之含育我有質兮處天地之覆露長慈母之危巢託主人之佳樹斤不我伐彈不我仆母之鞠兮孔艱主之仁兮則安度春風兮旣成我以羽翰眷庭柯兮欲去君而盤桓思報之意厥聲或異警於未形恐於未熾知我者謂吉之先不知我者謂凶之類故告之則反災于身不告之則稔禍于人主恩或忘我懷靡藏雖死而告爲凶之防亦由桑妖于庭懼而脩德俾王之興雉恠于鼎懼而脩德俾王之

盛天聽甚邇人言曷病彼希聲之鳳皇亦見譏於楚狂彼不世之麒麟亦見傷於魯人鳳豈以譏而不靈麟豈以傷而不仁故割而可卷孰爲神兵焚而可變孰爲英瓊寧鳴而死不默而生胡不學太倉之鼠兮何必仁爲豐食而肥食苟竭兮吾將安歸又不學荒城之狐兮何必義爲深穴而威城苟圮兮吾將疇依寧驥子之困于馳騖兮駑駘泰於芻養寧鵷鶵之飢於雲霄兮鴟鳶飫乎草莽君不見仲尼之云兮予欲無言

纍纍四方曾不得而已焉又不見孟軻之志兮
養其浩然皇皇三月曾何敢以休焉此小者優
優而大者乾乾我烏也勤於母兮自天愛於主
兮自天人有言兮是然人無言兮是然

范文正公文集卷第一

范文正公文集卷第二

古詩

謝黃揔太博見示文集

四民詩

寄題孫氏碧鮮亭

贈張先生

明月謠

上漢謠

清風謠

和人遊嵩山十二題
聽真上人琴歌
和僧長吉湖居五題
酬葉道卿學士見寄
和章岷從事鬭茶歌
古詩
謝黄揔太博見示文集
松桂有嘉色不與衆芳期金石有正聲詎將羣
響隨君子著雅言以道不以時仰止江夏公大

醇無小疵孜孜經緯心落落教化辭上有帝皇道下有人臣規邈與聖賢會豈以富貴移誰言荆棘滋獨此生蘭芝誰言盡黿鼉繁獨此蟠龍龜豈徒一時異將爲千古奇願此周召風達我堯舜知致之諷諫路陛之誥命司二雅正得失五典陳雍熙頌聲格九廟王澤及四夷自然天下文不復迷宗師

四民詩

士

前王詔多士咸以德爲先道從仁義廣名由忠
孝全美禄報爾功好爵縻爾賢黜陟金鑑下昭
昭媸與妍此道日以疎善惡何茫然君子不斤
怨歸諸命與天術者乘其隙異端千萬惑天道
入指掌神心出胷臆聽幽不聽明言命不言德
學者忽其本仕者浮於職節義爲空言功名思
苟得天下無所勸賞罰幾乎息陰陽有變化其
神固不測禍福有倚伏循環亦無極前聖不敢
言小人爾能臆禆竈方激揚孔子甘寂默六經

無光輝反如日月蝕大道豈復興此弊何時抑
末路競馳騁澆風揚羽翼昔多松栢心今皆桃
李色願言造物者回此天地力

農

聖人作耒耜蒼蒼民乃粒國俗儉且淳人足而
家給九載襄陵禍比戶猶安輯何人變清風驕
奢日相襲制度非唐虞賦歛由呼吸傷哉田桑
人常悲大絃急一夫耕幾壠游墮如雲集一蚕
吐幾絲羅綺如山入太平不自存兇荒亦何及

神農與后稷有靈應爲泣

工

先王教百工作爲天下器周旦意不朽刋之考工記嗟嗟遠聖人制度日以紛窈窕阿房宮萬態横青雲熒煌甲乙帳一朝那肯焚秦漢驕心起陳隋盍其侈鼓舞天下風滔滔弗能止可甚佛老徒不取慈儉書竭我百家產崇爾一室居四海競如此金碧照萬里茅茨帝者榮今爲庶人耻宜哉老成言欲攦般輸指

商

嘗聞商者云轉貨賴斯民遠近日中合有無天下均上以利吾國下以藩吾身周官有常籍豈云逐末人天意亦何事狼虎生貪秦經界變阡陌吾商苦悲辛四民無常籍茫茫僞與眞游者竊吾利墮者亂吾倫淳源一以蕩頽波浩無津可堪貴與富侈態日日新萬里奉綺羅九陌資埃塵窮山無遺寶竭海無遺珍鬼神爲之勞天地爲之貧此弊已千載千載猶因循桑柘不成

林荆棘有餘春吾商則何罪君子耻爲隣上有堯舜主下有周召臣琴瑟願更張使我歌良辰何日用此言皇天豈不仁

寄題孫氏碧鮮亭

天地何風流復生王子猷黄金買碧鮮緑玉排清秋非木亦非草東君歲寒寶耿耿金石性雪霜不能老清風乃故人徘徊過此君泠泠鈞天音千載猶得聞應是聖賢魄鍾爲此標格高節見直清靈心隱虚白粉筠多體貌錦籜見兒童

上交松桂枝下結蘭蕙叢秀氣藹晴嵐翠光凝綠水明月白露中靜如隱君子不願湘靈泣不求伶倫吹鳳皇得未晚蛟龍起何時蕭蕭雲水間良與主人宜紅塵滿浮世何當拂長袂坐嘯此亭中行歌此亭際逍遥復逍遥不知千萬歲

贈張先生

應是少微星又云嚴君平浩歌七十餘未嘗識戈兵康寧福已大清靜道自生邈與神仙期不犯寵辱驚讀易夢周公大得天地情養志學浮

丘久鍊日月精壽存金石性嘯作鸞鳳聲陰德
不形言一一在幽明何當換金骨五雲朝玉京
有客淳且狂少小愛功名非謂鍾鼎重非謂簞
瓢輕素聞前哲道欲向聖朝行風塵三十六未
作萬人英廼聞頭角者五神長戰爭禍福有倚
伏富貴多虧盈金門不乏雋白雲宜退耕人間
有嵩華棲之比蓬瀛芝田春藹藹玉澗晝錚錚
峯巒多秀色杉桂一何清月壑認瑤池花巖列
錦城朱絃冉冉奏金醴遲遲傾相勸綺季徒頹

玉信縱橫此樂不尋常何苦事浮榮願師先覺者遠遠濯吾纓

明月謡

明月生天西初如玉鉤微一夕增一分堂堂有餘輝不掩五星耀不礙浮雲飛徘徊河漢間秀色若可湌清風起叢桂白露生堦蘭高樓望君時爲君拂金徽奏以堯舜音此音天與稀明月或可聞顧我亦依依月有萬古光人有萬古心此心良可歌憑月爲知音

上漢謡

眞人累陰德聞之三十天一朝鸞鶴來高舉爲神仙冉冉去紅塵飄飄凌紫煙下有修眞者望拜何拳拳願君銀臺上侍帝王案前當有人間問請爲天下宣自從混沌死淳風日衰靡百王道不同萬物情多詭堯舜累伐仁絃歌始能治桀紂一旦非宗廟自然（一作自日）毀是非既循環興亡亦繼軌福至在朱門禍來先赤子嘗聞自天意天意豈如此何爲治亂間多言歷數爾願天

賜吾君如天千萬春明與日月久恩將雨露均帝力何可見物情自訢訢人復不言天天亦不傷人天人兩相忘逍遥何有鄉吾當飲且歌不知羲與黄

清風謡

清風何處來先此高高臺蘭叢國香起桂枝天籟迴飄飄度清漢浮雲安在哉萬古鬱結心一旦爲君開有客慰所思臨風久徘徊神若遊華胥身疑立天台極渴飲沆瀣大暑執瓊瓌曠如

攜松丘騰上煙霞遊熙如揖莊老語人逍遥道朱絃鼓其薰可以解吾民滄浪比其清可以濯吾纓願此陽春時勿使飄暴生千靈無結慍萬卉不摧榮庶幾宋玉賦聊廣楚王情

書海陵滕從事文會堂

東南滄海郡幕府清風堂詩書對周孔琴瑟親羲黃君子不獨樂我朋來遠方言蘭一相接豈特十步香德星一相聚直有千載光道味清可挹文思高高若翔笙磬得同聲精色皆激揚栽培

盡桃李棲止皆鸞皇琢玉作鎮圭鑄金爲干將
猗哉滕子京此意久而芳

上都行送張伯玉

上都有聖人日月一以新曄曄天下才西走堯
舜賓百谷望東浸萬星依北辰直者爲之棘曲
者爲之輪一村不復遺況此席上珍南山張公
子氣象清且淳懷有綺繡文朝無爪㕘親寸心
如鐵石不羞賤與貧賈臣起白社賈誼富青春
賓此金轆轤去去延平津

鳴琴

思古理鳴琴聲聲動金玉何以報昔人傳此堯舜曲

馴鷗詠

萬物有常性性無不貴生風翔與駿奔一一遠害情駢彼沙上鷗皎皎霜雪明月宿滄洲靜日浴滄浪清何以狎溪人溪人澹無營循循自飲啄往往相逢迎徘徊兩無猜何慕復何驚客有懷依依雲水言將歸逐爾羣鷗樂羣鷗爾勿飛此

心未忘者天機非殺機

古鑑

磨此千年鑑朱顏清可覽君看日月光無求照人膽

贈樊秀才 知古之孫

五代雲雷屯九野皆龍戰開國如棊枰皇極何由建太祖乘天飛大發光華旦樊公江表來經綸速如電微子入姬周蒼惶救塗炭四海乃大同萬里聞薰風禮樂與征伐出自明光宮大勳

未大賞積慶亘無窮李廣不封侯繼世多英雄
公有承家子所至神明理復有起家孫一見知
千里和氣十洲春清流九江水非有神筆夢粲
粲文何綺天子青春朝列鼎招英髦明年桃花
開禹浪如霞高之子可變化咫尺登金鰲始知
祖德長光輝傳佩刀

贈棊者

何處逢神仙傳此棊上旨靜持生殺權密照安
危理接勝如雲舒禦敵如山止突圍秦師震諸

侯皆披靡入險漢將危竒兵飜背水勢應不可
隳關河常表裏南軒春日長國手相得喜泰山
不礙目疾雷不經耳一子貴千金一路重千里
精思入於神變化胡能擬成敗繫之人吾當著
棊史

歲寒堂三題 并序

堯舜受命於天松栢受命於地則物之有松栢
猶人之有堯舜也是故聖人觀有心而制禮體
後凋以辨義丁公神遇鑒寐形焉陶相眞接風

韻在矣前言往行豈徒然哉吾家西齋僅百載
二松對植扶疎在軒靈根不孤本枝相茂卓然
有立儼乎若思霜霰交零莫能屈其性絲桐間
發莫能擬其聲不出戶庭如在林壑某少長北
地近還平江美先人之故廬有君子之嘉樹清陰
大庇期於千年豈徒風朝月夕爲耳目之資者
哉因命其西齋曰歲寒堂松曰君子樹樹之側
有閣焉曰松風閣美之以名居之斯逸由我祖
德貽厥孫謀昆弟雲來是仰是則可以爲友可

以爲師持松之清遠耻辱矣執松之勁無柔邪矣稟松之色義不變矣揚松之聲名彰聞矣有松之心德可長矣念茲在茲我族其光矣子子孫孫勿翦勿伐惟吾家之舊物在歲寒而後知天地憐其材而況於人乎作詩紀之以永長也

歲寒堂

我先本唐相弈世天衢行子孫四方志有家在江城雙松儼可愛高堂因以名雅知堂上居宛得山中情目有千年色耳有千年聲六月無炎

光長如玉壺清于以聚詩書教子修誠明于以
列鍾鼓邀賓樂昇平緑煙亦何知終日在簷楹
太陽無偏照自然虛白生不向搖落地何憂歲
崢嶸昂哉肯構人處之千萬榮

君子樹

二松何年植清風未嘗息夭矯向庭戶雙龍思
霹靂豈無桃李姿賤彼非正色豈無蘭菊芳貴
此有清德萬木怨搖落獨如春山碧廼知天地
威亦向歲寒惜有聲若江河有心若金璧雅爲

君子持對之每前席或當應自然化爲補天石

松風閣

此閣宜登臨上有松風吟非絃亦非匏自起簫韶音明月萬里時何必開緑琴鳳皇下雲霓鏘鏘鳴中林淳如葛天歌太古傳于今潔如庖羲易洗人平生心安得嘉賓來當之共披襟陶景若在仙千載一相尋

贈都下隱者

梅福隱市門嚴平居卜肆乃知神仙徒非必煙

霞地異哉西山人逍遥京洛塵門多長者車察脉如有神軒皇萬餘載此術了然在精意洞五行飛名落四海結舍擬滄州東池接御溝蘭菊披幽徑琴樽在小舟清夜泛月華宛是江湖遊他日上雲去兹爲黄鶴樓

和人遊嵩高山十二題

公路澗 曹公與袁紹常爭據此地

嵩高發靈源北望洛陽注清流引河漢白氣横雲霧英雄惜此地百萬曾相拒近代無戰爭常

人自來去

拜馬澗 子晉登仙遺馬於此鄉人見之皆拜

傳聞王子仙澗邊遺逸驤當時青雲路鷄犬亦可致未必眞龍媒悠悠在平地

二室道

太室何森聳少室欲飛動相對起雲霞恍如游仙夢何以寵此行行歌降神頌

自峻極中院步登太室中峯

白雲隨人來翩翩疾如馬洪崖與浮丘襟袂安

足把不來峻極遊何能小天下

玉女窻

窈窕玉女窻想像玉女粧皎皎月爲鑑飄飄霓
作裳莫學陽臺夢無端惑楚王

玉女搗衣石

但見嵒前砧誰聞月下杵金文與鐵色璨璨知
千古試問搗衣仙何如補天女

天門

天門絕境遊熙然揖灝氣下顧莽蒼間雲雷走

平地天威不遠人孰（一作莫）起欺天意

天門泉

天門有靈泉埃塵未嘗至日月自高照雲霞亦輝庇唯抱夷齊心飲之可無愧

天池

岳頂見仙池神異安可度勿謂無波濤雲雷有時惡乘此澄清閒吾纓可以濯

三醉石

巍巍八仙壇上有三醉石憐此高陽徒如樂華

胥域憔悴澤邊人獨醒良可惜

峻極上寺

徘徊峻極寺清意滿煙霞好風從天來吹落桂樹花高高人物外猶屬梵王家

中峯

嵩高最高處逸客偶登臨回看日月影正得天地心念此非常遊千載一披襟

聽眞上人琴歌

銀潢耿耿霜稜稜西軒月色寒如冰江人一叩

朱絲繩萬籟不起秋光凝伏犧歸天忽千古我
聞遺音淚如雨嗟嗟不及鄭衛兒北里南隣競
歌舞競歌舞何時休師襄堂上心悠悠擊浮金
戛鳴玉老龍秋啼滄海底幼猿暮嘯寒山曲隴
頭瑟瑟咽流泉洞庭蕭蕭落寒木此聲感物何
太靈十二衘珠下仙鵠爲予再奏南風詩神人
和暢舜無爲爲予試彈廣陵散鬼物悲哀晉方
亂乃知聖人情慮深將治四海先治琴興亡哀
樂不我遁坐中可見天下心感公遺我正始音

何以報之千黃金

和僧長吉湖居五題

湖山

湖山滿清氣賞心甲吴越晴嵐起片雲晚水連初月漁父得意歸歌聲等閑發

水月

千尋月脚寒湖影淨於天忽如常娥宫俯仰見嬋娟更約中秋夕長津無寸煙

筠亭

爲愛碧鮮亭入夏敞敞至臺榭競生煙獨有清
涼意高岡鳳不來幽人此沈醉

風笛

風引湖邊笛焉知非隱淪一聲裂雲去明月生
精神無爲落梅調留寄隴頭人

渚蓮

武陵誰家子波面雙雙渡空積心中絲未成機
上素似共織女期秋宵苦霜露

酬葉道卿學士見寄

世傳學中禄小子廼逢辰一入諫諍司鴻毛忽
其身可負萬乘主甘爲三黜人豈量堯舜心如
日照孤臣薄責落善地雅尚過朝倫僅同鼃在
泥敢冀蠖求伸朱樓逼清江下睨百丈鱗羨此
南魚樂不忍持鈎輪爲郡良優優乏才止循循
恬愉弗攖外何以慰遠民拙可存吾樸静可逸
吾神漸得疎懶味下車將四旬嘉興風雅來覯
對如天賓感兹韶夏音佐我臺上春

和章岷從事鬭茶歌

年年春自東南來建溪先暖冰微開溪邊奇茗
冠天下武夷仙人從古栽新雷昨夜發何處家
家嬉笑穿雲去露芽錯落一番榮綴玉含珠散
嘉樹終朝採掇未盈襜唯求精粹不敢貪研膏
焙乳有雅製方中圭兮圓中蟾北苑將期獻天
子林下雄豪先鬬美鼎磨雲外首山銅瓶攜江
上中零水黃金碾畔綠塵飛紫玉甌心翠濤起
鬬余味兮輕醍醐鬬余香兮薄蘭芷其間品第
胡能欺十目視而十手指勝若登仙不可攀輸

同降將無窮恥于嗟天產石上英論功不愧階
前蓂衆人之濁我可淸千日之醉我可醒屈原
試與招魂魄劉伶却得聞雷霆盧仝敢不歌陸
羽須作經森然萬象中焉知無茶星商於丈人
休茹芝首陽先生休采薇長安酒價減千萬成
都藥市無光輝不如仙山一啜好泠然便欲乘風
飛君莫羨花間女郎只鬬草贏得珠璣滿斗歸

范文正公文集卷第二

范文正公文集卷第三

古詩

和葛閎寺丞接花歌

天平山白雲泉

留題常熟頂山僧居

江上漁者

送蔡挺代父之蜀

鄱陽酬泉州曹使君見寄

和謝希深學士見寄

祠風師酬提刑趙學士見貽

依韻和安陸孫司諫見寄

送鄖鄉尉黃通

依韻和襄陽王源叔龍圖見寄

依韻荅賈黯監丞賀雪

依韻荅提刑張太博嘗新醞

寄題峴山羊公祠堂

送河東提刑張太博

依韻和提刑太博嘉雪

送謝景初廷平宰餘姚

南康軍江中落星寺

古詩

和葛閎寺丞接花歌

江城有卒老且貧憔悴抱關良苦辛衆中忽聞語聲好知是北來京洛人我試問云何至是欲語汍瀾墮雙淚斯須收淚始能言生自東都富貴地家有城南錦繡園少年止以花爲事黃金用盡無他能却作瓊林苑中吏年年中使先春

來曉宣口勑修花臺奇芬異卉百餘品求新換
舊爭栽培猶恐君王猒顏色羣芳只似尋常開
幸有神仙接花術更向都城求絶匹梁王苑裏
索妍姿石氏園中搜淑質金刀玉尺裁量妙香
膏膩壤彌縫密回得東皇造化工五色敷華異
平日一朝寵愛歸牡丹千花相笑妖饒難窺樂
常娥新換骨嬋娟不似人間看太平天子春遊
好金明柳色籠黃道道南樓殿五雲高鈞天捧
上蓬萊島四邊桃李不勝春何況花王對玉宸

國色晶明動韶景天香旖旎飄芳塵特奏霓裳羽衣曲千官獻壽羅星辰兑悦臨軒逾數刻花吏此時方得色白銀紅錦滿牙床拜賜仗前生羽翼唯觀風景不憂身一心歲歲供春職中途得罪情多故刻木在前何敢訴竄來 江外知幾年骨肉無音鴈空度北人情況異南人蕭灑溪山苦無趣子規啼處血爲花黄梅熟時雨如霧多愁多恨信傷人今年不及去年身目昏耳重精力減復有鄉心難具陳我聞此語聊悒悒近

曾侍從班中立朝遑日下暮天涯不學爾曹向
隅泣人生榮辱如浮雲悠悠天地胡能執賈誼
文才動漢家當時不免來長沙幽求功業開元
盛亦作流人過梅嶺我無一事逮古人謫官却
得神仙境自可優優樂名教曾不恓恓弔形影
接花之技爾則奇江鄉卑濕何能施吾皇又詔
還淳朴組繡文章皆弃遺上林將議賜民畝似
昔繁華徒爾爲西都尚有名園處我欲抽身希
白傅一日天恩放爾歸相逐栽花洛陽去

天平山白雲泉

靈泉在天半狂波不能侵神蛟穴其中渴虎不敢臨隱照涵秋碧泓然一勺深游潤騰雲飛散作三日霖天造豈無意神化安可尋挹之如醍醐盡得清凉心聞之異絲竹不含哀樂音月好群籟息消消度前林子晉罷雲笙伯牙收玉琴徘徊不擬去復發滄浪吟乃云堯湯歲盈盈長若今萬里江海源千秋松桂陰茲焉如有價北斗量黃金

留題常熟頂山僧居

平湖數百里隱然一山起中有白龍泉可洗人間耳吾師仁智心愛兹山水音結茅三十年不道日月深笑我名未已來問無端理却指嶺邊雲斯焉贈君子

江上漁者

江上往來人但愛鱸魚美君看一葉舟出没風波裏

送蔡挺代父之蜀

朔風豈不寒蜀道豈不難之子代親行萬里忘
自安劒閣雪猶明錦江春未闌到日必詩戰重
登李杜壇

鄱陽酬泉州曹使君見寄

吾生豈不幸所稟多剛腸身甘一枝巢心苦千
仞翔志意苟天命富貴非我望立譚萬乘前肝
竭喉無漿意君成大舜千古聞羶香寸懷如春
風思與天下芳片玉棄且在雙足何辭傷王章
死於漢韓愈逐諸唐獄中與嶺外妻子不得將

義士撫卷起眦血一霑裳胡弗學揭厲胡弗隨
低昂于時宴安人淢然已不揚匹夫雷敢鬬女
子熊能當況彼二長者烏肯巧如簧我愛古人
節皎皎明於霜今日貺江徼多慙韓與王罪大
禍不稱所損傷纖芒盡室來官下君恩大難忘
酒聖無隱量詩豪有餘章秋來魏公亭金菊何
煌煌登高發秘思聊以攄吾狂卓有梅聖俞作
邑郡之旁矯首賦靈烏擬彼歌滄浪因成荅客
戲移以贈名郎泉南曹史君詩源萬里長復我

百餘言疑登孔子堂聞之金石音純純自宮商
念此孤鳴鶴聲應來遠方相期養心氣彌天浩
無疆鋪之被萬物照之諧三光此道果迂闊陶
陶吾醉鄉

和謝希深學士見寄

天地久開泰過言防結括誰憐多出處自省有
本末心焉介如石可裂不可奪盡室得江行君
恩與全活回頭諫諍路尚願無壅遏豈獨世所
非千載成迂闊

廬山瀑布

靈源何太高北斗想可挹凌日五光直逗雲千仞急白虹下澗飲寒劒倚天立閃電不得瞬長雷無敢蟄萬丈巖崖坼一道林巒濕險逼飛鳥墜泠東山鬼泣須當截海去濁流不相入

滕子京魏介之二同年相訪丹陽郡

長江天下險涉者利名驅二公訪貧交過之如坦途風波豈不惡忠信天所扶相見乃大笑命歌倒金壺同年三百人太半空名呼沒者草自

緑存者顏無朱功名若在天何必心區區莫競貴高路休防讒嫉夫孔子作旅人孟軻號迂儒吾輩不飲酒笑殺高陽徒

送劉牧推官之兗州

相國鎮東魯（時李相公迪在兗）開閤多英豪羨子賦從軍壯思如波濤當有非常遇所得連六鼇故人孫復之臥雲生二毛或作梁甫吟秋風共呼號翩翩草檄外可與相遊遨益以夫子心萬物都一毫此行名與節須似泰山高

和楊畋孤琴詠

愛此千年器，如見古人面。欲彈換朱絲，明月當秋漢。我願宫商絃，相應聲無間。自然召南風，莫起孤琴嘆。

絳州園池

絳臺史君府，亭閣參園圃。一泉西北來，羣峯高下覩。池魚或躍金，水簾長布雨。恠栢鎖蛟虬，醜石鬬貙虎。羣花相倚笑，垂楊自由舞。静境合通仙，清陰不知暑。每與風月期，可無詩酒助。登臨

問民俗依舊陶唐古

晉祠泉

神哉叔虞廟地勝出嘉泉一源甚澄靜數步忽
潺湲此異孰可窮觀者增恭虔錦鱗無敢釣長
生同水仙千家溉禾稻滿目江鄉田我來動所
思致主愧前賢大道果能行時雨宜不愆皆如
晉祠下生民無旱年

訪陝郊魏疎處士

賢哉先處士天書召不起雲夫嗣孤風復爲隱君

子有石礪其齒有泉洗其耳下瞰紅塵路榮利
無窮已孜孜朝市人同在風波裏大爲高士笑
誓不拾青紫我亦寵辱流所幸無愠喜進者道
之行退者道之止矧今領方面豈稱長城倚來
訪卧雲人而請益諸已得無長者言佩之玉非美

中元夜百花洲作

南陽太守清狂發未到中秋先賞月百花洲裏
夜忘歸緑梧無聲露光滑天學碧海吐明珠寒
輝射空星斗踈西樓下看人間世瑩然都在青

玉壺從來酷暑不可避今夕凉生豈天意一笛吹銷萬里雲主人高歌客大醉客醉起舞逐我歌弗舞弗歌如老何

覽秀亭詩

南陽有絶勝城下百花洲謝公創危亭（紫微謝希深領郡日建此亭）屹在高城頭盡覽洲中秀歷歷銷人憂作詩刻金石意垂千載休我來亭早壞何以待英游試觀荆棘繁欲步瓦礫稠嗟嗟命良工美材肆爾求曰基復曰構落成會中秋開樽揖明

月席上皆應劉敏速迭唱和釃酣爭獻酬老子素不淺預茲年少儔九日重登臨凉空氛氣收風來鴈聲度雲去山色留西郊有潭菊滿以金船浮雅爲君子壽外物眞悠悠過則與春期春時良更優熠熠衆卉明袞袞新泉流簫鼓動地喧羅綺傾城遊五馬不行樂州人爲之羞亭焉詎可廢願此多賢侯

祠風師酬提刑趙學士見貽

先王制禮經祠爲國大事孟春祭風師刺史敢有

二齋戒升于壇拜手首至地所祈動以時生物得咸遂勿鼓江海濤害我舟楫利旱天六七月會有雷雨至慎無吹散去坐使百穀悴高秋三五夕明月生天際乃可驅雲煙以喜萬人意願君入薰絃上副吾皇志阜財復解慍即爲天下賜八使重古禮作詩歌祭義誠欲通神明非徒奬州吏賢哉推此心良以警有位

依韻和安陸孫司諫見寄　甫

穰下故都今善藩沃衍千里多豐年孫公頃以

清淨化我來代之勳二天人物高傳卧龍里神
仙近接弄珠川漢光舊烈山河在徘徊弔古良
依然二十八將固不朽風雲一代皆忠賢我亦
明時得君者出處十載功不前尚得州麾養衰
疾優游豈減居林泉因逢故人作宴喜琴樽風
月夕不眠之翰詩來若金石重於我輩何其偏
相期直道了無悔寧爭蠖屈與鵬騫

送郎鄉尉黃通

少年好逸驥老者重安車爭先尚逐逐致遠貴

徐徐勿言一尉畢千戶繫絛舒外矜固不足內
樂則有餘子游與季路作邑寧欷歔五斗對萬
鍾所問道何如

依韻和襄陽王源叔龍圖見寄

高車赴南峴弊郊主東道風采喜一見布素情
相好屈指四十秋于今歲寒保我起爲君壽善
頌復善禱願盡杯中物薄言理可到君子貴有
終功名非必早朝端卿大夫所尚賢而老世慮
久乃周聖門深已造與君誓許國無忝於祖考

潔如鳳食竹樂若魚在藻安得長相親時時一絶倒不忘平生期明月滿懷抱

依韻荅賈黯監丞賀雪

今之刺史古諸矦孰敢不分天子憂自秋徂冬渴雨雪旬奏空文勲轉郵得非郡國政未洽刺史閑閤當自尤上賴天子仁且聖神龍奔走不俟求同雲千里結雪意一夕密下誠如羞（俗有雪羞多夜落之語）曉來賞心江海上東望不見三神丘渾祛癘氣發和氣明年黍稷須盈疇煙郊空闊獵

者健酒市暖熱沽人稠光精璨璨奪劍戟清寒拂拂生衣裘鈴齋賀客有喜色飲酣歌作擊前籌常願帝力及南畝盡使風俗如東鄒誰言吾子青春者意在生民先發謳

依韻荅提刑張太博嘗新醞

南陽本佳處偶得作守臣地與汝墳近古來風化純當官一無術易易復循循長使下情達窮民奚不伸此外更何事優游款嘉賓時得一笑會恨無千日醇客有多聞者密法為我陳自言

此靈物盡心妙始臻非徒水泉潔夫要麴蘗均暄涼體四時日月周數旬其氣芳以烈厥味和而辛湑湑滴小槽清光能照人固可奉宗廟宜能格天神我姑酌金罍駐此席上珍況有百花洲水木長時新煙姿藏碧塢柳杪見朱闌兩兩鳧鴈侶依依江海瀕晚光倒晚影一川無一塵悠悠乘畫舸坦坦解朝紳綠陰承作蓋芳草就爲茵引此杯中物獻酬交錯頻禮俗重三爵今乃不記巡大言出物表本性還天眞或落孟嘉帽

或抛陶令巾吾非葛天氏誰爲劉伯倫八使達
觀者與予日相親作詩美嘉會調高繼無因但
願天下樂一若樽前身長戴堯舜主盡作羲黄
民耕田與鑿井熙熙千萬春

寄題峴山羊公祠堂

休哉羊叔子輔晋功勲大化行江漢閒恩被疆
埸外中國倚而安治爲天下最開府多英僚置
酒每高會徘徊臨峴首興言何慷慨此山自古
有游者千萬輩湮滅皆無聞空悲歲月邁公乎

仁澤深風采獨不昧于今墮淚碑觀之益欽戴
卓有王源叔文學偉當代借麾來襄陽高懷極
恬退山姿列雲端江響拂天籟行樂何逍遥覽
古忽感槩不見叔子祠蕪没民疇内千金贖故
基廟貌重營繪襄人復其祀水旱有攸賴太守
一興善比户皆懽使源叔政可歌又留千載愛

送河東提刑張太博

憶守姑蘇日見君已驚人翩翩幕中畫落落席
上珍強記及敏力一一精如神洎余領西帥密與

羌夏隣君來貳邊郡表裏還相親有如得四
支周旋衛其身予始椄方渠兵行百物陳而君
主其事進退皆有倫羌酋八九百醉歌喜齗齗
傳告以號令再拜罔不馴作城大順川扼胡來
路津漢軍始屯集虜騎俄紛綸諸將稍畏怯偶
語辭艱辛君躍四馬去入險將死濵持檛畫禍
福虎校靡不遵呼兵就畚鍤恍使咸忻忻晝夜
戰且役城成未踰旬虜乃急攻我萬衆生煙塵
蒼惶被矢石遁走無逡巡君馳奏闕下感慨動

中宸是秋懷敏敗虜勢侵涇原天地正愁慘關
輔將迸奔腹心苟不守皮膚安得存予召藩漢
兵趨邠當北門諸將切切議謂宜守塞垣唯君
力贊我咸鎬爲本根全師遂鼓進連城息驚喧
果釋天子憂獎詔垂明恩予貳機衡重君掌食
貨繁豈敢懈夙夜未嘗攄笑言今叨領南陽會
君乘使軒攜手百花洲無時不開樽語論極今
古情契及子孫氣同若蘭芷聲應如篪塤浩歌
忘物我劇飲無涼暄自問平生心此樂曾幾番一

旦改使節忽忽指并汾惜別固不忍贈行當有
云從來宿兵地北與胡漢分長河出紫塞太行
入青雲天然作雄屏覽者懷忠勳行府在平陽
山川秀氤氳堯民擊壤歌千古猶得聞君有經
濟心潤以金石文攬轡問風俗坐堂精典墳此道
日益大行行思致君

依韻和提刑太博嘉雪

南陽風俗常苦耕太守憂民敢不誠今秋與冬
數月旱二麥無望愁編氓龍遁雲藏不肯起荒

祠巫鼓徒轟轟昨宵天意驟回復繁陰一布飄
寒英裁成片片盡六出化工造物何其精散亂
狂飛若倚勢徘徊緩舞如含情千門競掃明月
色萬木都拆寒梅英天上風流忽爾在人間險
阻無不平因松偶作琴瑟調過竹徐移環珮聲
江天鳴鴈畏相失龍庭奔馬豪如驚丞相沙堤
初踏練將軍紫髯渾綴瓔巖前飢殺嘯風虎海
上凍死吞舟鯨我有高樓擘雲上雙瞳一開千
里明羣闇逐去疫癘遠長逵壓下塵埃清當知

有年可坐致東皐父老休營營因招大使賞天瑞醉把羲黃向上評窮通得喪了無事莊老器宇何難并君起作歌我起和天地和氣須充盈當年此樂不可得與雪對舞攄平生共君學取雪好處平施萬物如權衡

送謝景初廷平宰餘姚

世德踐甲科（先賓客先紫微俱登甲科廷評今又繼之）青紫信可拾故鄉特榮耀高門復樹立餘姚二山下東南最名邑煙水萬人家熙熙自翔集又得賢大夫坐

堂恩信數春風爲君來緑波滿平湖乗興訪隱

淪今逢賀老無文藻凌雲處定喜江山助未能

同僊舟離樽少留駐行行道不孤明月相隨去

南康軍江中落星寺

長江萬里來古寺中流起如何天上星汨汨波

濤裏

范文正公文集卷第三

范文正公文集卷第四

律詩

送江南運使張傅度支

堯廟

西溪見牡丹

寄秦州幕明化基寺丞

鵰鶚在秋天

觀獵

鸚䳍

歸鴈

青郊

得李四宗易書
歐伯起相訪
寄贈林逋處士
酬滕子京同年
贈餘杭唐異處士
和沈書記同訪林處士
諸暨道中作
題翠峯院
與人約訪林處士阻雨因寄

寄題許州錢相公信美亭

送何白節推宰晉源二首

送刁紡戸掾太常下第

憶杭州西湖

寄林處士

依韻酬毋湜推官

送石曼卿

送何涉秀才

八月十四夜月

送吴安道學士知崇州

謫守睦州作

律詩

睢陽學舍書懷

白雲無賴帝鄉遥漢苑誰人奏洞簫多難未應歌鳳鳥薄才猶可賦鷦鷯瓢思顏子心還樂琴遇鍾君恨即銷但使斯文天未喪澗松何必怨山苗

詠史五首

陶唐氏

純衣黃冕曆星辰白馬彤車一百春莫道茅茨無復見古今時有致堯人

有虞氏

成都成邑即天開終踐堯基詠起哉但得四門元凱至九韶何必鳳皇來

夏后氏

景命還將伯益傳九川功大若爲遷謳歌終在吾君子豈是當時不讓賢

商人

履癸昆吾禍莫移應天重造帝王基子孫何事爲炮烙不念嘻吁祝網時

周人

斧鉞爲藩忍内侵商人塗炭柰何深不煩魚火明天意自有諸侯八百心

次韻和劉蘷判官對雪

蔌蔌樓臺外新輝溢四遐雲中凋玉葉星際落榆花嶽色參差露松聲髣髴加風流裁賦苑清

苦讀書家霜女魆輕格蟾娥讓素華孤鴻迷鳥
道萬馬憶龍沙淨拂王恭氅香滋陸羽茶載歌
勞郢謝一奏待鍾牙幾鼤和梅賞何人爲鬢嗟
含毫看不足詩社好生涯

河朔吟

太平燕趙許閑遊三十從知壯士羞敢話詩書
爲上將猶憐仁義對諸侯子房帷幄方無事李
牧耕桑合有秋民得袴襦兵得帥禦戎何必問
嚴尤

和黃揔太博上知郡杜少卿

萬石君賢再出麾猶龍川上五歌時九重執憲清規在十鎮分憂白髮知環禁中威星拱極鈐齋舒嘯月侵帷金臺下客思何報願上中和樂職詩

過太清宮

醜石危松半緑蘿函關眞相玉嵯峨誰言仙道求難至自愧陰功積未多緲緲雲霞開絳節雝雝鸞鳳荅空歌幾時身退瓊壇畔榮利忽忽忝

老何

寄餘杭全安石段少連二從事

分攜俱是佐高牙兩地光塵自等差榮事日趨丞相府道情時過老君家雙鴻得侶知風便一鶴思鳴對露華早晚相將雲漢外重爲龍友免天涯

送江南運使張傅度支

刑措東南始詔回重分邦計命欽哉于公已積充閭慶蕭相還施富國才十郡甘棠歌未歇一

方流馬路初開啓心知有嘉謨在足亂雲霓憶
帝臺

堯廟

千古如天日巍巍與善功禹終平洚水舜亦致
薰風江海生靈外乾坤揖讓中鄉人不知此簫
鼓謝年豐

西溪見牡丹

陽和不擇地海角亦逢春憶得上林色相看如
故人

寄秦州幕明化基寺丞

同時辟命新中道改絲綸滄海人歸楚清風子在秦共居卿月下獨得將星隣聳動軍前攙崢嶸席上珍烽煙邊信息金鼓武精神獵度天山雪歌逢隴樹春燕臺無限好西向自霑巾

鵰鶚在秋天

秋漢寥寥迴雄心肯木棲人間正搖落天外絕攀躋月兔精應喪陽烏影欲齊長河匹練小太華一拳低下眄羣毛逈橫過百鳥睽乘風俊未

巴空闊玉關西

觀獵

鷹犬一何驕霜明遠近郊鸞皇不觸網狐兔自充庖熠熠流鳴鏑紛紛過緑鬚雄飛侵漢下殺氣與雲交翦翮棘爭探穴摧林競覆巢惟開三面者盛德播絃匏

鸚鵡

堂上每云云金籠久受恩思山誠有意對主忍無言性比孤鸞潔聲殊百舌繁雲林如一去應

喜謝朱門

歸鴈

稻粱留不得一一起江天帶雪南離楚和春北入燕依依前伴侶歷歷舊山川木葉程猶遠梅花信可傳子規啼到曉鸚鵡鎖經年應羡冥冥者東風羽翼全

青郊

青郊鳴錦雉緑水漾金鱗願得郢中客共歌臺上春

射陽湖

渺渺指平湖煙波極望初縱橫皆釣者何處得嘉魚

舟中

珠彩耀前川歸來一扣舷微風不起浪明月自隨船

寄歐靜秀才

君歸一水遥魂斷木蘭橈賴有南軒竹清風慰寂寥

和韓布殿丞三首

泛湖中

平湖萬頃碧謝客一開顔待得臨清夜徘徊載月還

琴酒

絃上萬古意樽中千日醇清心向流水醉貌發陽春

漁父

月色滿滄波吾生樂事多何人獨醒者試聽濯

纓歌

送識上人遊金山寺

空半簇樓臺紅塵安在哉山分江色破潮帶海聲來煙景諸隣斷天光四望開疑師得仙去白日上蓬萊

野色

非煙亦非霧冪冪映樓臺白鳥忽點破夕陽還照開肯隨芳草歇疑逐遠帆來誰會山公意登高醉始回

雜詠四首

一

梓人一笑白雲鄉杞桂森森過豫章聞道周公繩墨在天庭誰此議明堂

二

有客藍田得意歸浮光冉冉白虹蜺玉人豈忍言環珮留取天王尺二圭

三

鏗鏗千古嶧山桐金石聲來造化中誰道元和

無復致爲君堂上起薰風

四

嶺上英英向日開帝鄉情態自徘徊如何一施陽春雨依舊無心歸去來

書事呈韓布殿丞

南宮曾薦牧之文失足徒勞忽十春天上雲龍期際會山中猿鶴愧因循無功豈不孤黃石有道何堪憶紫蓴少壯由來須努力篆銘鍾鼎古何人

西溪書事

卑棲曾未託椅梧敢議雄心萬里途蒙叟自當齊黑白子牟何必怨江湖秋天響亮頻聞鶴夜海瞳矓每見珠一醉一吟踈懶甚溪人能信解嘲無

得李四宗易書

秋風海上憶神交江外書來慰寂寥松栢舊心當化石塤篪新韻似聞韶須期管鮑垂千古不學張陳負一朝三復荊州無限意王孫芳草路

遥遥

歐伯起相訪

海涯牢落若為懷惟子相過未忍回勁草不隨風偃去孤桐何意鳳飛來罇藏金醴遲遲進匣鑠雲和特特開萬古功名有天命浩然攜手上春臺

寄贈林逋處士

唐虞重逸人束帛降何頻風俗因君厚文章至老淳玉田耕小隱金闕夢高真罷釣輪生蠹慵

冠鑑積塵餌蓮攀岳頂歌雪扣琴身墨妙青囊
秘丹靈緑髮新嶺霞明四望巖筍入諸鄰幾姪
簪裾盛諸生禮樂循朝廷唯薦鶚鄉黨不傷麟
弔古夫差國懷賢伍相津劇談來劍俠騰嘯駭
山神有客瞻冥翼無端預薦紳未能忘帝力猶
待補天均早晚功名外孤雲可得親

酬滕子京同年

謝家風雅若爲酬散吏方躭海上遊疎懶幾忘
傳筆夢寂寥仍有負薪憂欲歌蘭雪歸眞隱敢

向簷軒競急流如共茂先瞻氣象莫言神物在
南州

贈餘杭唐異處士

名動公卿四十秋相逢仍作旅人遊青山欲買
難開口白髮思歸易滿頭獸入市壘（一作朝）如海燕
可堪雲水屬江鷗故鄉知己方都督千樹春濃
種橘休（時胡侍郎守餘杭）

和沈書記同訪林處士

山中宰相下巖扃靜接遊人笑傲行碧嶂淺深

驕晚翠白雲舒卷戲春晴煙潭共愛魚方樂樵
爨誰欺鴈不鳴莫道隱君同德少樽前長揖聖
賢清

諸暨道中作

林下提壺招客醉溪邊杜宇勸人歸可憐白酒
青山在不醉不歸多少非

題翠峯院 越相舊宅

翠峯高與白雲閑吾祖曾居水石間千載家風
應未墜子孫還解愛青山

與人約訪林處士阻雨因寄

閑約諸公扣隱扃江天風雨忽飄零方憐春滿王孫草可忍雲遮處士星蕙悵未容登末席蘭舟無賴寄前汀湖山早晚逢晴霽重待尋仙入翠屏

寄西湖林處士

蕭索遶家雲清歌獨隱淪巢由不願仕堯舜豈遺人一水無涯靜羣峯滿眼春何當伴閑逸嘗酒過諸鄰

越上聞子規

夜入翠煙啼晝尋芳樹飛春山無限好猶道不如歸

送李紘殿院赴闕

寂寥門巷每相過親近賢人所得多今日九重天上去濉陽孤客柰愁何

霜露丘園不忍違三年月日速如飛金門乍入應垂淚因挂朝衣憶彩衣

送邢昂處士南遊

落落崆峒一大儒四方心逸憶江湖東南賴有
林君復萬里清風去不孤

送丁司理赴明州

仙家枝葉令威孫南去司刑庇越民金闕道書
徵旨在獄多陰德是眞人（道書謂升眞者皆須曾爲獄官）

送鄞江竇尉

片帆飛去若輕鴻一霎春潮過浙東王謝江山
久蕭索子眞今爲起清風

送常熟錢尉

姑蘇臺下水如藍天賜仙鄉奉旨甘梅淡柳黃
春不淺王孫歸思滿江南

試筆

偶緣踈拙得天眞豈問前途屈與伸單馬縱能
欺倦客江山猶可助騷人懶如叔夜書盈几狂
似淵明酒滿巾況有南窻嫗易在此心那更起
纖塵

送眞元二上人歸吳中

歸心不可奪千里故園春及見市朝事却思一作尋

江海人煙波方得伴松月定爲鄰願結虎溪社
休休老此身

寄題許州錢相公信美亭

華構高軒敞名湖一面分星辰居上相鼓吹燕
中軍山色來嵩室風光徹海壖杉篁涵晚翠蘭
茝薦時薰坐嘯頻乘月歸懷幾望雲迴臨黃覇
俗遠味仲宣文萬戶方開國三階復致君斯亭
比棠樹千載頌清芬

送何白節推宰晉原二首

盛府兼名邑榮歸指故林多年望鄉淚萬里倚

門心江館春寒薄山程晚翠深板輿迎待日桃

李正芳陰

又

此行深惜别所喜是寧親祖帳天門曉鄉關錦

國春鳥歌疑勸酒山態似迎人我絶南陔望因

兄淚滿巾

送刁紡戶掾太常下第時爲太常發解官

精鑑本非深英僚暫此沈火炎方試玉沙密偶

遺金豈累青雲器猶孤白雪音敢希蘇季子潛
有激儀心

憶杭州西湖

長憶西湖勝鑑湖春波千頃緑如鋪吾皇不讓
明皇美可賜疎狂賀老無

寄林處士

片心高與月徘徊豈爲千鍾下釣臺猶笑白雲
多事在等閑爲雨出山來

依韻酬毋湜推官

聖門非入室文陣敢爭盟不意棲雲閣何才隷
月卿珍羣憐末至霄鶚引脩程直舍有仙味秘
庭無俗聲午陰宮樹緑宵刻禁鍾清奉制歌三
秀稱觴聽六英恩輝孤易感交結淡難成新髮
鑑中改舊山天際横纓思漁父濯春伴隼旟行
桃浪觀秦塞薫風省舜城幾多興廢跡重疊古
今情進退思先覺蹉跎畏後生見詒如美衮欲
報乏英瓊淨挹澄江練高窺擢露莖復驚聞正
始終仰輔登閣好勵圖南志翱翔覽四瀛

送石曼卿

河光岳色過秦關英氣飄飄酒滿顔賈誼書成動西漢謝安人笑起東山亭途去覺雲天近舊隱回思水石閑此道聖朝如不墜疏封宜在立譚間

送何涉秀才

蜀道歸來萬里身上堂嘉慶動諸鄰賢良詔下先生起休向成都問卜人

八月十四夜月

光華豈不盛賞宴尚遲遲天意將圓夜人心待滿時已知千里共猶訝一分虧來夕如澄霽清風不負期

送吴安道學士知崇州

一麾輕去奉蘭蕃共惜清賢豈易求筵易暗驚鳴鶴遠賦詩深望白駒留古來經緯心皆曉閑處光陰髮半秋長孺之才同吏隱相寬頻上海邊樓（時聶長孺倅崇州）

謫守睦州作

重父必重母正邦先正家一心回主意十口向
天涯銅虎恩猶厚鱸魚味復佳聖明何以報没
齒願無邪

范文正公文集卷第四

范文正公文集卷第五

律詩

和章岷推官同登承天寺竹閣

齋中偶書

留題江秀才舊居

依韻酬周騤太博同年

依韻荅胡侍郎見寄

桐廬郡齋書事

留題方干處士舊居

依韻酬章推官見贈

蘇州十詠

依韻奉酬晏尚書見寄

又用前韻謝晏尚書以近著示及

陳質殿丞挽歌詞

送僧文光

依韻酬府判龐醇之見贈

依韻酬吴安道學士見寄

依韻酬吴春卿二首

應制賞花釣魚

過餘杭白塔寺

律詩

聖宋非強楚淸淮異汨羅平生仗忠信盡室任
風波舟楫顛危甚蛟鼉出没多斜陽幸無事沽
酒聽漁歌

又

妻子休相咎勞生險自多商人豈有罪同我在
風波

又

一棹危於葉傍觀亦損神他時在平地無忽險
中人

送韓瀆殿院出守岳陽

仕宦自飄然君恩豈欲偏纔歸劒門道忽上洞庭船隊墜絮傷春目舂濤廢夜眠岳陽樓上月清賞浩無邊

出守桐廬道中十絶

隴上帶經人金門齒諫臣雷霆日有犯始可報君親

又

君恩泰山重爾命鴻毛輕一意懼千古敢懷妻

子榮

又

妻子屢牽衣出門投禍機寧知白日照猶得虎
符歸

又

分符江外去人笑似騷人不道鱸魚美還堪養
病身

又

有病甘長廢無機苦直言江山藏拙好何敢望

天闇、

又

天闇變化地所好必眞龍軻意正迃闊悠然輕

萬鍾、

又

萬鍾誰不慕意氣滿堂金必若枉此道傷哉非

素心、

又

素心愛雲水此日東南行笑解塵纓勮滄浪無

限清

又

滄浪清可愛白鳥鑑中飛不信有京洛風塵化
客衣

又

風塵日已遠郡枕子陵溪始見神龜樂優優尾
在泥

蕭灑桐廬郡十絕

蕭灑桐廬郡烏龍山靄中史君無一事心共白

雲空

又

蕭灑桐廬郡開軒即解顔勞生一何幸日日面青山

又

蕭灑桐廬郡全家長道情不聞歌舞事遶舍石泉聲烏龍山泉貫過公署

又

蕭灑桐廬郡公餘午睡濃人生安樂處誰復問

千鍾

又

蕭灑桐廬郡家家竹隱泉令人思杜牧無處不潺湲

又

蕭灑桐廬郡春山半是茶新雷還好事驚起雨前芽

又

蕭灑桐廬郡千家起畫樓相呼采蓮去笑上木

蘭舟

又

蕭灑桐廬郡清潭百丈餘釣翁應有道所得
是嘉魚此郡魚少而嘉

又

蕭灑桐廬郡身閑性亦靈降眞香一炷欲老悟
黃庭

又

蕭灑桐廬郡嚴陵舊釣臺江山如不勝光武肯

教來

新定感興五首

數仞黃堂上題名僅百賢孤高宋開府千載可拳拳

又

山水眞名郡恩多補諫官中間好田錫風月亦盤桓

又

風物皆堪喜民靈獨可哀稀逢賢太守多是謫

官來

又

去國三千里風波豈不賒回思洞庭險無限勝長沙

又

江上多嘉客清歌進白醪靈均良可笑終日著離騷

遊烏龍山寺

高嵐指天近遠溜出山遲萬事不到處白雲無

盡時異花啼鳥樂靈草隱人知信是棲眞地林
僧半雪眉

江干閑望

江干日清曠寓目一楮節落葉信流水歸雲識
舊峯蘭蓀誰共采鳧鴈自相從莫愛蘋風起波
來千萬重

和章岷推官同登承天寺竹閣

僧閣倚寒竹幽襟聊一開清風曾未足明月可
重來晚意煙垂草秋姿露滴苔佳賓何以佇雲

瑟與霞杯

齋中偶書

狂愚多苦口幽遠獨甘心言路有餘責權門無去音忘憂曾扣易思古即援琴此意誰相和寥寥鶴在陰

留題江秀才舊居

結舍近滄洲江山不外求我來明月夜更得主人留

依韻酬周騤太博同年

孰敢先懷富貴圖良時須惜幾嗟吁衆心可致
巍巍主上意思平兩兩符不稱内朝禆耳目多
慙外補救皮膚子陵灘畔觀漁釣無限殘陽媚
緑蒲

依韻荅胡侍郎見寄

千年風采逢明主二寸襟靈慕昔賢待看朝庭
興禮讓天衢何敢鬬先鞭

桐廬郡齋書事

千峯秀處白雲驕吏隱雲邊豈待招數仞堂髙

誰富貴一枝巢隱自逍遥杯中好物閑宜進林下幽人靜可邀莫道官清無歲計滿山芝术長靈苗

留題方千處士舊居

風雅先生舊隱存子陵臺下白雲村唐朝三百年冠蓋誰聚詩書到遠孫時裔孫楷方登進士科

依韻酬章推官見贈

姑蘇從古號繁華却戀巖邊與水涯重入白雲尋釣瀨更隨明月宿詩家山人驚戴烏紗出溪

女笑隈紅杏遮來早又抛泉石去茫茫榮利一
吁嗟

蘇州十詠

泰伯廟

至德本無名宣尼一此評能將天下讓知有聖
人生南國奔方遠西山道始亨英靈豈不在千
古碧江横

木蘭堂

堂上列歌鍾多慚不如古却羨木蘭花曾見霓

裳舞白樂天爲蘇州刺史嘗教此舞

洞庭山

吴山無此秀乘暇一遊之萬頃湖光裏千家橘熟時平看月上早遠覺鳥歸遲近古誰眞賞白雲應得知

虎丘山

昔見虎耽耽今爲佛子巖雲寒不出寺劔靜未離潭幽步蘿垂徑高禪雪閉庵吴都十萬戸煙瓦亘西南

閶門

吴門聳閶闔迎送每躋攀一水帝鄉路片雲師子山落鴻漁釣外斜柳別離閒白傅歸休處盤桓幾厚顔

靈巖寺 吴王之離宫也下臨太湖

古來興廢一愁人白髮僧歸掩寺門越相煙波空去鴈吴王宫闕半啼猿春風似舊花猶笑往事多遺迹石不言唯有延陵逃遁去清名高節老乾坤

太湖

有浪即山高無風還練靜秋宵誰與期月華三萬頃

伍相廟

胥也應無憾至哉忠孝門生能酬楚怨死可報吳恩直氣海濤在片心江月存悠悠當日者千載秖慚媿

觀風樓

高墅郡西城觀風不浪名山川千里色語笑萬

家聲碧寺煙中靜紅橋柳際明登臨豈劉白滿目見詩情

南園

西施臺下見名園百草千花特地繁欲問吴王當日事後來桃李若爲言

依韻奉酬晏尚書見寄

徽音來景亳盛事聳吴鄉上象三台照高文五色章純如登樂府淵若測天潢寒谷春重煦幽宫草特芳感知心似血思報鬢成霜新定輒慙無

惠姑蘇惜未康堯湯餘水旱劉白舊風光北闕雲霓遠南園橘柚荒願聞歌畫一敢議賦長楊碌碌嘲須解循循教弗忘跡甘榮路外情寄聖門傍幾託爲魚夢江湖尚渺茫

又用前韻謝晏尚書以近著示及

祖述賢人業何因降互鄉周公舊才美夫子近文章逸氣彌衝斗雄源甚泱潢月中靈桂老春外寶芝芳遠似天無翳清如塞有霜日星圖舜禹金石頌成康謂眞廟神御頌也渦曲風騷盛謂游渦之作也營

丘學校光謂青社州學記也至精含變化大手鑿洪荒崧嶽詞欺甫甘泉價掩楊滿朝當諷誦終古豈遺忘恍若探龍際森疑履虎傍半生游此道觀海特茫茫

陳質殿丞挽歌詞

賢者逝如斯皇天豈易知衆人皆墮淚君子欲安碑幾世傳清白滿鄉稱孝慈賢哉生令嗣遺秀在蘭芝

送僧文光

一品山前識迢迢三十春多懃畫戟裏重見白雲人

依韻酬府判龐醇之見寄

二十年前已定交而今鵬鷃各逍遥但能賈傅親前席何必蕭生意本朝直節羡君如指佞孤根憐我異凌霄（凌霄花名生且有託）莫將富貴移平昔彼此清心鬢半凋

依韻酬吴安道學士見寄

聖君賢相正彌綸諫諍臣微敢徇身但得葵心長向日何妨駑足未離塵豈辭雲水三千里猶

濟瘡痍十萬民宴坐黃堂愧無限隴頭元是帶經人

依韻酬吴春卿二首（來章有鶴羸松冷之句因以松鶴命題以荅之）

鶴

華亭孤立病時身終日徘徊尚海濱露掌思高還警夜芝田音斷欲傷春千年靈氣何求藥八變奇姿已過人莫猒在陰猶寡和九皐非晚見精神

松

亭亭百尺棟梁身寂寞雲根與澗濱寒冒雪霜
寧是病靜期風月不須春蕭蕭遠韻和於樂密
密淸陰意在人高節直心時勿伐千秋爲石廼
知神

應制賞花釣魚

萬彙嘉亨日皇心豫宴展華林新濯雨靈沼正
涵春帝幄紛仙藕天鈎擲錦鱗洋洋頒睿唱賡
頌浹簪紳

過餘杭白塔寺

登臨江上寺遷客特依依遠水欲無際孤舟曾未歸亂峯藏好處幽鷺得閑飛多少天眞趣遥心結翠微

西湖筵上贈胡侍郎

官秩文昌貴功名信史褒朝廷三老重鄉黨二疎高涯業盡圖籍子孫皆俊髦西湖天下絶今日盛遊遨

江城對月

南國風波遠東門冠蓋回多情是明月相逐過

江來

送向綜國博通判桂州

通籍三公後監州五嶺深欲知明主意將慰遠人心歲計多藏藥舟行不廢琴歸書清白最寧問槖中金

芝山寺

樓殿冠崔嵬靈芝安在哉雲飛過江去花落入城來得食鵶朝聚聞經虎夜回偶臨西閣望五老夕陽開

昇上人碧雲軒

愛此詩家好幽軒絶世紛澄宵半床月淡曉數峯雲遠意經年就微吟並舍聞只應虛靜處所得自蘭芬

郡齋即事

三出專城鬢似絲齋中蕭灑過禪師近踈歌酒緣多病不負雲山頼有詩半雨黃花秋賞徤一江明月夜歸遅世間榮辱何須道塞上衰翁也自知

同年魏介之會上作

寒苦同登甲乙科天涯相對合如何心存闕下還憂畏身在樽前且笑歌閑上碧江游畫鷁醉留紅袖舞鳴鼉與君今日眞良會自信鹿𪋻官樂事多

范文正公文集卷第五

范文正公文集卷第六

律詩

依韻酬黃灝秀才

贈鍾道士

道士程用之爲余傳神因題

送魏介之江西提點

遊廬山作

瀑布

贈廣宣大師

和延安龐龍圖寄岳陽滕同年

與張壽太博行忻代間因話江山作

過長安醉别資政鄭侍郎

依韻酬光化李簡夫屯田

依韻酬太傅張相公見贈

依韻酬益利鈐轄馬端左藏

依韻酬邠州通判王稷太博

依韻酬李光化見寄

寄安素高處士

酬李光化見寄二首
依韻酬李光化敘懷
和李光化秋詠四首
送黄灝貟外
和并州大資政鄭侍郎秋晚書事
和提刑趙學士探梅三絶
和太傅鄧公歸遊武當見寄
即席呈太傅相公
紀送太傅相公歸闕

依韻和提刑張太博寄梅

又和賞梅

依韻荅王源叔憶百花洲見寄

獻百花洲圖上陳州晏相公

依韻荅青州富資政見寄

依韻荅并州鄭大資見寄

過陳州上晏相公

和運使舍人觀潮二首

依韻和蘇州蔣密學

依韻和孫之翰對雪
依韻和并州鄭宣徽見寄二首
依韻荅蔣密學見寄
依韻和同年朱兵部王賔客交贈之什
登表海樓
石子澗二首
依韻荅韓侍御
謝柳太博惠鶴
律詩

依韻酬黃灝秀才

再貶鄱川信不才子規相愛勸歸來客心但感江山助天意難期日月回白雪孤琴彌冷淡浮雲雙闕自崔嵬南方歲晏猶能樂醉盡黃花見早梅

贈鍾道士 曾舉進士

人間無復動機心掛了儒冠歲已深唯有詩家風味在一壇松月伴秋吟

道士程用之爲余傳神因題

貌古神疎畫本難因師心妙發毫端無功可上
凌煙閣留取雲山靜處看

送魏介之江西提點

旌旗如火浪如鷗一路春城次第遊江上高樓
欲千尺便從今日望歸舟

遊廬山作

五老閑遊倚舳艫碧梯嵐逕好程途雲開瀑影
千門掛雨過松黃十里鋪客愛往來何所得僧
言榮辱此間無從今愈識逍遙旨一聽升沈造

化鑪

瀑布

逈與衆流殊發源高更孤下山猶直在到海得清無勢鬪蛟龍惡聲吹雨雹麤晚來雲一色詩句自成圖

贈廣宣大師

憶昔同遊紫閣雲别來三十二回春白頭相見雙林下猶是清朝未退人

移丹陽郡先遊茅山作

丹陽太守意何如先謁茆卿始下車竭節事君三黜後收心奉道五旬初偶尋靈草逢芝圃欲叩眞關借玉書不更從人問通塞天教吏隱接山居

贈茅山張道士

有客平生愛白雲無端半老尚紅塵只應金簡名猶在得見仙巖種玉人

京口即事

突兀立孤城詩中別有情地深江底過日大海心

生甘露樓臺古金山氣象清六朝人薄命不見
此昇平

懷慶朔堂

慶朔堂前花自栽便移官去未曾開年年憶着
成離恨只託春風管句來

依韻酬葉道卿中秋對月二首

天遣今宵無寸雲故開秋碧掛冰輪詩人不悔
衣霑露爲惜清光豈易親

孤光千里與君逢最愛無雲四望通處處樓臺

競歌宴的能愛月幾人同

贈葉少卿

退也天之道東南事了人風波拋舊路花月伴閑身湖外扁舟遠門中駟馬新心從今日泰家似昔時貧見子登西掖攜孫過北鄉白雲高閣曙淥水後池春樽酒呼前輩鑪香叩上眞只應陰德在八十富精神

依韻荅梁堅運判見寄

蔽野旌旗色滿山笳吹聲功名早晚就裴度亦

書生

城大順回道中作

三月二十七羌山始見花將軍了邊事春老未還家

依韻和延安龐龍圖柳湖

種柳穿湖後延安盛可遊遠懷忘澤國真賞即瀛洲江景來秦塞風情屬庾樓劉琨增坐嘯王粲斗銷憂秀發千絲墜光搖匹練柔雙雙翔乳鷰兩兩睡馴鷗折翠贈歸客濯清招隱流宴回

銀燭夜吟度玉關秋勝處千場醉勞生萬事浮
主公多雅故余與龍圖公同年復爲延安交政思去共仙舟

和延安龐龍圖寄岳陽滕同年

優游滕太守郡枕洞庭邊幾處雲藏寺千家月
在船踈鴻秋浦外長笛晚樓前旋撥醅頭酒新
魚縮項鯿宦情須淡薄詩意定連綿迴是偷安
地仍當飽事年只應天下樂無出日高眠豈信
憂邊處胡兵隣一川時宣撫至岢嵐軍

與張壽太博行忻代閒因話江山作

數年風土塞門行說着江山意暫清求取罷兵
南國去滿樓蒼翠是平生

過長安醉別資政鄭侍郎

鄉關交復親把酒且逡巡共上青雲路相看白
鬢人有爲須報國無事即頤神故素幾云在風
音莫猒頻

依韻酬光化李簡夫屯田

老來難得舊交遊莫歎樽前兩鬢秋少日苦辛
名共立晚年恬退語相投龔黃政事聊牽強元

白鄰封且唱酬附郭田園能置否與君乘犍早歸休

依韻酬太傅張相公見贈

出處曾無致主功南陽爲守地猶雄醉醒往日慚漁父得失今朝賀塞翁七里河邊歸帶月百花洲上嘯生風卧龍鄉曲多賢達願預逍遥九老中

依韻酬益利鈐轄馬端左藏

濫登清顯遇公朝豈有才謀可致堯拙守自慚

成木強宦游誰歎僅蓬飄醉來多謝提壺勸歸
去寧煩杜宇招好樂當年開口笑此心無事愧
重霄

依韻酬邠州通判王稷太博

南豳日日接英標公外追隨豈待招惡勸酒時
圖共醉痛贏棊處肯相饒一抛言笑如何遣頻
得音書似不遥獨上西樓爲君久滿城明月會
雲銷

依韻酬李光化見寄

南陽偃息養衰顔天暖風和近楚關欲少禍時當止足得無權處始安閑心憐好鳥來幽院目送微雲過别山此景此情聊自慰是非何極任循環

寄安素高處士

吏隱南陽味日新幕中文雅盡嘉賓滿軒明月清譚夜共憶詩書萬卷人

酬李光化見寄二首

交親莫笑出麾頻不任纖機只任真遠護玉關

猶竭力入陪金鉉敢周身素心直擬圭無玷晚節當如竹有筠道本逍遥惟所適吾生何用蠖求伸

萬里承平堯舜風史君尺素本空空庭中無事吏歸早野外有歌民意豐石鼎鬭茶浮乳白海螺行酒灩上聲波紅宴堂未盡嘉賓興移下秋光月色中

依韻酬李光化敘懷

列宿專城且自娛清名善最即前途江山樂國

誠難會風月詩家的不辜未必晚成輸早達好將高笑代長吁公餘更勵經邦業思爲清朝贊禹謨

和李光化秋詠四首

曉

墻外轆轤響樓前江漢歛曙光和月色猶記早朝時

晝

日色凊如照前林葉未零海東新隼至一點在

青冥

晚

晚色動邊思去年猶未歸戍樓人已冷目斷望征衣

夜

春色人皆醉秋宵獨不眠君看明月下何似落花前

送黃灝員外

三十餘年交舊心相逢那復議升沈卑飛塵土

味誠薄達官風波憂更深自古榮華渾一夢即
時歡笑敵千金追陪未久還離索早晚軒車重
見尋

和并州大資政鄭侍郎秋晚書事

太原兵重壓強胡莫對秋風憶鱠鱸萬里天聲
揚紫塞十年人望在黄樞定應松栢心無改白
信雲龍道不孤應笑病夫何所補獨能安坐養
桒榆

和提刑趙學士探梅三絶

蕭條臘後復春前，雪壓霜欺未放妍。昨日倚欄
枝上看，似留芳意入新年。

靜映寒林晚未芳，人人欲看壽陽粧。玉顏須傍
韶春笑，莫鬬嚴風與惡霜。

百花爭早孰過梅，天與芳時豈待催。莫惜黃金
置清賞，隔年春色爲君開。

和太傅鄧公歸遊武當見寄

三提相印代天工，鄧國歸來耀本封。此日神仙
丁令鶴，幾年霖雨武矦龍。酬恩定得祠黃石，談

道須期會赤松莫慮故鄉陵谷變武當依舊碧
重重

即席呈太傅相公

鳳池三入冠台躔致了昇平一品閑白傅歌詩
傳海外晉公桃李滿人間上都雲遠經時別故
國春濃幾度還太史占天應有奏壽星光彩近
南山

紀送太傅相公歸闕

搢紳誰敢望差肩獨向昌期協半千首會雲龍

游少海親扶日月上中天碧油兩就元戎鎮黃閤三提冢宰權坐致唐虞成大化退居師傅養高年閑披丹訣開鑪竈醉度清歌被管絃同牓幾人登將相滿朝今日羨神仙松楸薙草思純孝里巷揮金過昔賢歸赴誕辰知兗說輕安拜舞壽觴前

依韻和提刑張太博寄梅

數枝梅寄寂寥人多謝韶華次第均穰下此花留未發待君同賞後池春

又和賞梅

故人爲使富天才相與抽毫賦早梅氣艷未勞橫玉笛風光先合倒金壘隴頭欲寄交情遠林下初逢病眼開必若和羹有遺味花王應亦命公台。

依韻荅王源叔憶百花洲見寄

芳洲名冠古南都最惜塵埃一點無樓閣春深來海鸞池塘人靜下仙鳧花情柳意憑誰問月彩波光豈易圖漢上山公發新詠許昌何必詫

申湖（申或作西）

獻百花洲圖上陳州晏相公

穰下勝遊少，此洲聊入詩。百花爭窈窕，一水自漣漪。潔白憐翹鷺，優游羨戲龜。闌干紅屈曲，亭宇碧參差。倒影澄波底，橫煙落照時。月明魚競躍，春靜柳閑垂。萬竹排霜仗，千荷卷翠旗。菊分潭上近（菊花潭在郡之西郊，因有菊潭門，復有菊潭鎮，近取菊植于洲中，洲有高臺，遂命之曰菊臺）梅比漢南遲（京洛而南至鄧始有梅焉，梅比襄陽又晚一月）。岸鵲依人喜，汀鷗不我疑。綵絲穿石節（襄鄧間舊俗，正月二十二日士女游河取小石通中者用綵絲穿之帶以爲祥羅韈踏青期素髮頻來醉滄浪減去思步隨芳草遠歌逐畫船移繪寫求眞賞緘藏獻己知相君那肯愛家有鳳皇池

依韻荅青州富資政見寄

樞府當年日贊襄隱然一柱在明堂親逢英主開前席力與皇家正舊章直道豈求安富貴純誠惟欲助淸光龔黃政事追千載齊魯風謠及萬箱偉望能令中國重奇謀曾壓北方強故人待看調元後乞取優游老洛陽

依韻荅并州鄭大資見寄

節制重并汾淹留又見春年高成國老道在樂天眞風韻應如舊精明迴絶倫致君心未展寧是式微人

過陳州上晏相公

曩由清舉玉宸知今覺光榮冠一時曾入黃扉陪國論重來絳帳就師資談文講道渾無倦養浩存眞絶不衰獨媿鑄顔恩未報捧觴爲壽獻聲詩

和運使舍人觀潮

何處潮偏盛錢唐無與儔誰能問天意獨此見濤頭海浦吞來盡江城打欲浮勢雄驅島嶼聲怒戰貔貅萬疊雲纔起千尋練不收長風方破浪一氣自橫秋高岸驚先裂羣源怯倒流騰凌大鯤化浩蕩六鼇遊北客觀猶懼吳兒弄弗憂子胥忠義者無覆巨川舟

又

把酒問東溟潮從何代生寧非天吐納長逐月虧

盈暴怒中秋勢雄豪半夜聲堂堂雲陣合屹屹雪山行海面雷霆聚江心瀑布橫巨防連地震羣楫望風迎踊若蛟龍鬬奔如雨雹驚來知千古信回見百川平破浪功難敵驅山力可并伍胥神不泯憑此發威名

依韻和蘇州蔣密學

餘杭偶得借麾來山態雲情病眼開此樂無涯誰可共詩仙今日在蘇臺白樂天謂韋蘇州爲詩仙

依韻和孫之翰對雪

江干往往臘不雪今喜紛紛纔孟冬迺知王澤瀀及遠益明天意先在農有年預可慰四海大瑞且當聞九重況此湖山滿清思與君交唱若爲慵

依韻和并州鄭宣徽見寄二首

錢唐作守不爲輕況是全家住翠屏名品久叅卿士月部封全屬斗牛星仁君未報頭先白故老相看眼倍青最愛湖山清絕處晚來雲破雨初停

又

西湖載客恣游從湖上參差半佛宮回顧隙駒曾不息沈思樽酒可教空層臺累榭皆清曠萬戶千門盡鬱葱向此行春無限樂却慚何道繼文翁

依韻答蔣密學見寄

東南爲守慰衰顔憂事渾袪樂事還鼓吹夜歸湖上月樓臺晴望海中山奮飛每羨冥鴻遠馳騁那慚老驥閑此日共君方偃息是非榮辱任

循環。

依韻和同年朱兵部王賓客交贈之什

鶴禁蘭宮達了身高居南闕重爲鄰西園冠蓋時時會北海樽罍日日親共弃榮華抛世態同歸清靜復天真一如劉白東都下更得裴公作主人。

登表海樓

一帶林巒秀復奇每來凭檻即開眉好山深會詩人意留得夕陽無限時。

石子澗二首

鑿開奇勝翠微間車騎笙歌暮未還彥國才如謝安石他時即此是東山

又

飛泉落處滿潭雷一道蒼然石壁開故老相傳應可信此山雲出雨須來

依韻荅韓侍御

雖叨世契與隣藩東道瞻風御史尊鄭館昔時延下客予執卷時即遊端公之門于家今日見高門端公之先君嘗

作金陵獄掾我居方面榮爲懼君向臺端直且温彼
此中懷蘊金石不須銷黯動離魂

謝柳太博惠鶴

新詩遺鶴指眞經對此仙標詎敢輕萬里華亭
思去伴千年遼海識歸程鷄羣與處曾非辱鵬
路將翔孰謂榮獨愛九皋嘹唳好聲聲天地爲
之清

范文正公文集卷第六